JN043417

Contents

The Pledge of the Knight Who Loves Dragons

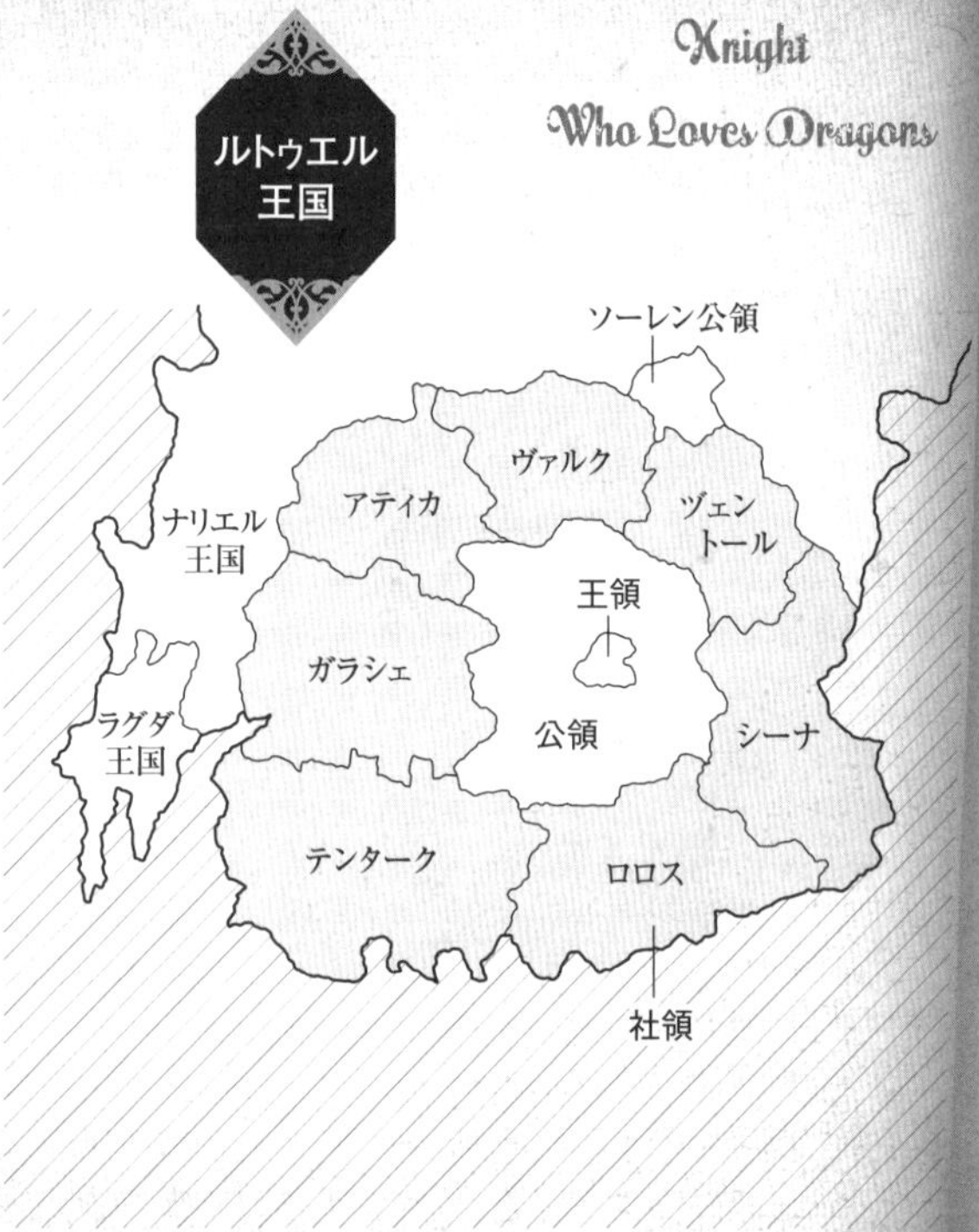

ルトゥエル王国
南西部
ナリエル王国
←春の大陸
ラグダ王国
ガラシェ社領
白鷺城
墨岩砦
珊瑚港
春陽湾
香壺港
トラヴィア公領
ウリマ公領
鍛刃院
旭丘砦
西大街道
雪花城
テンターク社領
ルトゥエル王国

Characters

セシリア・ガラシェ……ガラシェ家の養女。鍛刃院にて学び、騎士を目指す。17歳。

アルヴィン・ガラシェ……ガラシェ家三男。セシリアの幼馴染み。17歳。

タリサ・ヴァルク……マルギット王女専属の護衛騎士となった、ヴァルク家の養女。22歳。

ウィルズ三世……ルトゥエル王国の現国王。

ドロテア……聖王妃と呼ばれた故人。マルギットの母親。

ヒルダ……現王妃。ルキロスの母親。

マルギット……ルトゥエル王国の王女。18歳。

ルキロス……ルトゥエル王国の王子。14歳。

トラヴィア公……王弟。セシリアの父親ではないかとの噂がある。

テオドル……トラヴィア公の嫡男。

ダビド……ラグダ王国国王カミロ五世の三男。

レオン……ラグダ王国の宮廷魔道士。

竜愛づる騎士の誓約

下

The Pledge of the Knight Who Loves Dragons

第五幕　墨岩砦の決別

神暦九九六年六月二十一日。

ルトゥエル王国の王女・マルギットを擁立《ようりつ》するラグダ王国軍は、春陽《はるひ》湾に向けて船を出した。

国王ウイルズ三世の、テンターク社領への出兵に対する抗議を目的としている。

ウイルズ三世は、自身の退位を要求した七社家に対し宣戦を布告。テンターク社領の東端にある旭丘砦付近《あさひがおかとりで》に布陣している。戦闘行為には至っていないが、一触即発の事態だ。

春陽湾からの上陸は、ラグダ王国から最も近いテンターク社領側ではなく、その北にあるガラシェ社領から行うことになった。春陽湾を東にではなく、北へと進み、湾の突き当たりであるガラシェ社領西部の珊瑚《さんご》港を目指す。上陸後は、港からほど近い墨岩砦《すみいわ》に入る段取りになっていた。ここで、周辺諸国からの援軍が集まるのを待つ。

マルギットは周辺諸国に、支援の返礼に悪竜の征討を約束していた。

絵空事ではない。実際、マルギットはラグダ王国に滞在中、立て続けに二頭の悪竜を葬《ほうむ》っていた。悪竜は、忌《い》まわしい宿痾《しゆくあ》だ。諸国はマルギットへの支持を表明し、墨岩砦へ兵を送りはじめているという。

ラグダ王国の王太子ガスパルが、この連合軍を指揮するべく墨岩砦に先行していた。

――ぎぃ、ぎぃ、と板のきしむ音がする。

船が波を裂く音と重なって、絶え間なく耳に届く。

昼でも薄暗く、湿った空気の漂う船室が、セシリアは苦手だ。

「……お加減はいかがですか？」

船室のベッドに横たわるマルギットにとっては、苦手どころの騒ぎではないだろう。深刻な船酔いは、出港から半日にして虚弱な王女の体力を根こそぎ奪っている。

「悪いに決まってるでしょう。……見たらわかるじゃない」

返ってくるのは、ひどく不機嫌な声だ。

目を開ける力もないらしい。いつものように、空色の瞳でにらんではこなかった。

「おおよそはわかりますけれど。……しかし、これが生涯最後の船旅です。お気持ちを強くお持ちください」

体調の判断は、見た目での判断が大きい。しかし気力の判断は、話さぬことにはわからない。戦《いくさ》の前である。気力は重要だ。

「当然よ。もう二度と船なんて乗らないわ！　絶対に！」

マルギットは、強く言いきった。どうやら気力は失われてはいないらしい。

「ひとまず墨岩砦に到着するまでは、移動だけに集中いたしましょう。――では、私はこれで失礼します」

セシリアが会釈をしたところで、マルギットは「待って」と引き留めた。

マルギットは、ゆっくりと瞼《まぶた》を上げた。淡い空色の瞳は、気の毒なほど潤んでいる。熱があるのかもしれない。

「セシリア。……ここにいて」

「わかりました。こちらにおります」

ベッドの横に倒れた椅子《いす》を、立ててから腰を下ろす。

椅子だけではない。小さな卓も、水差しも、倒れたままだ。なにも船が嵐に襲われたのではなかった。あえて嵐と呼ぶならば、それを起こしたのはマルギットである。

「……裏切ったら許さないから」

「裏切りませんよ。誓ったではありませんか。この春陽湾を最初に渡る前に」

マルギットは女王に。セシリアは宮廷魔道士団の長《おさ》に。

互いへの敬意を失わず、目的のために力を尽くすと、二人は誓いあった。

あの時は夢物語でしかなかったものに、今は手が届きかけている。

「裏切らないで、絶対に。……貴女《あなた》だけは」

彼女らしからぬ言葉に、セシリアは苦く笑う。

「私を魔道士団の団長にしてくださるお方は、マルギット様しかおりません」

「そうよ。私しかいない。……いないわ、絶対に……」

しばらくすると、マルギットの瞼は下りた。

目を閉じている時は、ふだんより幼く見える。まるで子供だ。

（お疲れなのね。……無理もないわ）

しばらく、そのまま波の音を聞いていた。

マルギットの呼吸が寝息に変わったのを確認してから、セシリアは船室を出る。

扉の前には、二人の若い侍女《じじょ》が待っていた。ラグダ王国の翡翠《ひすい》の園からのつきあいだ。

海に囲まれた国の出身だからか、船酔いをしている様子もない。

ただ不安気で、泣き出しそうな顔をしている。侍女たちに「マルギット様は、お休みになりましたよ」と伝えると、深い眉間《みけん》の憂《うれ》いが消えた。

マルギットの癇癪《かんしゃく》が手に負えない、とセシリアは侍女たちに助けを乞《こ》われたのだ。

はじめてではない。物を投げるようになったら呼んでくれ、とセシリアも言ってある。

「なにかあれば、また呼んでください」

「ありがとうございました。……マルギット殿下は、本当にセシリア導師を信頼なされているのですね。お二人の間には深い絆《きずな》を感じます」

侍女の一人が、ため息まじりに言った。

それは違う、とセシリアは思う。信頼など、得た覚えがない。

セシリアが、多少マルギットの扱いに慣れて見えるのは、逃亡生活で必要に迫られたからだ。マルギットがセシリアに当たり散らさない理由は、侍女よりもセシリアの方に利用価値があると認識しているからだろう。それだけの話だ。

だが、彼女たちの健気な忠義に水を差すのも悪いので、説明は省いた。侍女たちは、新婚の夫に虐《しいた》げられたマルギットに、深い同情を寄せているのだ。仲間が二人、マルギットに贈られた林檎《りんご》酒を口にして死んでいるというのに、果敢にも戦場まで同行している。

セシリアは曖昧《あいまい》な相槌《あいづち》を打って、その場を去った。

階段を上り、甲板《かんぱん》に出れば、波の音が大きくなる。

眩《まぶ》しい。セシリアは目を細め、手の甲を庇《ひさし》の代わりにした。

耳の下あたりで切り揃《そろ》えた髪が、海風を受けてうるさいほどに躍《おど》っている。早く束ねて結びたいのだが、なかなか伸びない。

陽光に目が慣れると、甲板の東側にアルヴィンの姿が見えた。

青みがかった黒い巻き毛が、風に揺れている。

「お疲れ様。まるで子守だね」

アルヴィンは、テンターク社領の岸を見ていたらしい。このあたりは大きな商港もなく、漁村が続くだけの地域だ。

社領の東側は王領軍が兵を置く緊張状態だが、西側は穏やかなものである。

岩の合間の浜に、小船が二つ。その前で、子供が手を振っている。

「墨岩砦に着くまでに、持ち直していただかないと。子守くらいするわ」

セシリアは、子供に手を振り返しつつ肩をすくめた。

ガラシェ社領の墨岩砦は、春陽湾が一望できるほどの高さにある山間部の砦だ。

春の大陸から大ガリアテ島に侵攻する場合、想定される道は三つある。その内の一つに備えるために築かれた砦だ。規模も大きく、堅牢《けんろう》である。当然、砦周辺の道は険しい。

今のマルギットの体力では、砦に入るだけでも一苦労だろう。先が思いやられる。

「そうだね。寄せ集めの軍は、王女抜きでは士気が保てない。陣頭に立とうとする心意気は、評価すべきだと思ってるよ」

セシリアは、アルヴィンの横に並んで岸を眺めた。

「マルギット様にとっては、人生をかけた悲願ですもの。必死にもなるわ」

「まぁ……子守もほどほどに。あまり近づきすぎると、食い殺されるよ」

岸か、波かを見たままで、アルヴィンは言った。

獣《けもの》でもあるまいし、と思わないでもなかったが、言わんとすることはわかる。

──タリサ・ヴァルクのようになるな、という意味だ。

マルギットに利用され、挙句に殺されることのないように。そういう忠告である。

「私は、宮廷魔道士の長になるの」

「うん。聞いてるよ」

「……止めないよね？」

なにも今、これから戦に赴こうという時にしなくてもいい話題だとは思っている。

だが、ずっと思い悩み続けてきた事柄だ。

——二人が誓約の丘で交わした約束は、二つある。

一つに、互いを守ること。

二つに、必ず社領に戻ること。

鍛刃院《たんじんいん》に入学したい、とセシリアが心に決めた日にした約束だ。

鍛刃院の三年と、宮廷騎士団での三年。セシリアには六年の自由があった。

しかし、今は状況が変わっている。

鍛刃院を卒業するのは、今年の秋のはずだった。社領に戻るまではあと三年——と思っていたが、その期間も曖昧だ。アルヴィンは鍛刃院を退学し、セシリアも候補生には戻らないだろう。宮廷騎士団自体が、存続するかどうかさえわからない。

「今は、その話はよしておこう」

アルヴィンが、こちらを見る。

セシリアも、アルヴィンを見た。

石榴《ざくろ》石の色の瞳と、鮮やかな緑の瞳がぶつかる。

「私は、自由が欲しいの」

「まだ先の話ができる状況じゃない。騒動が落ち着いたら、一度社領に戻って今後のことを話しあおう」

早く帰りたい。家族の待つ白鷺《しらさぎ》城に帰りたい——とは思っている。

しかし、今のセシリアにとって、アルヴィンの提案は重かった。

社領が。城が。家族が。――首枷《かせ》が。

「社領に戻ったら、もう出られなくなるわ。答えは決まってるじゃない。アルヴィンと結婚して、死ぬまで社領で暮らせって言うんでしょう？　だって私は、そのために買われてきたんですもの！」

言った瞬間に、後悔した。

ここまではっきりと言うつもりはなかったのだ。

だが、口から発した言葉は、もう戻らない。

「買ったなんて言わないでくれ。君は家族だ」

「違うって言うの？　どこかから買ってきて、首枷をかけたんだわ」

セシリアは、胸のネックレスに手を当てた。

アルヴィンの瞳と同じ色をした紅玉を、強く握る。

「首枷？――違う、セシリア。それは首枷なんかじゃない」

「じゃあ、私の邪魔をしないで。今が好機なの。私の竜殺しを人が畏怖《いふ》するのは、今だけよ。人が私を忘れる前に混成種の未来を拓《ひら》かなくちゃ、世は変わらない」

声は大きく、鋭くなった。

アルヴィンには、わからない。養父にも、義兄たちにも。

彼らは純血のギヨム種で、誇りある聖騎士だ。

なり損ないの騎士の気持ちなど、わかるはずがない。

「セシリアがどんな選択をしたとしても、それを話してほしいと思っているよ。でも、反対されることを首枷と呼ぶべきじゃない。意見の交換は、ある方が健全だ」

「──買ってきた娘が役に立たないと困るから、反対するんでしょう？」

「セシリア」

「本当のことじゃない。私は、どこかからガラシェ家に買われたんだもの」

アルヴィンの表情が、ひどく悲し気に曇《くも》る。

すぐに謝罪しなければ──と思うのに、その言葉が出ない。

「僕たちは、家族だ、君を買ったわけじゃないよ」

「違うって言うなら教えて。私は、一体どこから来たの？」

アルヴィンが、迷っている。

しっかりとした眉が寄って、思案顔になった。

「よく知らない。両親からも、聞くなと止められていたから」

「白鷺城に着いた日より前の記憶が、なにもないの。なに一つない。……ラグダ王国にいたレオン様とキアラ様も同じよ。おかしいと思わない？」

「それは、環境が変わったからだろう？　多分、北の方の孤児院から来てるはずだ」

「三人が、三人ともよ。私は五歳。二人は七歳とか、八歳と言っていた。混成種だけが集められた、北の方にある孤児院で育ったそうよ。彼らは自分の顕性《けんせい》係数まで知っていた。ガラシェ家は私の係数を知っているんだから、私も彼らと同じよ。どこかで管理されていて、それに国も関わってる。……買われていないなら、なんだって言うの？」

実の親を思って泣くこともなく、養家から逃げ出すこともない。

養家の人間にとっては、記憶を失った子供の方が扱いやすいだろう。

管理され、選ばれ、売られ、買われた。そういう話だ、とセシリアは思っている。

――役に立たない騾馬《らば》を買う人はいないわ。

頭に血は上っていたが、その一言だけはなんとか飲み込む。

「何度でも言うよ。セシリアは家族だ。役に立つかどうかで、君の価値を決めるような人は、ガラシェ家にはいない。……その、以前いたところの話だって、両親に聞いたらきっとわかる。一度帰って話しあおう。大事なことだ。一人だけで決めずに――」

「自分は、勝手に竜の血を浴びるって決めたじゃない！　家族なのに、私を蚊帳《かや》の外に置いたのは誰よ！」

もう、これ以上の会話は無意味だ。

セシリアはアルヴィンに背を向け、上がってきたばかりの階段を下りた。

短い階段を下りきる前に、どん、と腰を下ろす。

まだ、手は紅玉を握り込んだままになっていた。

それを引きちぎって捨ててやりたい。――とまでは思わなかった。

自由が欲しい。けれどアルヴィンと共に生きていくことにも、迷いはない。矛盾《むじゅん》している。けれどどちらも、たしかに自分の意思なのだ。

故郷は美しく、幼馴染《おさなな じ》みは愛《いと》おしく、家族とも慕いあっている。それは揺らがない。故郷を捨てたタリサにも、婚約の証《あかし》である紅玉の指輪を見つめ、ため息をつく夜があっただろうか。

船は一路、珊瑚港へと向かっている。

マルギットが女王になる日は近い。セシリアが望む未来も、間もなく訪れるだろう。

しかし頭を抱えるセシリアの悩みは、どこまでも深かった。

珊瑚港に到着後、一行は港町の宿に入った。

春の大陸から運ばれる物資を、ルトゥエル王国の北側三分の二の地域に送る、陸運の拠点である。錚々《そうそう》たる倉庫群を抱えた港町の規模は大きい。

セシリアはマルギットを抱えて船を下り、宿の二階の部屋まで運んだ。

ベッドに入った途端、マルギットは目に涙を浮かべて「ありがとう」と言った。恐らく、彼女がはじめて口にした感謝の言葉である。

セシリアは、なんとも言えない気分になった。

(女王位が近づいて、お心まで気高くなられたのかしら)

侍女たちがマルギットの着替えをするというので、退出して廊下に出た。

宿の一階は、酒場になっている。階段を下りると「一杯いかがですか」と声をかけられた。ラグダ王国の文官のニコロだ。束の間の休息をとっていたようで、髭《ひげ》に麦酒《ばくしゅ》の泡がついている。

他にも、ラグダ王国の征竜魔道士団に参加していた面々が揃っていた。

「いただきます。皆さんは、もう移動ですか？」

運ばれてきた麦酒を、一口飲む。北の方で好まれる麦酒は、苦味が強い。それが船旅に疲れた身体《からだ》には、かえって心地よかった。

「はい。食事を終えたらすぐに出発いたします。護衛としては、役に立ちませんからな」

はは、とニコロは笑った。彼に武術の心得《じようじゆ》が皆無なのは、身のこなしからもわかる。

彼が上機嫌なのは、この作戦の成就の暁《あかつき》には、ラグダ王国国議会議長の座を約束されているからだろう。

「護衛はお任せを。必ずや無事に砦まで殿下をお連れします」

「互いの無事を祈って」

ニコロが麦酒の木杯を掲げる。セシリアと兵士たちも木杯を掲げた。

兵士たちが「どうぞ」とセシリアに食事を勧めてきた。

木の実が練り込まれたパンが、皿に山積みになっている。そこに揚げたネギの入った魚肉のペーストをたっぷり載せて食べるのが、ガラシェ社領では身分を問わず好まれる食べ方だ。そこに鶏肉《とり》入りの豆のスープまで添えられていては、断る理由がない。

マルギットの付き添いで、今日は朝から食事も摂《と》っていなかった。

セシリアは、ありがたく皿を受け取り、故郷の味を一口頬《ほお》張る。じんわりと、顔中に幸福感が染みわたる。

「セシリア導師。黒の都には、本当に竜がいるのでしょうか？」

パンを麦酒で流し込みながら、向かい側に座った若い兵士が問うてくる。

「黒の都に、竜はいませんよ。現れるのは、外敵に襲われた時だけです」

セシリアが言うと、ニコロも「いなかったよ」と同意した。

「でも、どうして竜は黒の都を守るのに、諸国では土地を荒らすのでしょう？　誰に聞いても、竜の都合など知るか、と言われてしまいます」

兵士の問いに、セシリアは深くうなずいた。

「鍛刃院では、こう習います。すべての竜は悪竜で、我が国の王だけが竜を益竜にし得るのだと。だから、黒の都の危機にやってくるのが益竜で、他国にいるのが悪竜です」

「でも、その益竜は普段は黒の都にいないのですよね？　悪竜はいつでも同じ場所にいるのに。どうしてでしょう？」

問われて、パンを持ったままのセシリアは首を傾《かし》げた。

故郷の味は魅力的だが、今は竜の話で頭がいっぱいになっている。

「……わかりません。竜は天の神々の使い、とはいわれていますが……神話によれば、竜は島の土から生じるとか。天から舞い降りる、というのも読んだことがあります」

ニコロは「王都の危機に際しては、天から来るでしょうな。地からでは城壁も壊されてしまいますから」と言って納得していた。若い兵士は「天から来るのが益竜で、地にいるのが悪竜でしょうか？」とまだ首を傾げる。

この時、セシリアの緑の瞳は、実に久しぶりに輝いた。

元来、竜の話は三度の飯より好んでいる。

「空を――飛ぶんです。竜は飛びます。だから、天から来ますよ。だって黒鳶《くろとび》城の二本の尖塔《せんとう》は、竜が休んだと伝わる場所ですから」

セシリアが、手ぶりを交えて黒鳶城の尖塔の話をすると、兵士は、うんうん、とうなずきながら「悪竜が飛んだという話は聞きませんね」と言った。

「あぁ、たしかに。……ほとんど移動もしませんし――」

セシリアは、さらに身を乗り出して、話を続けようとしたが――

「セシリア導師。マルギット様がお呼びです」

二階から呼ばれ、阻《はば》まれた。

竜の話も、久しぶりの故郷の味も、いったんお預けだ。

「では、墨岩砦でお会いしましょう」

ニコロに握手を求められ、セシリアは応じた。

他の兵士たちとも慌《あわ》ただしく握手をしてから、階段を駆け上がる。

マルギットは、宿の簡素なベッドの上で半身を起こしていた。

船に揺られていた時よりも、顔色はいい。

「少しだけ、気分がいいの。……退屈でどうかなりそうだわ」

話し相手になれ、と言っているらしい。

セシリアは、示された椅子に腰を下ろす。奇襲を警戒し、貴人用の宿は避けている。部屋の調度品などはごく質素で古い。小さな椅子は、セシリアが軽く腰かけただけで、小動物の鳴き声のような音を立てた。

「面白い話など、できそうにありませんけれど」

「そんなの、まったく期待してないわ。貴女の話、面白くないもの」

気力も回復してきたらしい。セシリアは苦笑しつつ「申し訳ありません」と謝った。

「面白くない話で恐縮ですが……ずっと、気になっていたことがございまして。ドロテア様が遺された事業について、うかがってもよろしいですか？」

「それは、面白くない話じゃないわ。母上の話ですもの」

マルギットは「続けて」と機嫌よく答える。

「ドロテア様が混成種の孤児院を創《つく》られていた……という可能性はございませんか？」

「……そんなの、聞いたことがない。あの、ラグダ王国の混成種の話？」

「はい。どのように考えても、国が関わっているとしか思えぬのです。彼らは自身の顕性係数を知っていました。そもそもの話をすれば、私がガラシェ家に迎えられたのも、顕性係数が高かったから……だと思いますし」

比較的明るかったマルギットの表情が、にわかに曇る。

マルギットは、他国に魔道士がいることを認めていない。以前は、偽物、と呼んでいた。

窘《たしな》めたところ、ラグダ王国の混成種、と呼ぶようになった。ラグダ王国の宮廷魔道士、とは決して呼ばない。

「まさか。そんな話、聞いたためしがないわ」

「少なくとも、私やラグダ王国の魔道士たちを、生まれてから幼児になるまで育てた施設があるはずなのです。孤児院でしょう。私は白鷺城に着いたその日に、結界の修繕をしたそうですから、最低限の魔術も使えた。その孤児院は、顕性係数も調べ得る、魔術の基礎まで学べる場所だったのです。……けれど、私たちはなにも覚えていない。まったく記憶がないのです。木の股《また》から生まれたわけでもないのに」

「貴女の話って、本当に面白くないわね。黒鳶城に戻ったら、その件はすぐに調べさせるわ。……私も、母上の慈善事業のすべては継いでいないのよ。母上が亡くなった時、私はまだ幼かったから。王都の孤児院も、最初に訪問したのは十二歳になってからよ」

「マルギット様が継がれるまでは、どなたが管理なさっていたのですか？」

「……知らない」

少しだけ、マルギットが答えるまでに間があった。

母親を亡くした四歳の女児が、十二歳になるまでの期間、慈善事業は別の誰かの手を経ていたのだろう。そうして、恐らくマルギットはその恩なり功なりを認めていない。

（あぁ、ヒルダ様か）

セシリアはそう察して、この話題自体を避けようと決めた。

マルギットの口から出るヒルダの情報は、憎しみまみれで信用できない。

「さ、私はそろそろ失礼します」

どうにも、自分にはマルギットの話し相手になる才能に欠けているようだ。

「……貴女、あの男とは別れるのよね？」

セシリアは、目をぱちくりとさせて、上げかけていた腰を下ろした。

「え？」

マルギットの空色の瞳は、セシリアをまっすぐに見つめていた。冗談を言っている様子はない。軽口の類《たぐい》は滅多に言わない人だ。

「宮廷魔道士団の団長になるなら、すぐにも別れるべきよ。タリサは、私の護衛になった時、すぐに婚約者を捨てたわ。そうでなければ務まらないもの」

「……簡単ではないと思いますが、二人で道を探していきたいと思います」

「新しい縁談なら、私が用意するわ。とにかく、あの男とは別れて」

重いため息まじりに、マルギットが言う。

セシリアは仰天した。

「……新しい縁談？　ご冗談を。私は、ガラシェ家の養女です」

「タリサだって、ヴァルク家の養女だった。いずれ縁談を受け入れていたはずよ」

今の会話から察するに、マルギットはタリサに同じ話をしたのだろう。

「自ら望まれたわけではないはずです」

タリサは王女の護衛を務めながらも、薄給に甘んじていた。故郷にも戻れず、生きるためにその道を選んだ可能性はある。しかし、やはり望んではいなかったはずだ。彼女は、婚約者から受け取った指輪を、死ぬまで身に着けていたのだから。

「貴女だって黒鳶城で生きていくなら、貴族の夫が要るんじゃない？」

貴族の夫、というのは、即《すなわ》ちスィレン種の夫、ということだ。

「お断りします。私を、陰《かげ》で騾馬と呼ばない貴族の男がいるとは思えないのです」

ギヨム種は馬に。スィレン種は驢《ろ》馬《ば》に。混成種は騾馬に、しばしばたとえられる。侮《ぶ》蔑《べつ》をこめて。セシリアは、そうした言葉で愚《ぐ》弄《ろう》されるのが嫌いだ。

「言わせないわ、そんなの」

「当人が面と向かって言わずとも、その親やら、親族やら、使用人やら、暮らしに関わる人は大勢います。私は、私を蔑《さげす》む者が嫌いなのです」

セシリアの拒絶に対し、マルギットは不機嫌に眉を寄せた。

「とにかく、ガラシェ家の男は駄目よ」

「彼以外は考えられません」

騎士の世の婚《こん》姻《いん》において、相性は重要だ。

より強い者に惹《ひ》かれるのが、ギヨム種の性《さが》。セシリアにもその血は流れている。

横並びで語られる七社家にも、個性は存在する。ガラシェ家は、最も剣技に優れた一族で、膂《りょ》力《りょく》も強い。

脅威《きょうい》は西から来る、というのが大ガリアテ島における共通認識だ。ガラシェ家が西を守っているのは、偶然ではない。そのガラシェ家のアルヴィンと共に育ったセシリアが、彼以外に惹かれる可能性は、皆無だ。

「こちらも困るわ。……貴女には、こちら側にいてほしいの」

セシリアには、スィレン種側にいてもらいたい。そのために貴族――マルギットの息がかかった――と縁づけようというのが、この話の主旨《しゅし》らしい。

「マルギット様は、七社家の支持を受けています。あちらとこちらを分けてはなりません」

「馬鹿《ばか》ね。だからこそ、分けるべきなのよ。私が王位に就いたら、彼らは増長するに決まってるわ」

「増長？――そ、それは……違います」

マルギットは、険しい表情をしている。

セシリアの眉にも、シワが寄った。増長、という言葉は、ベッドに土足で上がられたような不快さを感じさせる。

「おめでたいのね。そうなるに決まっているじゃない。私が即位したら、次々と要求を突きつけてくるわよ。これまでの王が守ってきたものが、守られなくなったら国が揺らぐわ。早いうちに頭を押さえつけないと、そのうち黒髪の王が誕生しかねない」

抗議は、いくらでもできる。

だが、セシリアはこの場での言いあいを避けた。

「この話は、これきりになさってください。――失礼します」

会釈をして、セシリアは今度こそ部屋を出た。

自覚していた以上に、動揺している。鼓動が、ひどく忙《せわ》しない。

（七社家は、敵ではないのに……）

マルギットが、七社家に向ける目が怖い。

しかし、一番怖いのは、自分が今どこに立っているかを見失いかけていることだ。

（マルギット様は、あちらとこちらを分けた）

あちらは、ギヨム種の世。

こちらは、スィレン種の世。

（選ばねばならないの……？）

ガラシェ家のセシリアのままでは、黒鳶城で生きられないらしい。

混成種の未来を拓きたい。そのためには、故郷を捨てねばならないのだろうか。――タリサ・ヴァルクのように。

（嫌だ。家族を秤《はかり》になんてかけたくない）

マルギットが女王になるまでは、余計なことは考えまい、と自分に言い聞かせる。考えれば、頭が鈍るだけだ。鈍った頭でたどりつけるほど、王都への道は平坦ではない。

重くなった足を引きずるようにして、セシリアは階下へ戻ったのだった。

神暦九九六年六月二十五日、未明。

マルギット一行は、墨岩砦へ向けて港町を出発した。

緊張を伴う行軍である。

ウイルズ王と七社家は、互いに兵を対峙《たいじ》させたまま交渉を進めている。

ウイルズ王の意思は、議会が。

七社家の意思は、大社が。

それぞれに代表し、話しあいは黒鳶城の議場で続いている。

前提にあるのが、ウイルズ王と、マルギットの、どちらもが竜を御する力を有しているという事実だ。どちらかが欠ければ、戦況は大きく変化する。堅牢な黒鳶城に守られたウイルズ王に比べ、移動を重ねるマルギットが抱える危険は大きい。

ここでマルギットを失えば、七社家の目的も達せられない。王家と七社家の対立も、泥沼化しかねず、幾重の意味においても、今はマルギットを守る必要があった。

(なんとしても、無事に墨岩砦までお連れしなくては)

セシリアは腰の剣にそっと触れた。

マルギットの護衛だったタリサの遺品だ。セシリアは、彼女の遺志を継ぎ、マルギットを守っている。きっとタリサならば、力を貸してくれるはずだ、と信じている。

(どうぞ、マルギット様をお守りください)

夜の間に降った小雨《こさめ》は上がり、空気は水気を帯びている。

四人乗りの馬車に、先にマルギットが乗り込んだ。その向かいにセシリアが座る。

マルギットは、さっそく座席の上で丸くなっていた。

（何事もなく、砦までたどりつけますように……）

セシリアは、馬車に乗り込んでからも被ったままだったフードを上げた。

道の起伏が、激しくなってきた。はらりと短い髪が、頰に触れる。

（あれから、もう四カ月も経《た》つのに……）

この髪は、悪竜の炎から身を守るため、自分の短剣で切り落とした。翡翠の園に戻ってから数日後に、侍女にまっすぐ揃えてもらったのを覚えている。

（この髪……全然伸びてない）

急に気味の悪さを感じて、髪に触れていた手をパッと放した。

なにも緊張続きの行軍の最中に、気にすることではないはずだ。考えまい、考えまい、と自分に言い聞かせる。

その時、眠っていたマルギットが「う……」とうめき声を上げた。

「……父上……」

魘《うな》されているらしい。

逃亡中から変わらず、マルギットは、よく悪夢に魘されている。

父上、父上。

マルギットの細い腕が、虚空《こくう》に伸びた。

なにかに縋《すが》ろうとして、叶えられない様はどうにも気の毒だ。

起こしてやるべきか、と迷っている間に、マルギットは伸ばした腕につられて座席から転げ落ちそうになった。

さすがに放っておけず、セシリアはマルギットの身体を支えた。

潤んだ空色の瞳と、ぱちりと目があう。

まだ、夢と現《うつつ》の境目にでもいるのだろう。マルギットは、なにも言わずにぎゅっと抱きついてきた。

思わず、その身体を床に落としてしまいそうになったが、マルギットが「怖かった……」と呟《つぶや》くので、しかたなく受け入れた。

「先は長いですから、お休みを」

座席にマルギットを戻したが、その手はセシリアの手を握ったままだ。

セシリアは床に膝《ひざ》をついた格好で、好きにさせておくことにした。

「七社家は……父上を殺すかしら」

マルギットが父親の話をする度、セシリアは小さく苛立《いらだ》つ。

彼女にとって、父親はどこまでも大きな存在であるらしい。王太子としては認められず、謀《たばか》られ、殺されかけても、なお。兵を対峙させる状況になってさえ。

セシリアにとって、ウイルズ王は仇《かたき》だ。トラヴィア公も殺された。タリサもだ。親友まで殺されている。祝祭の日の宮廷騎士殺害は、許しがたい蛮行《ばんこう》だ。憎む以外の感情を持ちようがない。——さすがに、口には出さないが。

「退位を要求しているだけです。ご心配には及びません」

セシリアがいかにウイルズ王を憎んでいようと、それは個人的な感情でしかない。

七社家は、王家の維持を認めている。

問題はウイルズ王の、七社家に対する敵対行為だけである。王の殺害は、七社家の望むところではないのだ。

「……もう、父上は自力で歩けないの」

マルギットが突然そう呟いたのに、セシリアはぎょっとした。

ウイルズ王が病身なのは知っていたが、そこまで悪化しているとは知らなかったからだ。

「それは……存じませんでした」

「貴女にだから言うけれど……父上は、魔道士の秘術で延命しているの。人前に出られる状態じゃない。祝祭の日も、日が沈んでから天蓋《てんがい》つきの輿《こし》で移動していたくらいよ。……黒鳶城から出されたら、その場で息絶えてしまう」

「そ、それは七社家側に伝えた方がよろしいのではありませんか？」

ウイルズ王の身など案じるつもりはなかったが、これは放置できない問題だ。

「伝えたら、あの連中は父上を殺すわ。だって、城から出すだけでいいのだもの」

黒鳶城はスィレン種の肉体にたしかな影響を与える。

健康に問題のないセシリアでさえ、変化を感じるのだ。病身での移動では、命に関わる問題になり得る。

「七社家とてわかっていれば、城から出ろなどとは言いません。伝えなくては。譲位にも儀式は要ります。行うならば大社でしょうし……」

魔道士による延命など、セシリアは聞いたことがない。しかし癒《ゆ》系の魔術と同じ原理だとすれば、一分一秒たりと休むことなく魔術を施し続けねばならないはずだ。

とても繊細で、それでいて強い魔力を有する。

ウイルズ王自身への影響も然《さ》ることながら、支える魔道士も黒鳶城の影響は受けているのだ。譲位のために城を一歩出た途端に、ウイルズ王が死亡する最悪の事態も考えられるだろう。

大事だ。ウイルズ王への退位の要求自体が、にわかに暴力性を帯びてしまう。

「七社家に伝えたら、父上は殺されるじゃない」

セシリアの背には、冷や汗がつたっている。

とんでもない告白だ。今すぐにでも七社家に伝えなければ、七社家側の正義が揺らぐ。

渋々マルギットが「伝えるなら人を選んで」と言うのに「お任せを」と請け負った。

セシリアは御者に合図を送り、馬車が止まった途端に外へ出た。

マルギットの護衛は、ラグダ王国の兵が前後に三十人ずつ。小人数だ。

代わりに、砦の周辺の警備は厚くしているそうだ。ガラシェ家からは、墨岩砦を守る次兄のキリアンが参加している。

武勇に優れた彼がいる、と思えば安心できるが、彼は同時に、セシリアにとって天敵でもあった。キリアンは、頭が固い。スィレン種への嫌悪も強い。鍛刃院への入学にも、最後まで反対していた人である。護衛としては頼もしいが、今のセシリアには、あまり顔をあわせたくない相手だ。

「どうしたの？」

セシリアが列からわずかに離れただけで、アルヴィンの乗った馬が近づいてきた。

紅玉のネックレスのお陰で、探す手間が省けるのはありがたい。

「ちょっといい？　話があるの」

「別れ話じゃないなら聞くよ」

「そんなんじゃないったら」

セシリアは、むっと口を尖らせつつ、サッと結界を張った。

「なにかあった？」

馬から下りたアルヴィンが、首を傾げる。

「先に謝らせて。船の上で話したこと。……ごめんなさい。冷静じゃなかったわ」

「謝らなくていいよ。君が結婚なんてしてる場合じゃない、って思っているのはよくわかったから」

「そんなこと言ってない」

「顔に書いてあったよ」

そんな顔をした覚えはないが、セシリアは「ごめん」と重ねて謝った。

「あんな風に当たり散らすのを、当たり前のことにしたくないの。道を変えるつもりはないけど、それだけ謝りたかった」

アルヴィンは「謝罪は受け入れるよ」と言って、手を差し出した。セシリアはその手をしっかりと握る。

「それで、話っていうのは？」

「マルギット様が、父君の健康を心配しておられるの」

セシリアはマルギットから聞いたウイルズ王の状態を、ほぼそのまま伝えた。黒鳶城の魔道士の魔術による延命が行われており、管に繋がれ、歩行もままならないと。

「……そこまで衰《おとろ》えていたとは知らなかった。すぐにも七社家に伝えるよ。安心して」

肩の荷が、下りた思いだ。

セシリアは胸を押さえて「よかった」と呟く。

マルギットは、即位するまで七社家の後押しを得るつもりでいながら、もうその向こう側の、仮想敵として七社家を設定している。

余計な摩擦《まさつ》は、極力避けたいところだ。

「伝えられてよかった。もしもの時、七社家に王殺しの罪を着せられたら困るものね」

「セシリア。これは……首枷をかけるために言うんじゃないけど――」

「わかってる。その話はいったん忘れて」

「七社家と王女の対立は、避けられないよ。君が女王から命じられる最初の任務は、七社家の討伐《とうばつ》かもしれない。その覚悟はある？」

胸が、ぐっと苦しくなった。

セシリアも、じわじわとその瞬間が来ることを予感している。

「……ないわ、全然。そんなの絶対に嫌」

「王女は簡単に君を裏切るし、いつでも七社家に刃を突きつける気でいる。それだけは忘れないでほしい。王の健康状態を、今になって君に話した理由も、考えた方がいい」

重要な情報を、セシリアに伝える。セシリアは、アルヴィンに伝える。それから、七社家にも。

もしも、ウイルズ王が退位の手続きの最中に亡くなったとしたら？

責任は、どこに向かうだろう。

そしてマルギットが、セシリアとアルヴィンには伝えていた――と人に言ったなら？

「七社家に、王殺しの罪を被せるつもりで？　まさか」

ぞわり、と背が冷えた。

それは、とても恐ろしい想像だ。

「君か、俺か、七社家か。いずれ煙たくなるものと思っているんだろう」

「そう……なのかもしれない」

マルギットは、決して善人ではない。

人を簡単に騙《だま》し、利用する。目的のためには手段を問わない人だ。

（タリサ様の二の舞にはなるまいと思っていたのに……うっかり、忘れそうになる）

マルギットの弱さや、孤独を知る度に、セシリアは知らず心を傾けている。

傾きの分、距離が近しく感じることもしばしばあった。

セシリアは、するりと結界を解いた。遮《さえぎ》られていた虫の声が、一気に押し寄せてくる。

「王女を黒鳶城まで導くのが、俺たちの務めだ。その先のことは、改めて──」

アルヴィンが言いかけた時、虫の声に交って「導師──」と声が聞こえた。

二人は、揃ってそちらを見る。

行軍中の兵士の列から外れたところで、黒いものがヒラヒラと動いている。セシリアも着ているラグダ王国の宮廷魔道士のローブである。声で、レオンだとわかった。

「──セシリア導師！」

ラグダ王国の宮廷魔道士が、なぜ墨岩砦へ向かう道の途中にいるのか。

彼は、春陽湾への出航の際、港まで見送りに来て別れを惜しんでいたはずだ。

「レオン様？　どうなさったのです、こんなところまで！」

セシリアは、レオンに駆け寄った。

「急ではございますが、ガスパル殿下より、道を変えるよう指示を受けております」

セシリアは、レオンの持っていた命令書を受け取った。

ラグダ王国第二十三軍軍団長、と書かれている。それはマルギットの支援のために新設された軍の名で、ラグダ王国の征竜魔道士団の母体でもあった。今は諸国の連合軍の一部になっている。だから、その指揮官はガスパルだ。間違いない。

セシリアは護衛隊長への連絡をアルヴィンに頼み、マルギットの待つ馬車に戻った。

「進路に変更があったそうです。北側から、回り込んで砦に向かいます。――先ほどの件も、七社家側に伝えて参りました」

「そう。……なんでもいいから、早く揺れないベッドで眠りたいわ」

マルギットは、瞼を半分閉じた状態で返事をした。

まだ、太陽は高い場所にある。砦への到着予定は夕方。迂回《うかい》すると、日のあるうちには着けない可能性も出てきたが、安全には代えがたい。

馬車は動き出し、緊張の中、険しい道を進んでいく。

――馬の嘶《いなな》きが、聞こえた。同時に、馬車が止まる。

（……なにが起きたの？）

止まるや否《いな》や、扉が乱暴に開いた。

とっさに、セシリアの手は剣に伸びる。

「導師！　こちらへ！」

そこにいたのは、レオンだった。

「て、敵襲ですか⁉」

「お早く！　外へ！」

いきなり、ぐい、と腕をつかまれた。

レオンの若草色の瞳は、爛々《らんらん》と輝いている。

「レオン様、馬車を離れるわけにはいきません！」

二人の膂力には、大きな差がある。レオンにいくら強く腕をつかまれたところで、振り払うのは簡単だ。

「すぐに済みます。とにかく、導師だけは外へ！」

その尋常ならざる様子に、セシリアは腕を振り払うのをやめた。戸惑いつつも「すぐに戻ります」とマルギットに伝え、外へ出る。

「レオン様。何事です？　事情を教えてくださ――え？」

隊列から十数歩離れたところで、いきなりレオンは土下座をした。

「このまま、なにも問わずに珊瑚港へお戻りください。後生です。貴女だけは……貴女だけは守りたい！」

セシリアは、この一言を聞くまで、まったく無防備にこの少年を味方だと信じていた。味方で、仲間で、同胞《どうほう》だと。

だが――違う。

一度下げ、がばりと上げた少年の顔には、びっしりと汗が浮いていた。

レオンは、ラグダ王国の宮廷魔道士だ。厚遇で召し抱えられ、ガスパルとも信頼関係があるように見えた。裏切りを働く理由がわからない。

「……どうして……」

心に湧いた疑問は、そのまま口に出ていた。

それは、なぜ、貴方《あなた》は我々を裏切ったの？　という問いであった。

しかし、少年は、

「貴女を、愛してます」

とセシリアだけを外に連れ出そうとした動機を、口にした。

こうなると、セシリアがすべきことは一つだ。

「マルギット様！　逃げますよ！」

そうセシリアが叫ぶのと、一本の矢が足元に突き立つのは、ほぼ同時だった。

二本、三本。すぐに矢は雨のごとく降り注いだ。

悲鳴が上がり、馬が鋭く嘶く。

セシリアは馬車に駆け戻り、マルギットを荷のように抱えた。

「な、なんなの⁉」

「黙って！　舌を噛《か》みます！」

矢の雨の止んだ、一瞬の隙《すき》に森の中へと逃げ込む。

死に物狂いだ。

いかにセシリアに騎士に並ぶ力があり、マルギットが小柄だといっても、人一人を肩に抱えて走るなど、そう簡単ではない。

だが、走った。

明日、腕が千切れても、足が動かなくなっても構わない。

今、ここから逃げなければ、死ぬ。

カリナの顔が、ふと浮かんだ。親友が愛した英雄が、こんなところで死ぬわけにはいかない。もっと高くへ飛ぶはずなのだ。彼女が予想したよりも、高いところを。

（死ねない！　まだ死ねない！　マルギット一世を玉座に据《す》えるまでは――）

護衛の兵が、数人後ろについてきているようだ。

その一人が、足に矢を受けて倒れる。追手が近い。

ずいぶんと長く走ったようでもあり、一瞬であったような気もする。

森の途切れる場所が、向こう側に見える。

木々の間に、巨岩があった。きっと遥《はる》か昔に竜が置いたものだろう。

あの陰に隠れれば、矢だけはしのげる――そう思ったところで、矢がボッボッと、足元に突き立ちだした。

セシリアは、限界を感じてマルギットを地面に下ろす。

マルギットを、突き飛ばす勢いで大木の陰に隠れさせ、すらりと剣を抜いた。

こちらの護衛は、四人。

追手は――王領軍だ。制服でわかる――五人。その後ろに、弓を構えた兵士が三人。

弓兵が、じり、じり、じりと前に出てくる。

(汎種《はんしゅ》を殺したくない。……でも、戦わなければ殺される)

剣を構えた、その瞬間だった。

大きな――とても大きな影が、落ちてきた。

鷹《たか》の比ではない。梟《ふくろう》でもない。もっと、遥かに大きい――影だ。

ゴオオゥ　オウゥ
セシリアの上にも、マルギットの上にも。敵味方の兵士の上にも、同時に。

(……竜⁉)

弓のしなる音がし、鏃《やじり》はこちらに向けられている。そんな状態で、敵から目をそらすなど自殺行為だ。

だが、どうして空を見上げずにいられただろう。

そうして見上げた先の、森の合間からのぞく空に――竜がいた。

「竜……」

「竜だ……」

ぽつり、ぽつりと兵士の声がする。

その場の全員が、口を開けて空を見上げていた。

「走って！　あの岩陰に、マルギット様をお連れして！」

とっさに、セシリアは護衛の兵士に叫んでいた。

なぜ、ここに竜がいるかなど考える暇はない。この圧倒的に不利な状況下で、敵にできた隙だ。それを作ったのが象であろうと竜であろうと、利用しない手はない。

この敵兵諸共《もろとも》焼かれるにしても、万に一つの希望を手放すつもりはなかった。

地を蹴り、セシリアは中央にいた弓兵に迫った。竜の出現に驚愕《きょうがく》する栗《くり》色の瞳と、セシリアの緑の瞳が、ぱちりとあう。

その弓兵の頬を、左の拳《こぶし》で殴りつける。厚い髭の感触があった。

「……ッ！」

髭の兵士は、遠くまで飛んでいく。

竜に気をとられた兵士たちは、無防備だった。

続けざまに、横にいた兵士の弓弦《ゆづる》を剣で断ち切る。一人は、竜を見て腰を抜かしていた。

その地に落ちた弓も、剣で断った。

また竜の影が、真上を通り過ぎていく。

竜がいる。

竜が、空を飛んでいるのだ。

（やっぱり……竜は空を飛べるんだわ）

天から来るのが益竜で、地にいるのが悪竜でしょうか？――と珊瑚港で兵士が言っていたのを、頭の隅《すみ》で思い出す。その理屈でいけば、この竜は益竜ということになる。

悲鳴が、あちこちから聞こえた。――森の木々の中に、王領軍の兵士の制服が、チラチラと見え隠れしている。二十人はいるだろう。セシリアが一人で立ち向かうのは不可能だ。

（このままじゃ、囲まれて殺される――）

どん！　と背の方で地面が大きく揺らぐ。

「ヒッ！」

悲鳴が出た。――いる。

生き物の気配を、背の方からはっきりと感じる。

心の臓が、口から飛び出しそうだ。

セシリアは、恐る恐る後ろを振り返った。

そこに――竜がいる。

森と、岩との間の開けた場所に、竜が降り立ったのだ。

ごくり、とセシリアは生唾《なまつば》を飲む。

（竜……）

その視界の端で、巨岩の陰に隠れたらしいマルギットの黒いローブの裾《すそ》が見えた。

なんとか、マルギットは巨岩までたどりつけたようだ。

「りゅ、竜だ……！」

「助けてくれ！　竜だ！」

細く、太く、様々な、悲鳴が聞こえる。

どこにでも勇敢な者はいるもので、竜に向かって矢が何本か飛んでいった――が、竜の鱗《うろこ》は音さえ立てずに矢を弾く。

人の勇気もここまでか、と思ったが、それでも矢は一、二本飛んでいった。

そして——また、空の影が行き来する。

地上に、一頭。空に、もう一頭。

竜が二頭いる、と気づいたところが人の勇気の限界だったようだ。

悲鳴が上がり、鎧《よろい》の音と共に兵士が逃げていく。残った者もいるはずだが、音はしない。

腰を抜かしてしまったか、気絶しているのだろうが、セシリアは確認していない。

目を、動かすことができなかった。

セシリアは、竜と見つめあっていたからだ。

いかに恋焦《こ》がれる存在であろうと、炎を吐かれれば一瞬で死ぬ相手だ。恐怖がなかったといえば嘘になる。ただ、死にたくない、という気持ちと同じ程度に、死ぬのだろう、と認識できる余裕はあった。

きっと遭遇が二度目だからだろう。

いや、それだけではない。

一度目と二度目とでは、竜の様子がまったく違っていた。

(どうして……)

セシリアには、どうしても理解できない。

空を飛んできたことも、大きな違いだ。だが、もっと大きな違いがある。起きるはずのないことが、起きていた。

（どうして、この竜はマルギット様を見ないの……？）

巨岩の向こうに隠れているとはいえ、マルギットはすぐそこにいる。

竜が見るべきは、そちらのはずだ。竜は、竜を御す者を正面から見つめる。そういうものだ、と聞いた。実際に、その現場も見ている。

（……どうして？）

石榴石の色の瞳は、セシリアをまっすぐに見つめている。

竜が、一歩セシリアに近づく。

セシリアも、竜に近づく。

遮る木が視界から消え、はっきりと姿が見えた。

青みを帯びた鱗に、背を覆《おお》う刺《とげ》。そうして、その美しい――石榴石の色の瞳。

あぁ、とセシリアは感嘆の声を漏《も》らしていた。

セシリアが持つ、最初の記憶。

白鷺城の広間に飾られた、大きな竜の絵。

その圧倒的な美しさには、一目で心を奪われた。

ここで竜と見つめあったまま、死ぬ。それもまた、自分らしい気がする。

（カリナ。私、竜に会ったわ。もう悔いは――ない？　嘘よ。ないわけないじゃない！）

陶酔は、一瞬で醒《さ》めた。

まだ、なにもできていない。

セシリアは相変わらず、何者にもなっていないままだ。

宮廷魔道士にもなれず、騎士にもなれず。偽物で、なり損ない。

「アルヴィン――」

口から、その名がこぼれていた。

彼との約束も、まだ果たしていない。――会いたい。死にたくない。

セシリアの動揺をよそに、竜は、静かにセシリアを見ている。

石榴石の色の瞳で。――幼馴染みと同じ色だ。自分を見つめる眼差《まなざ》しは、優しい。

（……あ……）

――その瞬間は、突然訪れた。

セシリアは、この瞳を知っている。

とても、よく知っていた。幼い頃からずっと、隣にいた人。

「――アルヴィン……？」

あらゆる理屈を必要とせず、セシリアは彼の名を呼んでいた。

さらに近づいて手を伸ばし、ひんやりとした鱗に触れる。艶《つや》やかな鱗は、彼の黒髪を思わせた。

人が竜の姿になるはずがない、という一点だけを除けば、セシリアにはもうこの状況が難なく理解できた。

彼は、セシリアの危機を救うために、ここへ来たのだ。

「ありがとう。……ありがとう、アルヴィン！」

愛おしさが胸に湧き、ぎゅっと竜の首に抱きつく。

「ひっ……！　ば、化け物！」

兵士の、悲鳴じみた声が聞こえた。腰を抜かしていた敵兵のようだ。

悲鳴と共に飛んできた矢を、竜は首を動かして弾く。

人は、竜を竜と呼ぶので、化け物、というのはセシリアを指していたのかもしれない。

「殺して！　焼いておしまい！」

離れたところ――丘の巨岩の辺りから、声が響いた
マルギットの声だ。

「早く焼き払って！　なにをしているの。さっさと敵を倒して！　炎で、焼き払うのよ！」

セシリアは、あまりのことに青ざめた。

竜の出現に算を乱したが、兵士はまだ近くに多くいる。

敵兵ばかりではなく、護衛のラグダ王国の兵士もいるはずだ。竜が炎を吐けば、敵兵ともども焼かれるだろう。

竜の首が、ゆっくりと声のする方を見ようとした。マルギットの方を――正面から。

とっさにセシリアは、竜の首に抱きつく腕の力を強めていた。

「だめ！　だめよ！　アルヴィン、そちらを見ないで！」

そこにグレゴール一世の直系がいる。

竜はこれから、マルギットの前に跪《ひざまず》く。そうして、マルギットの指示に従い、兵士と森を焼いてしまうだろう。──聖騎士が守るべきものを。

「さっさと殺すのよ！　早く！　炎を吐きなさい！」

マルギットの声に応《こた》えるように、ゴォウ、と竜の首の奥で、鈍い音がした。

炎が、湧いたのだ。

あるいは、ここで逃げるのが正しかったのかもしれない。留まれば、敵兵と共に焼かれて死ぬだろう。しかし、セシリアはいっそう強く竜の首に縋っていた。

「汎種を殺してはいけない！　ここは、貴方の守るべき森よ！」

『セシリア』

突然、鱗ごしに声が聞こえた。

驚きに、びくりと身体が震える。──あの時と同じだ。ラグダ王国ではじめて竜と戦った、あの時に聞こえた、助けて、という声と。

身体に直接響いてくるような、この感覚。

竜の声だ。

そうして、同時に慣れ親しんだ幼馴染みの声でもある。

「焼かないで。殺さないで。……貴方は、誇り高い聖騎士なのよ！」

ばさり、と大きな音がして、竜の身体と周囲の空気が動いた。

竜が、翼を広げたのだ。

（声が……届いた？）

竜はセシリアを――恐らくは、セシリアの身につけたネックレスを見つめたまま、翼を動かし続けた。その度、セシリアの短い蜂蜜《はちみつ》色の髪が躍る。

地面を抉《えぐ》っていた鉤爪《かぎつめ》がふわりと浮き、ぐん、と竜の身体は空に上がった。

天から降り立った竜が、天に戻っていく。

まるで、神話の中にいるような気分だ。

遠くでマルギットが「殺して！　焼き払って！」と叫ぶ声が聞こえている。

しかし、竜はグレゴール一世の末裔《まつえい》から、力強く翼を動かして遠ざかっていく。

そうして、ついにその姿は見えなくなった。

（夢でも見ていたみたい……）

――馬蹄《ばてい》の音がする。

「……ッ！」

呆然としていたセシリアは、とっさに木の陰に身を隠した。

ドドッ、ドドッと馬蹄の音は近づいてくる。

（ラグダ王国の兵？　それとも王領軍……？）

目をこらせば――ガラシェ家の、剣を踏みつける竜の紋章が見えた。

灰褐色《はいかっしょく》のチュニックの二十騎は、社領騎士団に違いない。

先頭にいるのは、黒い詰襟《つめえり》のチュニックの聖騎士だ。

「義兄上《あに》！」

懐かしい顔を確認し、セシリアは木の陰から飛び出し、大きく手を振った。

彼はガラシェ家の次男で、名はキリアンという。アルヴィンのすぐ上の兄で、司祭長として王都に向かった叔父に代わり、墨岩砦《あおかげ》を守っている。父親譲りの立派な体格で、愛馬も、記憶にあるのと変わらない大きな青鹿毛だ。

「セシリア！　無事だな⁉」

「はい！　マルギット様は、あの岩陰においでです！」

キリアンは、部下の騎士に指示を出す。社領騎士団が、巨岩の方に向かっていった。

彼らは、顕性係数が七以上の精鋭たちだ。付近に多少の兵士が潜んでいたとしても、汎種相手に遅れは取らないだろう。

安堵《あんど》に、セシリアは胸を撫《な》で下ろした。

「よく王女を守って戦った。あとは任せて、砦に向かえ」

「……アルヴィンに、助けられました」

あえて、セシリアはアルヴィンの名を出した。

竜が姿を消した今、あれがアルヴィンであったのかどうか、わからなくなっている。

人は人で、竜は竜だ。人が竜になるはずがないのだ。

「ジョンが、この場所を知らせてくれた」

そう言ってから、キリアンはちらりと上空を見る。

そこで、セシリアは理解した。

（あぁ……じゃあ、空を飛んでいたもう一頭の竜は……ジョンだったのね）

アルヴィンならば、セシリアの持つ紅玉の位置がわかる。だからアルヴィンはこの場に現れた。

その上空をジョンが飛び、位置をキリアンに知らせたに違いない。

人が竜に変じた──という信じがたい事実さえ横に置けば、納得のいく流れだ。

（あ……マルギット様は──）

もっと話を聞きたいところだが、今はマルギットの安否確認が先だ。

替え馬を借り、セシリアは丘を走る。

巨岩の陰に、マルギットはいた。

「マルギット様、ご無事ですね？」

空色の瞳が、こちらを見た。

命拾いをしたと喜ぶ様子は、まったくない。感謝の色さえ。

ぞっとするほど冷ややかで、気味の悪いものを見るような目だ。

「──お前、何者なの？」

声も、問いも、氷のように冷たい。

セシリアは、それ以上一歩もマルギットに近づけなくなった。

マルギットは、それきりこちらを一顧《いっこ》だにしなかった。セシリアは社領騎士団に守られて砦に向かう列の後ろを、無言でついていく他なかったのである。


墨岩砦は、堅牢な砦だ。

山の中腹から森は途絶え、黒い岩が露出する斜面に変わる。

三本の塔が立ち、岩と同じ色の外壁は、下から見上げれば天にそびえるが如《ごと》く見えた。

大陸からの敵を想定して建てられたこの砦は、実際に征服者との戦を経験していた。

千年前。他でもない、征服王ガリアテの軍との戦いだ。

大ガリアテ島に上陸したガリアテの六人の息子の内の一人、剣士がこの道を選んだのだ。

ガリアテの息子たちがたどった三つの進路の内、征服者に破られなかったのは、この砦のみである。死闘は凄《すさ》まじく、千年後の今でも、森で人骨が見つかるそうだ。

この勝利によって、古き血の七人の王の領土は、その後グレゴール一世の登場まで五百年守られることになる。ガラシェ家の剣を踏みつける竜の紋章の由来にもなった戦だ。

そんな逸話を思い出しながら、セシリアは山道を進んでいった。

列の先頭が墨岩砦に入った途端、歓声が起きた。

セシリアは、まだ砦の門にもたどりついていない。

マルギットを襲った危機は、突如《とつじょ》現れた竜によって救われた。実にルトゥエル王国の王族らしい英雄譚《たん》だ。

人はいっそう熱くマルギットを愛するだろう。

やっと砦の門をくぐり、前庭に集まる人の群れを抜けて厩舎《きゅうしゃ》に向かう。歓声は、まだ砦に溢《あふ》れていた。

マルギットの英雄譚は、これまではセシリアの心を躍らせてきた。

それが、今は遠い。

（ガスパル様に、奇襲の件を確認しないと……レオン様のことも。……あぁ、もう諸国の軍も集まってきているのね）

真珠で飾られた秤は、見慣れたラグダ王国の旗。その横でなびいているのは、陽《ひ》を受ける帆船の旗。北隣のナリエル王国のものだ。果実の実る大樹は、ガラシェ社領と国境を接するゴーラ王国の旗である。他にも見慣れぬ旗が、二つほどあるようだ。

竜の登場によって、諸国から集まった兵士の指揮も、さぞ上がったことだろう。

「おぉ、ガラシェ導師。ご無事でなによりだ」

ガスパルを探すセシリアを呼び止めたのは、ガスパルではないラグダ王国の王子であった。カミロ五世の次男、エドウィル。三男のダビド王子を一回り大きくしたような人で、海岸線の防衛を任されていた人だけに、肌が焼けている。

面識はあった。婚儀の席などで顔を見たこともあれば、簡単な会話もしている。だが、彼がこの墨岩砦にいるとは思っていなかった。

「エドウィル殿下……？　ガスパル様は、どちらにおいでですか？」

精悍《せいかん》な青年の顔を見上げて問えば、爽《さわ》やかな笑顔が返ってきた。ダビドとよく似ている。

誠実そうなガスパルとは、まったく印象の違う人だ。

違っているのは、外見の印象だけではない。ガスパルとの政治的な対立は、セシリアの耳にも入っている。マルギットの保護にも反対し、征竜魔道士団の活動も認めまいとしていたはずだ。当然、そんな人が連合軍の指揮を執るとは想像もしていなかった。

「本日より、私が第二十三隊の指揮に当たることになった。兄上は、急用があってな。本国に呼び戻されたのだ」

急な指揮官の交代。不自然な命令の変更。奇襲。

迫る危機を、察せざるを得ない。

（このままでは、マルギット様は殺される）

足早にその場を去り、セシリアは厩舎に馬を届け、すぐに別の馬を借りた。

キリアンは、マルギットを保護したのちも巨岩の丘に残っていた。砦には戻っていない。

（義兄上が砦に戻る前に、お伝えしておかなくては……）

入ったばかりの砦の門を出た途端、負傷兵を荷台に乗せた馬車が坂を上がってきた。ラグダ王国の護衛の兵士たちだ。

襲わせたのがラグダ王国の王子なら、襲われたのもラグダ王国の兵士。端から見る内輪もめの、なんと愚《おろ》かしく見えることか。しかし、そちらが兄弟の対立ならば、こちらは父子の対立だ。敵兵もルトゥエル王国の兵ならば、襲われたのもルトゥエル王国の王女。愚かしさの甲乙は、つけ難いところである。

（あれは――）

すれ違う馬車の荷台の上に、黒いローブが見えた。レオンだろう。フードの下から、明るい金の髪がのぞいている。横になっているので、怪我をしているのかもしれない。

黒いローブは、もう一人いた。レオンを抱えるように座っていた少女は、キアラである。

レオンと同じ、ラグダ王国の宮廷魔道士だ。

キアラは、セシリアに気づくとキッと強くにらみつけてきた。

裏切られたのも、害を被《こうむ》ったのも、こちらだ。にらまれる理由が、セシリアにはさっぱりわからない。

「あいつだ――」

別の荷台から、声が聞こえる。

王領軍の捕虜《ほりょ》もいるらしい。縛られた兵士が、こちらを見ていた。

「あの魔道士が、竜を御したんだ。オレは見たぞ。あれが竜殺しの……？」

「オレも見た。あの金の髪の魔道士だろう。きっと王女の護衛だ」

「王女ではなく、あの魔道士が――竜を――」

捕虜たちの声が、聞こえた。その声に、恐怖が滲《にじ》んでいる。

「あの魔道士――何者だ？」

彼らの声が、一々胸を貫く。

（何者かって――そんなの、私だって知らない）

細い坂道を下りながら、セシリアはローブを目深《まぶか》にかぶり直した。

次の荷台に乗っていた捕虜などは、セシリアを見た途端に「ヒッ！」と悲鳴を上げる始末だ。密な髭の持ち主だったので、囲まれた時に殴った弓兵だったのかもしれない。

ラグダ王国では英雄と称えられたというのに、本国に帰った途端、化け物扱いだ。

――マルギットにまで。

（でも、あの時は……竜を止めるしかなかった。――アルヴィン……だったから）

信じがたい、という気持ちはまだ残っている。人が竜の姿に変じるわけがないのだ。

だが、あの時はアルヴィンだと、ごく自然に思っていた。だから、止めた。あれが彼以外であれば、止めようとさえ思えなかっただろう。

（間違っていたのはわかる。わかるけれど……）

危機を迎えた王女。駆けつけた竜。敵を焼き尽くす炎。タペストリーに描かれるべき様である。マルギットを王座に導くために、必要な殺戮《さつりく》だったと人は言うかもしれない。

だが、セシリアは止めた。――マルギットとは、互いの目的達成のため、力を尽くすと決めたのに。

これは、違約だろうか。だが、マルギットの側に、セシリアの守るべきものへの配慮はなかった。敬意を欠いている。それこそが最初の違約ではないのか。

むき出しの岩肌に囲まれた道を下りたところで、道幅がやや広くなる。

いつの間にかうつむきがちになっていた視線を戻すと、ガラシェ家の旗と、灰褐色の社領騎士団のチュニックが見えた。先頭に、キリアンの黒いチュニックが確認できる。

（あぁ、いらした。よかった！）

確実な信頼に足る相手が、そこにいる。

口うるさいと敬遠していた相手だが、今は、だからこそ安心できる。

「義兄上！　アルヴィンとジョンは戻りましたか？　まだ砦には戻っていないようです」

「ジョンは今、別の任務に就いているが……アルヴィンも戻っていないのか。私は見ていないが、どこにいても砦を目指してくるだろう。――なにがあった？」

「急ぎ、義兄上にお伝えせねばならぬことがございます」

「そうか、ちょうどいい。私も話があった」

キリアンは、騎士たちを先に砦へ向かわせた。

道を外れて森に入り、セシリアは周囲に絶《ぜっ》系の結界を張る。

セシリアは、今日の一幕について、できるだけ丁寧に説明をした。

突然の進路変更を伝えてきたのが、ラグダ王国の宮廷魔道士であったこと。レオンが混成種であるとも言い添えた。直後に、王領軍に奇襲されたこと。竜の――アルヴィンの助けがなければ、命を失っていたであろうこと。

そして、たどりついた砦で待っていたのが、ガスパルではなく、ガスパルと対立していたエドウィルであったことも。

「なに。ガスパル殿下は、指揮官を解任されていたのか。……今朝、直接お会いしたのだが、そのような話は一切出ていなかったぞ」

「マルギット様への連絡もありませんでした」

「そうか。……しかし、早いな」

「早い？」

キリアンの一言が、なにに向けた感想であるかがわからず、セシリアは首を傾げた。

「いずれ出る反発だとは思っていたが……さすがは商人の末裔だけのことはある。機を見るに敏《びん》だな。要するに、連中は竜を失いたくないのだ」

意味がわからず、セシリアは眉を思いきり寄せていた。

「悪竜によって多くの損害が出ているのに……失うのが惜しいのですか？」

竜の被害は、大きい。

炎は、人を焼き、家畜を焼き、森を焼く。畑も、家も、焼き尽くしてしまう。恐ろしいのは、その炎が毒を含むことだ。生き物が焼かれれば、毒がまわっていずれ死ぬ。土地も火蕾草《からい》が生えるばかりで、木々が芽吹くようになるまでは百年かかるといわれている。

道も塞がれ、物流は滞《とどこお》る。土地を捨てる者もいるだろう。惜しむ理由など一つもない。

「黒鱗鋼《こくりんこう》と、火蕾だ」

セシリアは、あ、と声を上げていた。

たしかに竜の存在によって生まれる物質は、どれも貴重だ。ガラシェ社領でも、それらの採取を生業《なりわい》とする者が多くいる。

「……それが惜しくて……彼らは、マルギット様を殺そうとしたのですか？」

ラグダ王国にいた悪竜は五頭。そのうち二頭が、マルギットの滞在中に駆逐《くちく》された。倒した順番は、より大きく、より害の多いものからだった。残る三頭は、彼らが惜しむ余地を残す程度の害しかないのかもしれない。

「直接手を下すつもりはなかったのだろう。こちらの備えの隙を衝《つ》かれたところを見ると、彼らが王領軍に情報を流したのだろうな」

マルギットの居場所を王領軍に報《しら》せ、襲わせる。

そうして弱い悪竜のもたらす軽微な被害を容認しながら、資源を確保する。

エドウィルらの狙いは、その辺りにあるのだろうか。

「想像もしていませんでした。悪竜を滅すのは、この大ガリアテ島の住むすべての人の願いだとばかり——まさか、竜を惜しむ者がいるとは……」

「今日の糧《かて》より尊いものはないのだ、セシリア。多くの国が竜の恩恵を受けている限り、悪竜を滅すのは至難の業《わざ》だ。だが、やらねばならない。島中の竜を天に送るのは、我らの務めだ」

竜はもう、島の営みの一部になっている。

竜なくして暮らしの成り立たぬ者も、存在するのだ。

（あぁ、そうか。だからレオン様も……）

ラグダ王国の宮廷魔道士は、悪竜の被害から土地を守るために、厚遇で招かれた。

だが、悪竜が消えたあとは？

ほぼ結界の張り方しか知らない魔道士と、魔道士の使い方を知らない王国。彼らの厚遇は、果たして保たれるのだろうか？

（だから彼は、マルギット様を王領軍に差し出して、身を守ろうとしたんだわ）

彼のような人が、身近に幾人いるかわからない。この先、裏切りが繰り返される恐れは十分にあった。

「このままでは、王都にたどりつく前にマルギット様が殺されてしまいます」

「よく知らせてくれた。すぐにも手を打とう。――次はこちらの用事だ。セシリア、お前はアルヴィンと合流し次第、白鷺城へ戻れ」

「え……でも、私はマルギット様の護衛です」

はぁ、とキリアンは重いため息をつく。

こうした態度を、セシリアは幼い頃からしばしばとられてきた。義兄たちや、養父にも。それから、アルヴィンにまで。時にはよき理解者である養母にまで。

「セシリア、聞き分けよ。俺は父上ほど甘くはないぞ」

「マルギット様が女王になられた暁には、魔道士団の長の座をお約束いただいています」

混成種の未来を切り拓く。

それが、セシリアの願いだ。もっと前へ、もっと遠くへ、もっと高みへ。できる者が先に進まねば、誰もその先へは進めない。

「間違えるな。これは、グレゴール一世の時代から続く、七人の王と征服者の戦いだ。征服者どもの祭りの夜、犬猫のように同胞を殺された屈辱《くつじょく》を忘れたか？　誇り高い騎士の娘たちが、無残にも殺されたのだぞ」

忘れるはずがない。

犠牲者の中には、タリサもいた。カリナもいた。

七社家にとって――いや、セシリアにとっても屈辱的な記憶である。

「……決して忘れてはおりません」

セシリアにとって、仕えているのはマルギットで、対峙しているのはウイルズ三世だ。

七社家にとっては、ウイルズ三世も、マルギットも、同じ征服者の末裔に過ぎない。この感覚の違いは、埋め難い溝である。

「目を覚ませ、セシリア。お前は騎士の子だろう。犬ではない。王女に媚《こ》びて、征服者の権威を求めるつもりか。投げ与えられる餌《えさ》が、なんの肉かを考えてから尾を振れ」

ガラシェ家の中でも、キリアンのスィレン種嫌いは筋金入りだ。アルヴィンの冷ややかさなど、可愛《かわい》いものである。

いつもならば、黙る。だが、この時のセシリアは口を噤《つぐ》みはしなかった。

「それでは、なにも変わりません。義兄上は、混成種に戸籍もないまま、これからも生きていけとおっしゃるのですか。私に、なり損ないの騎士のまま生きていけと？」

「お前の力を、父も認めている。私もだ」

キリアンの手が、セシリアの肩に置かれた。

兄弟の中で一番長身のキリアンの顔は、アルヴィンのそれより高いところにある。気圧《けお》されそうになりながらも、セシリアは心を奮い立たせた。ここで自分の意見も言えぬまま、引き下がるつもりはない。

「世の混成種は、私以外にも多くいるのです。能があろうとなかろうと、家族に愛されようといなかろうと、生きる糧を得られる世でなくてはいけません」

「なにが不満だ。いずれの社領でも、混成種たちに結界を任せているではないか。暮らしに困りはしないだろう。平の騎士らよりも多くの俸給を得ている」

「力を持った者が、より先へ、遠くへ進まなければなりません。混成種は、多くの可能性を持っています。ただの結界職人で終わるだけでなく――」

「セシリア。話は城で聞く。……まるでタリサ・ヴァルクだな！」

「当然です。私は、タリサ様の遺志を受け継いでいますから」

セシリアは、腰の剣の鞘《さや》に手を置いた。

キリアンの太い眉が、ぐいと寄る。

「身の丈にあったことをせよ。お前は、その剣の名を知っているのか？」

「……知りません。でも、マルギット様をお守りするための剣です」

「騎士の剣は、ただの武具ではないぞ。名も知らず、身にあわぬ剣は身を滅ぼす。すぐに白鷺城へ戻り、父上から剣を受け取るがいい。その先に、お前の進むべき道がある」

セシリアは「考えておきます」と小声で答え、結界を解こうとした。

「砦に戻って、負傷兵の手当をしてから――」

その腕を、キリアンはぐいとつかんで止める。

「今すぐだ。アルヴィンを見つけ次第、その足で白鷺城へ戻れ」

思いがけず強い調子で言われ、セシリアは反発を覚えずにはいられない。

腕を振り払うのは無理だが、代わりにキッと義兄を見上げた。

「私は、マルギット様にお仕えしています」

「殺されるぞ」

どくり、と胸が大きく波打つ。

「……まさか」

「断言できる。お前は、あの王女が王杖《おうじょう》を手にするまでに死ぬ」

ただの脅《おど》しだ。まさか。そんなわけはない。

しかしマルギットには、その言葉を否定させない危うさがある。

「わ、私は……」

「お前が、竜と話すのを見た者がいる。できるのだな?」

「……はい」

「それは、父親の血だ。お前の父親も、同じ力を持っていた。その末路を、知らぬわけではあるまい。王杖を持つ者にとって、その力がどれほどの脅威であるか考えてみろ」

どくん、どくん、と耳の奥まで鼓動が響く。

セシリアは、自分の実の父親が誰であるのかを義兄に尋《たず》ねる必要はなかった。

その力は、ウイルズ王の弟であるトラヴィア公が有していた特性で、セシリアに遺伝した――とキリアンは言っているのだ。

「けれど……私は、竜を御せません」

「竜の声を聞く者――と呼ばれている。本来、王家はグレゴール一世と同じように竜を御す力と、竜の声を聞く力の、どちらも備えていた。だが、すでに今の王家は竜の声を聞く力を失っている。先祖返りで稀《まれ》に現れると聞いているが、詳しいことは私も知らぬ」

セシリアは、竜の声を聞いた。

ラグダ王国で葬った竜の声。そして、アルヴィンの声。

だが、そんな特性は初耳だ。セシリアは、鍛刃院の学生の中では一番と言いきれるだけ、スィレン種の特性に詳しかった。あらゆる本を読んでいる。それほどの力が存在しているならば、どの書物にも一文字たりと記されていない――とは考えにくい。

その時、脳裏に浮かんだものがある。

あの、黒塗りにされた書物だ。

「黒塗りの――」

混乱の中、セシリアの口から、言葉が漏《も》れていた。

頭に浮かぶ、数々の書物から抹消《まっしょう》された記録の数々。

どの書物でも、スィレン種の特性についての記述が、執拗《しつよう》なまでに塗り潰《つぶ》されていた。

「そうだ。国中のあらゆる書物から、竜の声を聞く者の記録は抹消された。その力を、いかにウイルズ王が恐れたかがわかるだろう。竜御《りゅうぎょ》の儀で弟たちがその力を示すことを恐れ、儀自体を廃止さえしているのだ」

黒塗りの向こうに、自分の未来がある――というセシリアの予感は、正しかった。だが、その未来は、残念ながら輝かしいものではなかったようだ。

「殺され……ますか」

「力を示した以上、避けられぬ定めだと思え」

キリアンは、セシリアの腕を放した。

セシリアは、呆然としたまま結界を解く。

虫の声と、鳥の声。葉擦れの音も戻ってくる。

「……アルヴィンを探します」

「こちらは任せよ。なんとしても王女の手に王杖を握らせねばならん」

「――はい」

見えていたはずの未来が、もうセシリアには見えなくなっている。

まるで、あの黒塗りにされた文字のように。

「セシリア。お前はガラシェ家の娘だ。忘れるな。同胞を守り、民と森を守り、祈りに生きよ。――白鷺城に戻れ」

今度こそ、セシリアは「はい」と答え、馬の腹を蹴る。

墨岩砦までは、一本道だ。迷いようがない。

しかしセシリアの心には、ただ迷いだけが渦巻いていた。


――アルヴィンが、戻ってこない。

すぐにも戻るものだと思っていた。キリアンもそのつもりで、合流し次第白鷺城へと戻れと言ったはずだ。

(どこに行ってしまったの?)

墨岩砦は、急な連合軍の指揮官交代が明らかになり、騒然としていた。

その混乱を収めたのが、ガラシェ家のキリアンだった。

まず、ラグダ王国の第二王子エドウィルに対して、連合軍指揮権の譲渡に関する抗議を行った。各国の指揮官も同席し、夜半まで話しあいが行われている。

早朝になって、ガスパルが砦に戻ってきた。キリアンがセシリアからの報告を受けた直後に使いを走らせ、ガスパルの乗った船が、珊瑚港を出航する前に止めたのだ。

奇襲の翌日には、ガスパルを再び連合軍の指揮官に復帰させ、エドウィルを本国に送り返してしまった。見事な手腕である。

しかし――アルヴィンは、戻らない。

奇襲から、丸一日が経っている。キリアンが会議を行っている間、セシリアは社領騎士団の力も借りて砦の内外を探して歩いたが、どこにもその姿はなかった。

何度もネックレスの紅玉を確かめた。この紅玉さえあれば、アルヴィンはセシリアの位置を探し得るはずなのだ。

帰っていないのか。動けないのか。意識がないのか。

（どこにいるの？　アルヴィン。なにがあったっていうの？）

セシリアは、砦の物見台に立っていた。

砦の足元の岩場の向こうには、広いガラシェ社領の森が広がっている。

「――セシリア様！　こちらへ！」

階段を駆け上がってきた騎士に呼ばれ、セシリアは階段を駆け下りた。

「アルヴィンは、どこにいたのです？」

「地下です。ラグダ兵が話しているのを聞きました」

階段を下り切り、騎士の先導で地下室に向かう。

砦の裏庭に、地下への入り口があるのは把握《はあく》していたが、捕虜の収容所になっていると聞いたので、足を踏み入れてもいない。

彼は囚人ではないし、間違われる要素が一つもないのだ。アルヴィンの持つ色彩は、汎種のそれとは明らかに違っている。

地下室の扉を開け、階段を下りると、複数の人の気配を感じた。呼吸の気配とでもいうのだろうか。捕虜がいるのだろう。時折、咳《せき》込む音も聞こえる。

「こちらの、奥にいるようです」

どうしてアルヴィンが牢にいるのか。いくら首を傾げても、答えは出ない。

突き当たりの牢の扉にだけ、見張りの兵士が三人立っている。他の扉は、一人だけであるにもかかわらずだ。

「義兄上――キリアン砦主《さいしゅ》に知らせてください」

騎士は一礼して、下りたばかりの階段を駆け上がっていった。

扉の前にいたラグダ王国の兵士が、セシリアを見とめて会釈をする。

「あぁ、導師様。なにか、ございましたか？」

兵士との問答を、セシリアは省いた。すぅ、と大きく息を吸い込み、大声で叫ぶ。

「アルヴィン！　いるなら返事をして！」

「……セシリア！　来るな！」

はっきりと、内部から声が聞こえた。

違う姿をしていても、それと気づく声だ。扉ごし程度で気づかぬはずがない。

「アルヴィン！　一体なにがあったっていうの⁉」

「来なくていい！　俺は無事だ！」

じゃらり、と重い鎖の音がする。――捕らえられているのだ。

セシリアは、顔色を失った。狼狽《うろた》えたと言っていい。

「導師様、お下がりください。この囚人は、外部との接触を禁じられており――」

見張りの兵士が、セシリアを排除しようとする。
どいて、とさえ言わなかった。
交渉は無意味だ。隠した左手で印を描き、兵士の前でひらりと手を動かす。
「あ――」
兵士は小さく叫び、その場に膝をつく。
手加減なしの幻惑術だ。しばらく歩けないだろう。
三人の兵士を、次々と倒して、練《れん》系の気でぐるぐると縛る。
鍵を探すという手間さえ、セシリアは惜しんだ。
ガン！　と扉を蹴り飛ばす。汎種用の牢なのだろう。三度蹴れば、扉は床に倒れた。
その――内部の様子に、セシリアは息を呑《の》む。
壁から伸びた、重い鎖。
アルヴィンがいる。膝立ちの状態で、両腕に枷をはめられ、鎖につながれていた。
両手だけでなく、両足にも。――そして、首にも。
半裸の状態で、その胸には生々しい鞭《むち》の跡があった。
「アルヴィン！」
慌ててはいるが、セシリアは冷静に行動していた。
扉の代わりに結界を張ってから、アルヴィンに駆け寄る。
「セシリア……俺に構うな」

「なにがあったの？　なんで、こんな……嘘でしょう？」

　セシリアは、アルヴィンの前に膝をついた。

　手で、顔を包む。乾いた血が、頬を汚していた。黒い艶やかな巻き毛にも、固まった血がこびりついているのがわかる。

　流れた血が乾くだけの時間が、牢の中で経過している。見当違いの場所を探し歩いている間、アルヴィンは鎖で繋がれ、野蛮な暴力に晒《さら》されていたのだ。申し訳なさに、胸が張り裂けそうになる。

「俺のことはいい。このまま白鷺城に逃げるんだ」

「馬鹿なこと言わないで。このままになんてできない。だいたい、なんで——こんな——」

　人が、人に対してわずかな敬意でも持っていれば、このような屈辱を与えるはずがない。ましてや奇襲から多くの人を救ったアルヴィンが、なぜこれほどの仕打ちをされるのかが、まったくわからない。

「——反逆罪、だそうだ」

「反逆罪？　なにに背いたっていうの？」

「王女の命にだ」

　口の端が切れているので、喋《しゃべ》ると痛みが出るのだろう。眉をしかめながら、アルヴィンは言った。

　背いてなどいない——と言いかけて、やめた。

殺せ！　焼き払え！　というマルギットの命令を、アルヴィンは実行しなかった。止めたのは、他でもない自分である。

「やっぱり――あれは貴方だったのね？」

「……まさか、一瞬で気づかれるとは思ってなかったけど」

「マルギット様は……知っているの？　貴方が、何者か」

「彼女は王族だ。国内で成人はしていないから、情報は十分じゃないだろうけど、最低限は知っているよ。あの場に駆けつけられた聖騎士は俺たち二人だけだったし。……君を守るために、地上に降りてもいる。簡単に想像はつくさ」

「で、でも……威嚇《いかく》だけで、王領兵は退いたじゃない！　だいたい、アルヴィンは七社家の代表でここにいるだけよ。マルギット様の部下でもないのに、命に背いた――いえ、背いてなんかないわ。危機を救って、王領兵を退けたのよ？」

あの窮地《きゅうち》は、竜が――アルヴィンがいなければ、脱するのは不可能であったはずだ。

アルヴィンが責められる理由が、どうしても理解できない。

「竜が、竜を御すはずの王女を無視して、君の指示に従ったんだ。大問題だよ。王族より上位の存在なんて、許されるはずがない」

「私が――竜の声を聞いたから……なのね」

半ば伏せられたままになっていたアルヴィンの瞳が、セシリアを正面から見つめた。石榴石の色の、美しい瞳がわずかに揺れた。

「聞いたの？」

「義兄上に、少しだけ」

「それなら話は早い。すぐにここを出て、白鷺城に戻るんだ」

殺されるぞ。義兄は言った。逃げろ。城に戻れ、と。

アルヴィンも同じことを言っている。

——逃げろ。

「私、マルギット様と話してくる」

「よせ。俺はいいんだ。俺が命に背いた罪人でいる間は、君に攻撃が向かない。君が鎖に繋がれるより、このままの方がいい。王女には、俺を拘束する権限はない。ガラシェ家が抗議すれば、すぐに解放されるだろう」

「その前に殺されたらどうするの⁉　待っていて。必ず助けるから！」

よせ！　というアルヴィンの声を、セシリアは意に介さなかった。

結界を素早く解き、即座にもう一度張り直す。

地下牢を出て、セシリアはマルギットの部屋を目指した。

砦の主塔の二階に、マルギットの寝室は用意されている。アルヴィンを探し回っていた時に、場所は把握していた。

扉の前に立つと、セシリアは壊さぬ程度の力で扉を叩く。

「マルギット様！　マルギット様！　セシリアです。セシリア・ガラシェです！　急ぎのお願いをしたく、参りました！」

返事はない。

再び扉を叩き、何度も「マルギット様！」と繰り返して呼ぶ。

侍女たちが「何事ですか？」と駆けつけてきたので、結界を張って追い出した。

「――うるさいわね」

かすかに、扉の向こうから声が聞こえた。

「アルヴィンを解放してください。彼は、マルギット様の危機を救ったではありませんか。兵士も多く助けました。私一人では、どれもできなかったはずです」

「私は王女よ？　その命に逆らうのが、反逆罪じゃなかったらなんだっていうの？」

マルギットは、扉の前まで移動したらしい。ごく近い場所で声がする。

しかし、その声は、あまりにも冷たい。

もはや苦楽を共にした日々は遠いのだ、と悟らずにはいられなかった。

「お忘れですか？　今、国内勢力で明確にマルギット様の即位を支持しているのは、七社家だけです！」

マルギットは、黒鳶城で自身が孤立していたことを忘れたのだろうか。

ルキロスが、後継者の素質を欠いていると明らかになった今、マルギットの支持者は増えているだろう。だが、それは消極的な選択に過ぎない。

顕性係数は、父親側の影響が優位に強く出る以上、女の王よりも、男の王が望まれるのは当然である。候補者は、他にもいるのだ。

マルギットが今、最も女王位に近いのは、七社家の支持が最大の理由である。

「命令を無視した者を許したら、示しがつかないわ。そのくらいわかるでしょう？　私にあるのは、王族の権威だけなんだから！」

マルギットの声が、鋭くなった。

強い苛立ちが伝わってくる。いつもならば争いを避けるところだが、今はその手段をとるわけにはいかない。どうあっても、退けなかった。

「……どうか冷静なご判断を。アルヴィン・ガラシェを解放してください。――よい風が吹いているではありませんか」

悪竜を倒し、益竜に守られ、七社家の後押しを受けて女王位に就く。

完璧な英雄譚になり得る。タペストリーに描かれるであろう、美しい物語だ。――だが、その様は黒塗りの文字のように、像を結べずにいる。

しかし、インクは取り払える。まだ間にあう。修復は可能だ。

もうすぐだ。あと、一歩。

「じゃあ、なんであの男は、私の命令を聞かなかったのよ。焼き殺せ、と私は命じたわ。それなのに、あの男は実行しなかった。――どうして？」

だが、その一歩の遠さといったらどうだ。

奈落が、そこにある。

「威嚇で済みました。ですから――」

「私は殺せと言ったのよ！　ここで二十人殺せば、王領兵は恐れをなす。次の二百人は殺さずに済むの！　そんなこともわからないの？」

「威嚇で、その二十人も死なずに済んだのです。……とにかく、すぐにもアルヴィンを解放してください。騎士の世は、同胞をなにより重んじます。このままの状況では、七社家の協力は得られません」

濃い血縁同士が殺しあってきたスィレン種と、仲間を守るギヨム種は違う。

この内乱は、ウイルズ王による祝祭の日の宮廷騎士殺害が引き金だった。

元凶は、マルギットが竜御の儀を秘かに行うべく、七社家の娘を人質に取ったことにある。他国での悪竜討伐をもって相殺《そうさい》させているが、そもそもマルギットと七社家の間に信頼関係はない。ここに聖騎士の監禁と折檻《せっかん》が加われば、関係は取り返しのつかぬほど悪化するだろう。

「許せない」

「マルギット様……」

どん、と音がしたので、マルギットが拳を扉にぶつけたのだろう。

「許せないわ、絶対に。私に逆らう者は、許さない」

「マルギット様。約束をお忘れですか？　互いに――」

「どうして、竜はお前の言うことに従ったの⁉　私は王女よ！　竜を御す者よ！　グレゴール一世の裔《すえ》なの！　なんで竜が私じゃなく、お前の命令を聞くの！」

どん！　どん！　と扉が鳴る。

きっと全力で叩いているのだろうが、音は痛々しいほどに弱い。

「マルギット様――私にどのような力があろうと、決してマルギット様のお邪魔はしません！　お約束します！」

竜を御す者と、竜の声を聞く者。

本来は、一つの力なのだ。グレゴール一世は、両者を持っていた。

その二つが、今ここに揃った。

手を携《たずさ》えるべきではないのだろうか。自分たちは、竜送りにも成功しているのだ。大いなる可能性を持っていることは間違いない。それなのに――

「なんでなの⁉　なんで、竜が騾馬なんかの言うことを聞くのよ！」

シャリン……と頭の奥の方で、魔術同士のぶつかる音に似た音がした。

黒塗りの向こうにあったのは、虚無だ。

息苦しさを覚え、セシリアは胸を押さえた。

「わ、私は……」

「お前も、タリサも、私が目をかけてやらなければ、ただの偽物だったじゃない。その恩を忘れて……私に意見しようっていうの？　思い上がりも甚《はなは》だしい！　命じられれば、親だって殺すのが忠義というものよ！」

その瞬間までは持っていた、どれだけ他人が止めても止まらなかったものが、砕けた。

折れたペンは、文字を綴《つづ》れない。砕けた絆は、物語を紡がない。

「……私は、これで失礼いたします」

震える声でそう告げて、セシリアは扉に背を向けた。

──私の冠杖《かんじょう》の衛士になって。

あの日、セシリアはたしかに感じていた。自分の運命が、大きく変わる瞬間を。

カリナは、英雄とは、人に見たこともない風景を見せてくれるものなのだと言っていた。

マルギットは、セシリアの英雄だったのだ。──この寝室の前に立つまでは。

一歩、二歩。扉から離れる足は、止まらない。

バタン！　と勢いよく、背の方で扉が開いた。

「待ちなさい！　貴女は味方でしょう？　裏切ったら許さないと言ったはずよ！」

この時、セシリアはマルギットの姿は見ていない。

振り向かなかったからだ。

見もせずに、自分の後ろに結界を張った。

先に作っていた方の結界を解けば、不安顔の侍女たちが待っていた。

「セシリア導師、どうなさったのです？　またマルギット殿下が、なにか……？」

結界は、半日もすれば解ける。後でマルギットは癇癪を起こすだろうが、もう彼女たちはセシリアを頼れない。多少の同情はしたが、足を止める理由にはならなかった。

「お疲れのご様子でした。ゆっくり休ませて差し上げましょう」

にこりと笑顔を残し、セシリアはその場を去った。

砦の主塔を、一歩出る。

風は涼やかで、空が美しい。世界の色彩は、どこか違って見えた。

(早く、アルヴィンのところへ行かないと――)

セシリアは、新たな世界に向かって駆けだす。

「まったく、無茶ばかりするな、お前は！」

裏庭に回ると、キリアンと社領騎士団の騎士が数人待っていた。

「王女は結界で足止めしています。半日はもつかと」

そうセシリアが報告すると、キリアンは、ははは、と声を上げて笑った。

「さすがは、我が義妹《いもうと》だ。肝《きも》が太い」

「義兄上。ご忠告、ありがとうございました」

「礼など要らぬ。お前の仇《あだ》討ちをせずに済んだのだから、重畳《ちょうじょう》だ。あとは任せよ。なにがあろうと、王女を黒鳶城まで連れていく」

セシリアは義兄に頭を下げてから、地下室へと向かった。

見張りの兵士は、別の牢に入れられていたので、キリアンが指示したのだろう。

壊した扉の代わりに張っておいた結界を解き、すぐにまた張り直す。

アルヴィンは、牢を出た時と同じ状態で待っていた。

「……首魁《しゅかい》のところに直談判なんて、無謀《むぼう》すぎるよ」

「無茶だったし、無駄だったわ。でも、無茶で無駄だったたってことは理解できた」

剣を――タリサから借りた黒鱗鋼の剣を抜きかけ、セシリアは躊躇《ためら》う。

これは、マルギットの命に従い、マルギットを守るための剣だ。

（できない）

騎士の剣は、ただの武具ではない。まったく、義兄の言葉は的を射ていた。

セシリアは、左手で印を描き、練系の気を鍵穴に伸ばす。白鷺城をくまなく探検するために、鍵の開け方は十歳前後で習得している。

簡単に、鍵は開いた。右手の枷を外し、足元に置く。

その途端、ばきりと音がして、アルヴィンは左手の枷を外していた。鉄の塊《かたまり》が、弾けるように飛んでいく。

（え……？）

さらに首枷までも、自力で外していた。ひしゃげた枷が、放り投げられる。

セシリアも、鎖を引きちぎる程度の自信はあるが、枷までは無理だ。

「ねえ、これ、もしかして自力で出られたんじゃないの？」

「君に矛先《ほこ》が向くよりいい」

呆《あき》れ顔で、セシリアはアルヴィンを見た。

「嘘でしょう？　去年までは、こんなに強くなかった！」

「竜の血を浴びたからね。それで……王女とは、喧嘩《けんか》別れになったの？」

すべての縛《いまし》めから解放されたアルヴィンが、セシリアを見つめて問う。

セシリアは、こくりとうなずいた。

「うん。違約があったから。……もう同じ道は進めない。……呆れてる？　馬鹿だったと思う？」

「思わないよ、そんなこと」

「……美しい物語の中に、いるような気分だった」

悲劇の王女が、女王として返り咲く。

聖王妃の娘が、聖女王として王座に就く。

美しい物語だと、思っていた。キラキラと輝く未来が、近づいていると、信じていた。

「いいの？　宮廷魔道士団の長になるって、夢もあったのに……」

セシリアは、アルヴィンの頬を優しく包んだ。

「貴方の犠牲の上に成り立つ夢なんて要らない。貴方のいない物語は、どんなに美しくても選ばないわ」

「……うん」

胸の傷に障《さわ》らぬように、そっと抱きしめると「汚れるよ」とアルヴィンは言った。

セシリアが「いいの」と言うと、アルヴィンの腕がそっと背に回った。

「許せなかった。貴方が人に操られて汎種を殺すなんて……あっていいことじゃない」

「あの時……俺が、怖くなかったの？」

「怖くなかった。だって、アルヴィンだったもの。……すぐにわかった」

「どうして――」

声が、揺れている。彼は恐れているのだ。

「あんな美しい瞳を、他に知らない。私だけを必ず見つけて、助けてくれる人なんて他にいない。……怖くなんてないわ。当たり前じゃない」

「ずっと……知られたら、君に疎《うと》まれると思ってた」

――アルヴィンは、いつもなにかを恐れていた。

白鷺城にいた頃も、鍛刃院でも。ラグダ王国でも、今も。

セシリアの目には疑問のない関係が、いつか壊れる日を恐れているように見えた。

その長い不安の理由を知り、セシリアはぶんぶんと首を振った。

「そんなこと、あるわけないわ」

「俺は、ずっと怖かったよ。一番大切な人に、疎まれるのが怖かった。でも、それでもいいと思ったんだ、あの時は。君を失えなかった」

身体を少しだけ離すと、アルヴィンの石榴石の色の瞳が濡《ぬ》れていた。

セシリアの緑の瞳も、同じように。

「どんな姿だろうと、なにも変わらない。貴方は誰より勇敢で、誇り高い――私の……」

私の――と言いかけて、セシリアは何度かまばたきをした。

少し考えてから「私の婚約者よ」と言う。

くしゃり、とアルヴィンが泣き笑いのような顔になった。

「まだ決めなくていい。俺は、君を守りきれなかった」

「違う。アルヴィンがいなきゃ、私は死んでたわ。きっと王女だって」

「結果として君を危険に晒してる。……大切な夢だって失わせてしまった。あの時、俺は地上に降りるべきじゃなかったんだ。あのまま王女に操られていれば、助けるどころか君ごと大勢を焼き殺していたかもしれない」

たしかに、間違いはした。二人の行動は、正しくはなかった。

けれど、アルヴィンはセシリアの命を救ったし、セシリアもアルヴィンが人と森を焼くのを止めた。互いを守るという約束にだけは、忠実だったのだ。

「もういいの。――アルヴィン。私たちは、お互いを守ったのよ。誓いのとおりに」

「ごめん……でも、無事でよかった」

二人は、しばしその場で優しく抱きあっていた。

いつしか頬を濡らしていた涙が、収まるまで。


二人はキリアンが用意した馬で、墨岩砦を脱出し、一路白鷺城を目指した。

幸いアルヴィンの聖騎士の装束や剣は、隠されることになく牢内に放置されていたので、回収に時間を取られずに済んだ。

ひたすら駆けたあと、馬を休ませるために川辺で休憩を取る。

この辺りは土地勘があるので、移動にも不安は少ない。

セシリアは、ごろりと岩の上に寝転がって、夕の迫る空を見ていた。岩の向こう側では、アルヴィンが川に入って身体を流しているはずだ。

川の上の空には、小さな猛禽《もうきん》が飛んでいる。

（このままマルギット様が即位されれば、七社家との対立は避けられない。かといって、別の候補者では目的が――待って。そもそも七社家の目的って、なんなの？）

がばり、とセシリアは身体を起こした。

七社家は、基本的には王が誰であろうと構わないのだ。関心を持っていない。

だが、竜を御せない王を立てるわけにはいかない――らしい。

（竜を御す者しかできないことって、一体なに？　竜が操られずに済むなら、その方が、こちらには都合がいいんじゃないの？）

恐らく、アルヴィンとジョンが竜に変じ得るのは、聖騎士であるからだろう。七社家だけが聖騎士を輩出できるのだから、竜と七社家は等号で結んで構わないはずだ。

王が竜を御す力を持つ限り、王は七社家を操り得る。

そんな状況を、七社家が望むとは到底思えない。

「ねぇ、アルヴィン。竜を御せない王の方が、こちらに都合いいってことはないの？」

「それを俺が言うわけにはいかないよ。帰ったら、父上に聞くといい。――掟《おきて》なんだ。でも、とにかく竜の御せない王は、七社家にとって都合が悪い。それだけは言いきれる」

背を向けた川の方から、アルヴィンの返事があった。

「そこは譲れないのね。……じゃあ、確実に竜が御せて、七社家と共存できる王族がいたら、七社家は王女じゃなくともいいのでしょう？」

「まぁ、そうだね。そんな都合のいい人がいるのなら」

他の候補者といえば、ウリマ公の養子のフレデリクか、トラヴィア公の嫡男のテオドル。スィレン種は、ギヨム種と違って顕性係数を公《おおやけ》にしないため、彼らの持つ数字は不明だ。ウイルズ王が竜御の儀を廃止したがために、竜を御せるか否かもわからない。ただ、彼らが最も王に近い血を持っていることだけは間違いなかった。

「ウリマ公子か、トラヴィア公子のどちらかが、そんな都合のいい人なら――えッ⁉」

岩の上にいたセシリアは、いきなりアルヴィンに引っ張られ、岩から下ろされていた。川にいるアルヴィンに抱きしめられたのだから、当然ばちゃりと川に落ちる。

「追手だ」

言葉が終わる前に、カンッ、と乾いた音を立て、岩が矢を弾く。

アルヴィンは、黒いチュニックを急いで被ったらしい。髪も濡れたままで、ポタポタと、セシリアの顔にまで落ちてきた。ごめん、とアルヴィンは謝ったが、矢と水滴ならば、後者の方がよほど望ましい。

「ラグダ王国の兵？　王女はいる？」

「いない。……でも、数が多い。逃げきれそうにないから、戻ってもいい？」

かつ、かつ、と岩の上で音が続く。

たしかに、追手の数は十ではきかない数のようだ。矢の数からいって二十はいる。

「……戻るって、どこに？」

「竜の姿に戻りたい。王女がいないなら、操られる心配もないから。……殺さずに済む」

騎士の世では、竜の姿になることを、戻る、というらしい。

すると彼らは本来人ではなく、竜であったのだろうか。

ギヨム種の血が竜の血であるならば、自分の身体にも、竜の血が流れていることになる。

どきどきと胸が高鳴った。

「見たい……すごく見たい！」

「悪いけど……見世物じゃないよ」

「わかってる。ごめん。そういう意味じゃないの。戻った姿が、すごく綺麗《きれい》だから。素晴らしく美しくて、凛々《りり》しくて――とにかく、素敵だって言いたいだけなの！」

セシリアの訴えに対し、アルヴィンは、まずいものでも食べたような顔になった。

「君の感性って……なんていうか、独特だよね」

「竜は美しいのよ。そうでなかったら、古来あんなに様々な形で彫像やタペストリーに残されたわけが――」

「わかった。わかったから。その話はまたあとで」

アルヴィンが「見ないで」と言うので、セシリアはアルヴィンに背を向けた。行水から目をそらすのと同じ要領で、岩と向きあう。

「森まで走る。君はここから動かないで」

「あ、危ないじゃない！　弓兵がいるのよ？」

あちこちから、矢は届いている。次第に狙いが正確になってきているので、彼らはどんどん近づいているはずだ。

今のアルヴィンには、あの鱗はない。人の肌では、矢を防げないだろう。

「人の姿の時は、目もちゃんと見えるから大丈夫。とにかく、こちらを見ないで」

岩陰を飛び出したアルヴィンが、森へと走っていくのを、音で感じる。

(見えるって……矢が？)

セシリアは首を傾げる。しかし、枷を引きちぎる力があるのなら、飛んでくる矢も見えるのかもしれない、と納得もした。

(なによ、それ。そんなに変わるなら、私が剣で敵うわけなんてないじゃない！)

あんなに思い悩んだ日々が、馬鹿馬鹿しくなってくる。

とうにアルヴィンは、セシリアの手の届かぬ、遥か遠い場所へと行ってしまっていたのだ。――代償を払って。

追え！　と声がして――すぐに悲鳴が上がった。

ゴオオゥオウ　ウォォウ

竜の咆哮《ほうこう》が響き、次いで枝が折れ、木の幹が倒れる音がした。

ずん、ずん、と足音が響き、水の跳ねる音が立つ。

矢の落ちる音は、もう聞こえなかった。

セシリアが岩陰から立ち上がって確認した時には、竜は目の前に迫っていた。

青みがかった鱗は、水を弾いてキラキラと輝いて見える。

（あぁ、本当に綺麗）

やはり、竜は美しい。これほど美しい存在は、他にいない。

竜の絵に魅せられてはじまり、竜への愛を不思議がられてきた人生の辻褄《つじつま》が、ぴたりとあったような気がする。セシリアはずっと、竜との婚約を約束されていたのだ。

『乗って』

竜の首に触れた途端、そんな声が聞こえた。

「乗る？……え？　どこに？」

『どこでもいい。――追手が多すぎる』

無茶なことを言うものだ。

しかし、他の道はない。セシリアは慌てて、ひとまずその背に上った。

背の刺は、手綱《たづな》のようにつかまるのに適している――と思えなくもない。

（このまま飛んで落ちたら……あぁ、そうか。落ちても、ネックレスがあればなんとかしてもらえるのね）

それに気づくと、恐怖は消えていた。

セシリアは、首の付け根から、翼の根本までの間の辺りに座った。そのような目的のために生えた刺でもないだろうが、ちょうど背もたれになって身体が安定しそうだ。

「乗ったわ！　飛んで！」

それを合図に、アルヴィンは翼を大きく広げた。

ばさり、ばさりと翼が動くと、辺りの空気が動くように感じられた。

（竜の背に……乗ってる……）

森の間にひそんでいた兵士が放った矢が、翼の風圧で明後日《あさって》の方向に飛んでいく。

ふうっと竜の足が浮いた。

浮遊感に、血の気が引く。セシリアは必死になって刺につかまった。

『……平気？』

「な、なんとかなってる！」

ぐん、とさらに高くまで上がる。

森の切れ目に、逃げていくラグダ王国兵が見えた。

逃亡者はたった二人。追手は二十人程度かと思ったが、倍どころか五倍はいる。

それが、マルギットの憎悪の量であったのかもしれない。

逃げ出す者。果敢に空に向かって矢を放つ者。行動は様々だが、組織だった動きのできる状態ではないようだ。

（ついさっきまで、彼らは味方だったのに……）

今日の賊が、明日の王に。昨日の仲間が、今日の敵に。

それはスィレン種の世だけではなく、人の営みの常であるのかもしれない。

しかし兵士の姿が小さくなっていくのにつれ、悲しみも遠ざかっていった。

「すごい……鳥になったみたい！」

ぐんぐんと高度は上がっていく。墨岩砦の威容も、なびく旗も、目の下だ。遠い春陽湾の岸までもがくっきりと見える。

鮮やかな夕焼けが、西の空にはじまろうとしていた。

どこまでも広がる、深い森。なんと美しい光景だろう。

『俺たちの故郷だ。――お帰り、セシリア』

身体の下から聞こえる声に、セシリアは「ただいま」と応えていた。

竜の背に乗り、空を駆ける。

この美しい森は、自分の故郷だ。

セシリアは思った。――この美しい光景を一生忘れるまい、と。

第六幕　グレゴール一世の呪い

森は、命の温床《おんしょう》だ。

静謐《せいひつ》は仮初《かりそめ》で、常に騒がしい。

時によっては命の醸《かも》す営みの音が、人の声までもかき消すほど騒がしい。

しかし——その森は、たしかに静謐であった。

山一つに施された二重の結界が、聖域と、こちらの世とを隔《へだ》てていた。

銀の槍《やり》で保たれた、絶《ぜつ》系の広域結界があり、その外側に練《れん》系の結界が編まれている。

古くはスィレン種の魔道士が担《にな》い、この二十年は混成種の魔道士が守り続けてきたものだ。術者の死後も結界は残るため、百年前から続く部分もあれば、セシリアが鍛刃院《たんじんいん》に入る前に繕《つくろ》った部分も残っているはずだ。

セシリアは、ガラシェ社領の聖域の前に立っていた。

白鷺《しらさぎ》城の西、誓約の丘を越え、小川を渡った先に聖域はある。

七社家が、古き七人の王であった時代から、ガラシェ家が二千年にわたって守ってきた社殿のある場所だ。その姿をセシリアは見たことがない。聖域に入れるのは聖騎士のみと決まっているからだ。

聖域の出入り口が、この小ぶりな祠《ほこら》である。

屈んで通らねばならぬほどの大きさで、古い石の壁に真新しい屋根が載っているのは、この祠の歴史の長さと、その管理が代々受け継がれてきたことの証《あかし》だ。

「セシリア」

祠の前でセシリアの名を呼んだのは、ガラシェ司祭だ。当代のガラシェ家当主にして、社領の主《あるじ》。社領の聖騎士の頂点に立つ人である。

黒い聖騎士のチュニックを着、黒鱗鋼《こくりんこう》の剣を差した姿は、幼い頃から変わらず堂々として見えた。まだ豊かな髪だけは、記憶にあるよりも白い部分が多くなったように思う。

「はい」

セシリアは養父と向きあい、硬い声で返事をした。

白鷺城に到着するなり、セシリアはこの場に招かれた。あちこち破れた、ラグダ王国の宮廷魔道士のローブのままだ。

「そなたをこの地の騎士と認める。守護者たれ」

この一言を、司祭から受けるのが成人の儀だ。同時に騎士となり、社領騎士団の団員として認められる。

簡単な言葉だったが、ずしりと重い。

胸に手を当て、セシリアは頭を下げた。

「精進を怠《おこた》らず、この地の森と民を守ることを誓います」

決められた文句に過ぎないはずが、今のセシリアにはこの言葉にたしかな重みを感じていた。一字一句が、胸に沁《し》みる。

すぐに黒鱗鋼の剣を授かるはずが、養父はそれをしなかった。

「戦《いくさ》が近い。早急に必要な事柄だけを伝えておく。――聖騎士が、竜の姿に戻るのは、もう知っているな？」

「……はい」

この場ではじめて聞く事実であれば、さぞ仰天していただろう。

けれど、セシリアはもう竜の姿になったアルヴィンと会話をし、その背に乗りもしている。取り乱しはしなかった。

「神話の時代に大陸から渡ってきたとも、この島の土が変じて成ったとも、天から舞い降りたとも伝わっている。島にいた竜と、大陸から渡った祖が交わったとの伝承もあるが、しかとした答えはない。たしかなのは、我らが二千年以上前からこの土地を守り続けてきたという事実だけだ」

しかとした答えはない、という一言に、セシリアは小さく落胆《らくたん》した。

成人さえすれば、世界のすべての秘密を知り得るような気がしていたからだ。

「白鷺城の書物では、島の土から生じたとの神話が多く採用されていました」

「意地もあろう。島を我が物だと信じるからこそ、躊躇《ためら》いなく征服者に刃を振るい得るのだ。よそ者同士では、正義も揺らぐ」

ガラシェ司祭の言葉に、セシリアは「まぁ」と笑う。

伝統を重んじる養父が、そのような物の考え方をしているとは思っていなかった。

「義父上《ちちうえ》は、七社家の祖も大陸から来たとお考えですか？」

「恐らくな。いつぞや、お前も言っていただろう。これだけ特性の異なる二つの稀種《きしゅ》の間に子が生まれるからには、祖は同じではなかったか、と。掟《おきて》ゆえ、その頃は話せなかったが、一理あると思っている」

二つの稀種が祖を同じくするのでは――との仮説を、セシリアは数年前に立てていた。掟に遮《さえぎ》られ、それきり口にする機会はなくなったが、今でもあり得る話だと思っている。

養父も、それを認めていたらしい。

アレクサンドラを輩出した魔道士の血は、大陸ではとうに絶えている。

大陸では、多くの国が興亡し、民族の移動もしばしば起きてきた。激動の歴史の中に、稀《まれ》なる血の生き延びる道はなかったのかもしれない。

神話の時代に、ギヨム種の祖が。その千年後に、征服者としてスィレン種の祖が、大陸から島に渡ってきた。それらが海に守られて島の支配者として君臨し続けた――ということではないだろうか。頭の中にあった仮説が、養父との会話ではっきりした形を持つ。確かめようがないのは残念だが。

これは幾夜かけても終わらぬ話題だ。

セシリアは、いったん、急ぎ確かめねばならぬ事柄を頭の中で整理した。

「義父上。私は竜を二度間近で見ております。アルヴィンと、ラグダ王国にいた悪竜です。……アルヴィンは、見てすぐに彼だとわかりました。でも――」

「見たのであれば話は早い。悪竜は、獣《けもの》のようであったろう？」

セシリアは、こくりとうなずいた。

「両者は、まったく別のものに見えました」

ラグダ王国で対峙《たいじ》した悪竜は、言うなれば大型の獣であった。

人が近づけば焼き殺し、森までも焼く。

人を守り、森を守る、騎士とはまったく別の存在だ。

「我らは、最初に竜に変じた日より三十三年で、この聖域に消える。知っているな？　私も、間もなくその時を迎える」

「……はい」

セシリアは、悲しみに耐えながらうなずく。

養父は、この秋にその時を迎える。聖域に入り、それきり戻ることはないのだ。

「それは三十三年の月日を経《へ》ると、人の姿を失い、心をも失うからだ。その変化を経たものを、亡竜《ぼうりゅう》と呼んでいる」

「亡竜……」

「悪竜と呼ぶのは、あまりに酷《ひど》いのでな。誰よりも民と森を愛する騎士が、獣となり果て、これまでの生涯をかけて守ってきたものまでも焼いてしまうのだ。それゆえ、我らは心のあるうちに聖域へと入り、自らの身を、自ら封じる」

セシリアは、結界で守られた聖域の向こう側を見た。

そこには、ただ静謐な森があるばかりである。

「……姿だけでなく、心までも……失うのですか？」

「あぁ、そうだ。この聖域の中には、人の姿と心を失った亡竜たちが――かつては誇りある聖騎士であった父祖らが封じられている。祖父、曾《そう》祖父……高祖父もいるだろう。亡竜になったのちは、人の倍以上も生きるといわれているからな」

ガラシェ司祭も、森の向こうを見ている。

その真紅の瞳は、森と同じように静かだった。

「……その運命は、避けられぬのですか？」

「避けられぬ。亡竜が聖域にいる以上、結界の綻《ほころ》びから逃げ出すことも起こり得る。竜を葬《ほうむ》り得るのは、竜だけだ。いずれ亡竜になると覚悟の上で、我らは社領を守るために竜の血を浴びている。聖域内にある黒鱗岩も、聖騎士が消えれば王族に奪われるだろう」

彼らは民と森を守るために、竜の血を浴びているのだ。いずれ姿も心も失うと知った上で。セシリアは、滲んだ涙を袖《そで》で拭《ぬぐ》った。

「酷い運命です。……あまりにも」

「これは本来、騎士の宿命などではないのだ。呪いなのだよ、セシリア。これは、グレゴール一世によってもたらされた呪いなのだ」

「え⁉」

突然出てきたのは、ルトゥエル王国の祖の名だ。

ガリアテの妻であった魔道士アレクサンドラの特性を、唯一発現させた鍛冶《かじ》匠の末裔《まつえい》。現在のルトゥエル王国は、グレゴール一世の築いた礎《いしずえ》の上に成り立っている。黒の都も、四つの大街道も、王が竜に造らせたものだ。もはや創世の神話に等しい。

（グレゴール一世の呪い？　五百年も前の呪いが、まだ生きてるっていうの？）

術者の死後も、魔術は残り得る。

記録の限りでは、練系の結界や封印などは、百年程度は残った例があるそうだ。しかし、五百年、となると想像の範囲を超える。

「グレゴール一世は、王杖《おうじょう》に呪いをこめたそうだ。王杖は、代々の竜を御す王によって、五百年もの間、受け継がれてきた。呪いの継承には竜を御す力が必要なのだ。――その破棄にもな。王が破棄を宣言し、王杖を破壊せねば、呪いは終わらん。それゆえ、竜を御せぬ王を戴《いただ》いてはならぬのだ。継承されぬ呪いは、消滅するまで生き続ける」

呪いの王杖。――黒鳶《くろとび》城のホールにある、彫像がパッと頭に浮かぶ。竜を跪《ひざまず》かせたグレゴール一世は、たしかに王杖を掲げていた。

（あれは魔道具だったのね。……だから、呪いが五百年も生き続けたんだわ）

七社家は、当然ながらその呪いを破棄させたい。

もし竜を御せぬ王が王座に就けば、呪いは破棄されず、今後も生き続けてしまう。長ければ百年、あるいはそれ以上かかるかもしれない。

（マルギット様を王位に就ける必要がある。七社家が即決したのも当然よ。……ルキロス様では、呪いは破棄できないんだもの）

ウイルズ王が竜御《りゅうぎょ》の儀を廃止したがために、現在の王族で、誰が竜を御し得るのかを知る術《すべ》がない。確実なのは、マルギットだけ。七社家は、彼女の起こした問題にも、目をつぶってきた。それもすべて、呪いを解くためであったらしい。

「王女に、呪いを破棄させる必要があるのですね。……一刻も早く」

「そうだ。我らは五百年待った。これ以上は待てぬ。――グレゴール一世は、我ら古き血を制するために多くの代償を払った。その一つが、寿命だ。三十三年の人生を、無念の内に終えようとしたグレゴール一世は、残る命のすべてをかけて古き血を呪った」

己は三十三年で死ぬ。お前たちも三十三年で死ね、という理屈なのだろうか。

長命で健康な七人の王の一族は、若くして死ぬ王の目には、忌々《いまいま》しいものに見えたのかもしれない。

（……三十三年で死ぬ？　でも、義父上は五十歳になるわ）

セシリアは、首を傾《かし》げた。

聖騎士が竜の血を浴びるのは、十八歳前後。そこから、三十三年経《た》てば、五十一歳前後ということになる。

これから、もう一人子を授かれたかもしれない。子は誰も成人していない。そうした無念を、三十三歳の青年は抱えていたはずだ。

同じ思いをさせるための呪いならば、五人の子供に恵まれ、孫も二人いるガラシェ司祭の現状は認めがたいのではないだろうか。

「……辻褄《つじつま》があいません。それでは、聖騎士も三十三年で死ぬはずではありませんか？」

「我らは竜の血を浴びることで、一度死に、蘇《よみがえ》る。それゆえ、呪いはグレゴール一世の望みと違った形で成就《じょうじゅ》してしまったようだ。歪《いびつ》なのだよ。その上、三十三年経ったのちも死にはしない。人の姿と心を失ったまま生きねばならぬ。……滑稽《こっけい》な話だ」

なんと屈辱《くつじょく》的な話だろう。歪な呪いは、呪った当人が望んだものとは違った形で、今も騎士の世を支配しているのだ。

亡竜、という悲しい存在は、グレゴール一世の呪いさえなければ生まれなかった。

聖域に去るのは聖騎士の宿命だと信じて、どれほど悲しくとも、受け入れようと努めてきた。だが、それが呪いのせいだと知れば、受け入れる理由など皆無だ。

「呪いを破棄させなければ……けれど、急がねばなりません。王女は身体《からだ》が弱く、夫は汎《はん》種《しゅ》です。この後、永遠に竜を御す王は現れぬかもしれないのですから」

「あぁ、そのとおりだ。急ぐ」

「呪いを破棄させ、この島にいる亡竜をすべて天に返さなくては――あぁ、もう一つ教えてくださいませ。なぜこの島の諸国に、悪竜――いえ、亡竜がいるのです？　社領に出る亡竜は、聖域の結界の綻びから出たもの……でございましょう？　他に考えられません」

ガラシェ司祭は、セシリアの問いにうなずきを返した。

「たしかに、亡竜は結界の綻びから飛び出すものだ。飛び出した亡竜は暴走し、天に送るにも、足を止めるまで待たねばならぬ。だが、どのような亡竜であっても、暴走は一時的なものだ。社領の外に出るほどは進まん」

セシリアは、再び首を傾げた。

亡竜になる前に、誇り高い聖騎士が他国に向かうとも思えない。

「では、一体どうして――」

「グレゴール一世以降の王は、亡竜を利用したのだ。――他国の力を削ぐために」

「え――」

セシリアは、驚きのあまり呼吸を忘れた。

「右の手で亡竜を送り、左の手で征竜騎士団を派遣し続けた。聖域から出た亡竜も、王が御せば暴走はしない。その後は、魔道士が他国まで慎重に誘導するそうだ。……用いるのは、紅玉だ。誘導し、望ましい地に埋めると聞いている。あれは、亡竜になったのちも、竜の目に見えるからな。諸国に散った亡竜は、紅玉の埋められた土地から動かぬようになる。社領に出る亡竜も、一度動きを止めたあと、放っておけば城に向かうはずだ。すべての紅玉は、持ち主の死後も城に安置されているゆえ」

亡竜を他国に送っておきながら、騎士を派遣して退治させる。

開いた口がふさがらないとはこのことだ。

妻への愛を利用し、紅玉を誘導に使うあたりも、汚いやり口である。

――この数年、島全体の悪竜は数を減らした――

退屈だった歴史の講義で、何度も聞いた言葉だ。

あたかもルトゥエル王国が派遣する征竜騎士団の活動が、大きな成果を挙げたかのように言っていたが、それは違うのではないだろうか。

「では、この数年で亡竜が減っているのは……ウイルズ王の体調のせいですか？　王が黒鳶城にこもっているがゆえに、亡竜が新たに送られなくなったから……」

「そうだ。竜を諸国に放つのに、竜を御す王の存在は不可欠だからな」

セシリアは、この時はっきりと自分のすべきことを理解した。

呪いの破棄。

亡竜の葬送。

この二つは、不可分だ。

新たな亡竜が生まれず、聖騎士が諸国の亡竜を天に送り続ければ、いずれ島から悪竜と呼ばれる存在は消滅するだろう。

「呪いの破棄だけでなく、亡竜の葬送を認め得る王が必要なのですね……」

「あぁ。その二つが揃《そろ》ってはじめて、騎士はグレゴール一世の呪いから解き放たれる」

しかしながら、この問題は単純ではない。

大ガリアテ島において、竜は貴重な資源なのだ。諸国の亡竜をすべて葬るのには、反発が予想される。ラグダ王国がいい例だ。諸国との交渉には、政治の力を頼るしかない。

必要なのは、七社家と足並みを揃え得る王。そして外交力を備えた王だ。

マルギットには、その期待ができない。七社家との関係や、ラグダ王国との関係から判断すれば、絶望的だといえるだろう。

「次……の王も考える必要があるのですね？」

「いかにも。王女に用があるのは、呪いの破棄までだ。以降の王は、竜を御せぬ者で構わぬ。……今、ヴェントール社領の朝霧《あさぎり》城で、七社家会議が行われている。アルヴィンを向かわせるつもりだったが、そこにお前も行くといい。お前が見たものを――王女の危うさを、皆に伝えてくれ。この剣が、お前を導くだろう」

祠の扉を開け、ガラシェ司祭は一振りの剣をセシリアに授けた。

アルヴィンのものと対であるのなら、同じ名を持つはずだ。しかし、セシリアはその名を知らない。アルヴィンとそんな会話さえしていなかったことに、今更驚く。

「義父上。この剣の名は――」

「『翼を持つ者』。そなたらに相応《ふさわ》しかろう」

穏やかに、ガラシェ司祭は笑んでいた。

王都への憧れ。魔術研究への熱意。混成種の未来への憂《うれ》い。そうした、自分の中の騎士に相応しからぬ部分を、家族は疎《うと》んじているとばかり思っていた。だが、きっとそれは違う。

――お前の背には、翼がある。

これ以上の激励はない。セシリアはこみ上げる涙をこらえつつ、ガラシェ司祭に深々と頭を下げたのだった。

セシリアは、広間の竜の絵を見上げている。

城の中で、セシリアはこの場所が一番好きだ。

勇壮な竜が、天に向かって炎を吐く姿が描かれている。

セシリアに残っている、最初の記憶だ。

なんと美しい生き物だろう――一目で魅せられた。

気づくと、横に、黒い巻き髪の少年がいた。

これはなに？　竜だよ。綺麗《きれい》ね。うん。

そんな会話を、お互いに名乗るより前にしたのが、すべてのはじまりだった。

竜の絵に「ただいま帰りました」と声をかけてから、地下の祈禱《きとう》室に向かった。

穴だらけのローブを繕ってもらっている間、着ているのは城で暮らしていた頃の小花柄のコタルディだ。短く切られた髪に悲鳴を上げた侍女《じじょ》は、セシリアが痩《や》せてしまった、と胴の紐《ひも》を縛っている間も、変化を嘆いていた。だが、嘆くばかりでもなく、セシリアの剣を見て、おめでとうございます、と涙ながらに祝ってくれた。

祭壇の前に立ち、またセシリアは「ただいま帰りました」と挨拶《あいさつ》をする。

それから、城塔の白い階段を上っていった。

城塔の四階に、領主とその息子たちの部屋がある。

領主夫人はじめ、他の家族の部屋は二階だ。以前は聖騎士が貴《とうと》いがためにされた配置だと思っていたが、単純に屋上に出るまでの距離が近い、という理由なのかもしれない、と今は思う。

階段を四階まで上り、一番奥の部屋のドアをノックする。

すぐに「どうぞ」と返事があった。声はアルヴィンではなく、ジョンだ。

アルヴィンは、ベッドの上で休んでいて、身体には包帯が巻かれている。独特なにおいは、社領魔道士のハセンが調合した軟膏《なんこう》だろう。顔や頭にも傷があるせいで、頭にも包帯が巻かれていた。

ベッドの横にある椅子《いす》にジョンが座り、ひらひらと手を振っていた。

「お、いいね、その剣。アルヴィンと対なら、それも『翼を持つ者』か。――ようこそ、騎士の世へ」

「ありがとう。ジョンの剣の名は、なんというの？　そういえば聞いてなかったわ」

「『命を守る者』だよ。この名に恥じぬ生き方がしたい」

ジョンは墨岩砦《すみいわ》で、アルヴィンが見つけたセシリアの居場所をキリアンに伝えている。

その後、白鷺城に入り、ガラシェ家に事態を知らせた。

驚いたのは、セシリアたちが白鷺城に戻ってきたのを見届けてから、そのままヴェントール社領まで行き、かつ戻ってきたことだ。馬車では十日かかるところを、わずか一日で往復したそうだ。テンターク家の竜は長距離移動に長《た》けており、伝令としてよく各社領を回っているらしい。ラグダ王国にいた頃も、しばしば夜間に春陽《はるひ》湾を横切り、テンターク社領と連絡を取っていたという。

「貴方《あなた》なら、きっとできるわ」

「ありがとう」

ジョンは明るく笑んだが、その笑みにはわずかな陰《かげ》がある。大切な妹を亡くして間もない。その手からこぼれたものを、悔いているようにも見えた。

「これからは、情報はすべて共有できるわけだ。会話も楽になるね」

セシリアは、窓の桟《さん》に腰をかけ、胸をどんと叩いた。

「ええ。遠慮なくどうぞ。七社家会議に参加してこいって義父上に言われたくらいだから、もう全然気にしなくていいわ」

これまで掟に阻《はば》まれていた情報も、今後は耳に届くのだ。嬉《うれ》しい限りである。

ジョンは、卓の上にあった林檎《りんご》を手に取り、かじりついた。空を飛ぶのは、大層腹が減るそうだ。

「まぁ、当然だけど、七社家は王女のアルヴィンに対する蛮行《ばんこう》に激怒してる。そうじゃなくても王女の印象は悪いからね。今回で、地の底まで落ちたわけだ」

ジョンは、林檎をかじりつつ軽く言ったが、カリナの死の遠因を作ったのはマルギットだ。押し隠してはいるが、そこには憎悪もあるだろう。

「呪いの破棄は王女にしかできないけれど、それさえ済んだら、後は別に誰だっていいわけでしょう？——いいえ、竜を御せなくていいって意味。もちろん、七社家と足並みを揃えてくれる王でなくてはならないわ」

「そう。王女が女王になった暁《あかつき》には、交換条件として、こちらに都合のいい王太子を据《す》えたい。今の七社家会議の話題の中心は、それだ」

セシリアは、うん、とうなずいた。

マルギットの即位と、こちらに都合のいい王太子の選定は、同時に行われねばならない。

「でも……できれば、その王太子にも竜を御す力は持っていてもらいたいわよね。王女の性格から言って、呪いの破棄に素直に応じるとは思えないもの」

ジョンは「まったくだ」と肩をすくめた。

それにはアルヴィンも「そうだね」と同意する。

「七社家は、王妃の話を聞きたがってる」

王妃、というのはウイルズ王の二番目の妻・ヒルダのことだ。ルキロスの実母でもある。ヒルダは、ウイルズ王によって黒鳶城の尖塔《せんとう》に幽閉されているはずだ。

「……どうして？」

セシリアは、首を傾げた。

この局面で出てくる名だとは思えなかったのだ。

「ヴェントール司祭がおっしゃるには、七社家と王妃の縁は深いそうなんだ。話は元王妃……ドロテア王妃まで遡《さかのぼ》る」

ドロテア王妃、といえば、マルギットの実母である。

聖王妃と崇《あが》められ、夫のウイルズ王よりも民に愛された人だ。

「ドロテア様……？」

マルギットの傍《そば》にいた頃は、その存在を意識する機会がしばしばあった。

だが、この白い壁の城には馴染《なじ》まない名である。

「うん。ドロテア王妃は、亡竜の消滅を願っていた――とヴェントール司祭はおっしゃるんだよ。諸国を弱らせて、自らの地位を保つ国のやり方に、強く反発していた。それゆえにウイルズ王と対立し、疎まれた上に殺されたって話なんだ」

聖王妃、という言葉の響きは、柔らかい。マルギットが語るドロテアは、どこまでも優しく、慈《いつく》しみ深い存在だった。

夫に疎まれようと大国の横暴に抗議する強さは、そうした印象とはかけ離れている。

「亡竜の消滅を願うスィレン種が存在するの？……信じられないわ」

「気持ちはわかるよ。僕も何度も聞き返した。でも、変わり者はどこの世にもいるものだ」

セシリアは、祝祭の日に交わしたヒルダとの会話を思い出していた。

ごく短い会話でしかない。だが、多くの示唆《しさ》に富んでいたように思う。

「ヒルダ様は、ドロテア様と親しかったみたい。王女を託されたって言っていたもの」

「なるほどね。どうやらドロテア妃の後継者が、ヒルダ妃らしい。つまり、ヒルダ妃は、亡竜を消滅させる意志を持っている」

　セシリアは、腕を組んで考えこんだ。

「でも、ヒルダ様はルキロス様が竜を御せないとご存じの上で、王位に就けようとしていたのよね？　それなら……呪いは破棄されないじゃない？　そんな方が、亡竜の消滅を願っていたとは思えないわ」

「多分、ドロテア妃も、ヒルダ妃も、グレゴール一世の呪いを知らないんだよ。呪いを継承する王ならばともかく、他の王族が知る機会はないはずだ。単純に、竜を御す王さえ廃せば、亡竜が諸国に放たれなくなる、って思ってるんじゃないかな」

　セシリアは「あぁ、そういうこと……」と呟《つぶや》いた。

　呪いの当事者である七社家で育てられたセシリアでも、成人するまでそれを知らなかったのだ。王と対立していた王妃が、知り得なかったとしても不思議はない。

「もしそうなら、真実を知って考えを変えるかもしれないのね」

「そういうこと。情報を共有すれば、同じ方向を見て、手を携《たずさ》え得る――というのがヴェントール司祭の考えだ。喋《しゃべ》っていたのは、司祭の御母堂《ごぼどう》の議長だけど」

「わかった。ヒルダ様の話は必要だと思う。……でも、どうやって話を聞くの？」

　ジョンは手を布で拭ってから、パン、と手を叩く。

「で——ここからが作戦会議。ヒルダ王妃を尖塔から連れ出し、ヴェントール社領の朝霧城まで連れていきたい」

ジョンは、アルヴィンを見つめた。

セシリアも、アルヴィンを見つめた。

二人の視線の意味に、アルヴィンが気づいた。顔色が変わる。

「え……ちょっと待てよ。もしかして、二人でとんでもないことを考えてないか？」

アルヴィンは、交互にジョンとセシリアを見た。

「他にないだろ」

「それしかないと思う」

ジョンとセシリアが、ほぼ同時に言えば、アルヴィンは首を横に振った。

「竜に戻ると、あまり目がきかないんだ。近距離は特にね。矢みたいに飛んでくるものくらいはわかるけど、はっきり見えるのは、上空からだけだ。細かい動きはできないよ。それに……視力だけじゃなく、いろんな感覚が鈍くなる。靄《もや》がかかったような感じだ。強く念じた、一つのことくらいしかできない」

二人が考えた作戦は、打ちあわせをしたわけではないが、おおおそ一致しているはずだ。セシリアがアルヴィンの背に乗って、塔から王妃を救い出す、という実に単純なものである。アルヴィンも、想像はついたのだろう。

「私が、アルヴィンの目になるわ。私の声は聞こえるんでしょう？」

「まぁ……そうだね。セシリアの声は、かなり明瞭《めいりょう》に聞こえるよ」

「それなら、細かい作業だってできるだろうし――」

アルヴィンは、しかし渋い顔をやめない。

「無茶だ。ウイルズ王がいる」

黒鳶城は、竜を御す王の居城だ。

そうなると話は俄然《がぜん》難しくなる。セシリアは「そうね」と言ってうつむいた。

「そういえば、王女の声って聞こえるの？　殺せ、焼き払えって、叫んでたじゃない？」

「聞こえないよ。ただ、そこにいるのはわかる。……あれは、抗《あらが》いがたい力だ。声が聞こえるわけじゃなくて、有無を言わさず操られる感じだね。王女には、殺さなきゃ、焼き払わなきゃ、と本気で思わされていた。――セシリアの声を聞くまでは」

竜を御す力をウイルズ王が用いれば、アルヴィンは操られてしまう。

「あんな人の多い都市で、殺せ、焼け、なんて命じられたら、大変なことになるわ」

セシリアも、助けるはずのヒルダも焼かれて終わるだろう。王都内に、どれだけ被害が出るかもわからない。

腕を組んで考え込むセシリアに、ジョンが、

「一応ね、王や魔道士への対策はあるんだよ。近づかず、目を見ないことだ」

と言った。

「……それだけ？」

「そう、それだけ。でも、こちらには翼がある。距離は取りやすい」

セシリアは、ラグダ王国で竜と対峙した時の記憶をたどった。

マルギットが竜を御したのは、竜が正面から迫ってきてからだ。それ以前には炎を吐かれているので、あれは力の範囲外だったのだろう。力の及ぶ範囲は、そう広くはないと想像できる。

「距離……じゃあ、たとえば大社に避難すれば、危険は避けられる？　王は病身だし、輿《こし》での移動なら時間もかかるだろうし……パッとヒルダ様を連れて、パッとその場を離れれば、なんとかなる……かしら？」

「愛の力で乗りきるしかないね」

「愛⁉」

ジョンが笑顔で言うのに、セシリアは大きな声で聞き返していた。

「そう。愛だよ」

「愛……って関係ある？」

「大ありさ。竜を御す力に抗うなら、他のなにかに集中するのが一番だ。アルヴィンは、セシリアだけを見て、セシリアの声だけを聞く。他の誰かに真似できることじゃないよ。二人は剣の試合もたくさんこなしているから、息もあう。アルヴィンの力を最大限に生かすためには、セシリアの援護は不可欠だ」

援護を愛と呼ぶかどうかを脇に置けば、納得のいく理屈だ。

アルヴィンも、やっとこの作戦に前向きになったらしい。

「セシリアの声なら、聞き慣れてる。竜の姿の時の感覚の鈍さを補うかもしれないな」

ジョンは「そうそう。愛の力だ」とうなずいていた。

――ヒルダ王妃を尖塔から助け出し、そのままヴェントール社領に向かう。

ジョンがもう一つ林檎を食べ終えるまでの間に、作戦は決まった。

「アルヴィンの背に二人も乗せるなら、一飛びで朝霧城まではたどりつけない。ガラシェ家は戦闘特化型だからね。長距離の飛行には向いてない。途中で下りても保護できるよう、朝霧城に援護を頼んでくるよ。――それじゃあ」

「え？　これから？　まだ昼よ？」

「うん。――あぁ、それはまだ知らないのか。王女がラグダ王国を出る時に、七社家の特例段階が二に上がったんだ。一だと飛行は夜間のみ。二は日中の飛行も可能。だから墨岩砦でも、僕らは君たちをすぐ助けに行けたんだ。平時だと、いったん司祭を通さなくちゃいけないから、きっと間にあわなかったと思うよ」

ジョンは、手を布で拭きながら立ち上がった。本当に今すぐ出かける気らしい。

「じゃあ、三は？」

「戦時だね。同胞を守るためなら、他種の殺害も容認される」

重い言葉だ。そのような事態には、ならないに越したことはない。

ジョンは「じゃあ」と、ごく軽い挨拶をして部屋を出ていった。

セシリアは、窓の近くから、ジョンの座っていた椅子に移動する。

ぽつり、と窓の外を見ていたアルヴィンが言うので、不意を衝《つ》かれたセシリアの頬《ほお》はカッと赤くなった。

「愛の力か……」

「そ、そんなの、気にしないで。ジョンの冗談よ！」

「いや、言い得て妙だと思って。竜を御す力は、有無を言わせぬ命令だから抗いがたい。王女に操られかけた時、自分の衝動まで操作されるのが恐ろしかった。でも、竜の声を聞く力は、なんというか……別なんだ。これまでできなかったことも、二人でならできるかもしれない。俺たちなら――あぁ、いや、そうじゃなくて。愛っていうのは、もちろん冗談だろうけど」

途中で言い訳をしだしたアルヴィンの頬も、やはり赤くなっていた。

どうにも落ち着かない。セシリアは「じゃあ、早く傷を治してね」と伝えて、そそくさと部屋を出た。

セシリアは、その足で屋上まで上った。

空を飛ぶ竜の姿が、見える。あれは飛び立ったばかりのジョンだろう。

(これだもの、古き血の七人の王は竜に守られていた、と伝わるわけだわ)

今は平時ではないのだと、強く思わずにはいられない。

竜を一度も見たことのなかった、それまでの人生がいかに平和であったか。

――いや、違う。

グレゴール一世の呪いに縛られた平和など、真の平和ではない。

その陰で誇り高い聖騎士たちは、理不尽な屈辱に耐えてきたのだ。

（ずっと、騎士の世は盤石《ばんじゃく》だと思ってた。ちゃんとした騎士が、大人たちが――私以外の誰かが、少しの隙《すき》もない世を作ってるって。――でも、違う）

すらりと剣を抜く。

――『翼を持つ者』。

軽く振れば、鋭く空気を裂く音がした。

（征服者の呪いを解き、放たれた亡竜を葬り去る。――私たちが、この騎士の世を守らなくては）

セシリアの目には、はっきりと進むべき道が見えていた。

これから、自分の本当の人生ははじまる。身体に馴染む剣は、そんな予感を思わせた。

――セシリアの短い髪が、ヒラヒラと風に舞っている。

纏ってもらった黒いローブも、軽やかに躍《おど》っていた。

晴天である。

遮るものなにもない、空。

どこまでも広がる、森。

セシリアは、竜の背に乗って空を飛んでいた。

「いい天気。これから王都に乗り込むなんて、信じられない！」

『おしゃべりは無理だよ。風をつかむのは難しいんだ』

身体の下から、声がする。

竜の姿になっている時は、あらゆる感覚が鈍くなると言っていた。複雑な会話はできない、とも事前に聞いている。

「ごめん、ただの独り言。あぁ、見えてきた。——王都だわ」

太陽と、空を飛ぶアルヴィンの間を、大きなものが飛んでいく。ジョンだ。

ジョンの身体は、アルヴィンよりも細く、長い。尾も長く、翼と身体の比率も違う。長距離の飛行に長けているというのも、納得の体型である。

アルヴィンよりも高いところを飛んでいたジョンが、ぐんと速度を上げて王都に近づいていく。

（こんな位置から王都を眺める日が来るなんて……想像もしてなかった）

車輪の形を保つ、整然とした街並みが見える。

上空から見ても、その秩序には狂いがない。この王都を築いたのが本当に竜であるならば、グレゴール一世は、竜の声を聞く力も持っていたのだろう——と想像がつく。アルヴィンが言うように、竜を御す力は破壊に向いていても、創造には不向きだ。

王都の上に差し掛かると、人の悲鳴がはっきりと聞こえた。

驚きは当然だ。多くの人たちにとって、生まれてはじめて見る竜の姿である。

同時に、ある予感を思わせるはずだ。

外敵に襲われた時、竜が現れ王都を守る——という伝説は、子供でも知っている。

すわ外敵からの攻撃か、と恐れる者もいるのではないだろうか。

『建物が近い。誘導して。結界はどう？』

「結界の位置は低いから、引っかかる心配は要らないわ。人用のものだもの。……まだまっすぐ。速度を落として——王妃がどちらの尖塔にいるか探さないと……」

地面から見上げた時には、遥かな高さにあった黒鳶城の尖塔が、ぐんと近づいてくる。

（どこにヒルダ様は——あ……いた！）

もしヒルダという人が臆病であれば、伏せて隠れていたかもしれない。けれど彼女はそうした性質《たち》ではないようだ。物見台の窓から、落ちそうなほどに身を乗り出している薔薇《ばら》色のローブが見える。——ヒルダだ。

「東の尖塔！　右よ！」

セシリアは、アルヴィンを東の尖塔に誘導する。

その屋上は、伝説に残るだけあって、竜が着地するのに適した形状になっていた。

着地したアルヴィンの背から、セシリアはひらりと飛び下りる。

尖塔の下を見下ろせば、東庭のモザイクタイルの上に衛兵が集まっていた。混乱する様が、目でも耳でも感じられる。

「王の姿は見えないわ。大丈夫。――じゃあ、あとで」

『了解』

セシリアがヒルダを連れてくるまでの待機時間に、アルヴィンとジョンは大社の鐘楼《しょうろう》にいることになっている。衛兵も、さすがに大社まで押しかけないだろう。

屋上からは梯子《はしご》を下り、物見台に下りる。

物見台には、窓布さえない。寝具らしきものと衝立《ついたて》はかろうじてあるが、快適に暮らし得る空間ではない。そんな場所に、ヒルダはいた。

「嘘《うそ》でしょう⁉　まさか……竜の背に乗ってくるなんて、信じられない！　物語を見ているみたいだわ！」

やつれてはいるが、ヒルダの美貌《びぼう》は保たれている。

だがセシリアの目を強く奪ったのは、彼女の美しさではなかった。

（嘘でしょう？……まさか！）

セシリアは、心中でヒルダの科白《せりふ》をオウム返しにしていた。

信じられない。――細身なはずのヒルダの、腹部だけがはっきりと膨れている。

「ヒルダ様……まさか……ご、ご懐妊《かいにん》ですか？」

「貴女《あなた》の異母弟妹《きょうだい》よ。生まれたら陛下に殺される。助けて」

まったく想像もしていなかった事柄が次々と飛び込んできて、くらくらと眩暈《めまい》がする。

ヒルダの妊娠にも、ヒルダがセシリアの素性を知っていたのにも驚いたが、相手がトラヴィア公であることには驚かなかった。彼らの関係を、セシリアは以前から知っている。

「産み月は、いつです？」

「明日にも生まれそうなの」

それはつまり、今日生まれてもおかしくはない、ということだ。

セシリアは青ざめ「行きましょう」とヒルダをうながした。

その時だ。

いきなり練系の気が飛んできて、右の手首を縛《いまし》められた。

「あ……痛ッ」

気の飛んできた方向を見れば、そこに――魔道士がいる。

（黒鳶城の魔道士……！）

はじめて目にする。小柄な身体に、真っ黒なローブ。目深《まぶか》に被ったフードで顔は見えないが、きっとこれが本物の――黒鳶城の、純血のスィレン種の、魔道士だ。

（負けられない！）

祝祭の日の裁判の場で、セシリアを、紛《まが》い物で、調薬などできるはずがない、と言ったのは黒鳶城の魔道士だ。闘志に火がつく。

「なにをしに来た、騾馬《らば》め！」

セシリアは、その瞬間まで堂々と魔術で勝負するつもりでいた。

だが、魔道士の一言を聞いては、もうその気は消え失せている。前提に互いへの敬意がなくては、技術を競う意味などない。

左手で剣を鞘《さや》からわずかに抜き、黒鱗鋼の刃で右手の練系の気を断ち切る。そして、素早く剣を抜き去った。アルヴィンとの試合で取った一本で、最も多いのが、この抜き打ちの一撃だ。スィレン種に見切れるはずがない。

黒鳶城の魔道士の黒いローブが、すぱりと切れた。

「誰が騾馬よ!」

よろめいた魔道士の腹に、すかさず蹴りを食らわせる。

軽い魔道士の身体は、螺旋《らせん》階段をゴロゴロと落ちていった。

音は遠くなったが、別のバタバタという音が近づいてきた。衛兵が、階段を上ってきたらしい。

「ヒルダ様! 上へ!」

「やるわね、貴女!」

ヒルダは、セシリアの活躍に笑顔を見せた。

そして、衛兵が二人、物見台に入ってきた途端「邪魔しないで!」と練系の気を槍《やり》のようにして放った。こんな練系の気の使い方は、はじめて見た。

二発とも額《ひたい》に命中し、衛兵はひっくり返る。

「そちらこそ! お見事です」

腹の大きなヒルダが梯子を上るのをハラハラしながら見守り、自分もあとに続く。

さらにもう一人追ってきた衛兵は、ヒルダを真似て練系の気を飛ばして倒した。練習は要りそうだが、これは便利な使い方である。

尖塔の屋上に上がった瞬間、大社の鐘楼にいる二体の竜のうち、一体が飛び立つのが見えた。ヒルダが「本物だわ……」と呟く。

「ねぇ、貴女。今更だけど、確認させて。貴女、七社家の意思でここに来たのよね？　それとも、まだマルギットといるの？」

「説明が遅くなって申し訳ありません。これは、七社家の意思です」

「そうよね。そうじゃなきゃ、貴女、とっくに死んでいたわよね」

ヒルダの言葉には、相槌《あいづち》を打てなかった。否定もしなかったが。

到着したアルヴィンの背にヒルダを乗せ、セシリアもその後ろに座る。

「アルヴィン、いいわ。行きましょう！」

ばさり、ばさり、とアルヴィンが大きく翼を動かす。

ヒルダの視線が、尖塔の下に向かい――びくり、と身体をすくめたのがわかる。恐怖も当然だ。落ちれば確実に命を失う。まして身重だ。恐怖は倍になるだろう。

眼下の物見台の方から「どうぞご無事で！」「天の神々のご加護がありますよう！」若い女性の声がする。存在を認識していなかったが、侍女がいたようだ。

窓から必死に手を振る姿から、ヒルダが彼女たちに慕われていた様子がうかがえる。恐怖に震えていたはずのヒルダは「貴女たちも！　元気で！」と気丈にも手を振っていた。

ジョンが大社の鐘楼から飛び立ち、誘導するように北へと向かう。

アルヴィンは羽ばたいて上昇してから、一気に滑空《かっくう》した。

セシリアは悲鳴を上げるヒルダを支えながら、その加速に耐える。

あっという間に王都の風景は流れて、アルヴィンは王領の盆地の上を進んでいった。

「アルヴィン、大丈夫？」

『少し……難しい。でも、行けるところまで行くよ』

できるだけ、王領からは離れたい。ヒルダと胎児《たいじ》の命がかかっている。

王都からヴェントール社領の朝霧城までの道には、応援のために騎士が派遣されているはずだ。どこで着陸することになっても助けは来ると信じているが、可能な限り北へ進んでおきたいところだ。

（お願い。どうかヴェントール社領までもって……！）

眼下の風景は、変化している。

王都のある盆地を越え、ティトー公領に入ったようだ。

ヒルダは、さきほどから一言も声を発していない。

静かすぎる。——嫌な予感がした。

「ねぇ、い、言いにくいんだけど……」

「どうぞ！　おっしゃってください！　お互いのために！」

「……お産が……はじまったみたい」

血の気が引く。背の刺《とげ》をつかむ手が、ひどく冷たくなった。

――ここで地上に下りるべきか、否《いな》か。

必死に悩みはしたが、やはり下りるのは危険すぎる。竜の強みは、その圧倒的な機動力だ。命がけの逃亡では、最大限に利用する以外の道は取れない。

「ギリギリまで耐えてください！　少しでも王都から離れましょう！」

「う……ッ」

痛みが出てから、生まれるまでには間がある――はずだ。

とにかく、少しでも王都から離れねばならない。少しでも遠くへ。

セシリアは、ただただ祈った。

アルヴィンの飛行の高度がやや下がったのと、ヒルダが「限界よ！　死んでしまう！」と叫んだのは、ほぼ同時であった。

まだ、森はまばらだ。ヴェントール社領には至っていない。

「ここで下りましょう！　ゆっくりお願い！」

アルヴィンはゆるやかに高度を下げ、森の中の泉に降り立った。

セシリアがヒルダを抱えて地面に下ろした途端、ヒルダは「あぁッ！」と悲鳴を上げて身体を丸めた。

（どうしよう……私、お産なんて……馬のしか知らない！）

辺りに人の気配はない。このままでは、セシリアが出産の手伝いをせざるを得なくなる。

ヒルダの腰の辺りは濡《ぬ》れており、抜き差しならない状態であることだけはわかった。セシリアは、アルヴィンの首にしがみついて「どうしよう……」と狼狽《うろた》えた。

『落ち着いて。人を呼んでくる』

竜の姿のまま、どこかへ行こうとするのをセシリアは「待って！　まだ竜のままよ！」と止めた。アルヴィンは、こちらを振り返って『そうだった』と言っていた。

アルヴィンも、落ち着いてはいないようだ。

「近くの村で、助けを呼びましょう。私はヒルダ様の傍にいるわ」

アルヴィンは『わかった』と言ってそのまま森の中に消えていった。人の姿に戻る――どちらを戻るというのかわからないが――つもりなのだろう。

セシリアは、ヒルダを抱えて木の根にもたれさせた。

夕焼けが、終わろうとしている。

明るさはまだ空に残っているが、月は出ていた。

「ヒルダ様、お気を強く。近くに村があったのが見えました。大丈夫です」

「まだ……痛みの間隔が遠いわ。……聞いて」

「……はい」

泉で水を汲《く》んでヒルダに飲ませようと思っていたが、この様子では話を聞く方が先のようだ。必死の覚悟が伝わってくる。

「この子の父親は……ロランド様よ。――貴女、驚かなかったわね」

ロランド、というのはトラヴィア公の名だ。セシリアも、父親かもしれない人の名であるので、記憶はしている。

「ルキロス様が……お二人が祈禱堂においでのところを、お見かけしたそうです」

「……ルキロスが？」

「だから、忘却術を使いました」

あの日の驚きは、まだ忘れていない。

驚きに驚きが重なり、呼吸を忘れるほどの衝撃を受けた。それに比べれば、結果としての妊娠に、驚く理由はない。

「なんてこと。……あぁ、じゃあ……貴女だったのね？　ルキロスを救ってくれたのは」

「はい。ヒルダ様が尖塔に幽閉されたと聞き及び、七社家の者に頼みました」

「ありがとう。……でもね、ルキロスは陛下のお子よ。それは間違いない」

陣痛は谷に入ったようで、ヒルダはしっかりした口調で言った。

しかし、真に受けるほどこちらも物を知らないわけではない。

ルキロスがウイルズ王の子であるのなら、竜を御せたはずだ。セシリアの忘却術も効かなかっただろう。

「……鍛刃院では、血統学も学びます」

否定の代わりに、セシリアはそう伝えた。

「ルキロスは魔術に耐性がない。だから父親は、スィレン種ではないはずだと思ったんでしょう？　でも、よく考えて。血統学をかじったなら、おかしいとわかるはずよ。もしルキロスの父親がギヨム種なら、ルキロスの髪は黒かったはずじゃない。汎種であったとしても、あんな黄金色の髪にはならないわ」

特性にせよ、外見上の特徴にせよ、父親側の要素が強く出るのが血統学の基本である。

ルキロスの容姿は、ほぼ完璧にスィレン種のそれだ。父親がスィレン種であることは、疑う余地がないだろう。明るい金の髪も、父親の顕性《けんせい》係数の高さを想像させる。

しかし、ルキロスの父親がウイルズ王であるならば、彼は竜を御せたはずなのだ。

「私には、事の真偽が判断できません」

「ギヨム・スィレン種の混成一世が、国内で確認された例は一例だけ。死産だったわ。スィレン種の母体で、ギヨム種は育たない……非公式の資料では、スィレン・ギヨム種は過去五年で百以上の例があるのに——あぁ……」

痛みの波が来たらしい。ヒルダは身体を丸め、痛みをこらえている。

この薄暗さの中でも、額にびっしりと汗をかいているのがわかる。

「話は、後ほどお願いします。今は、それところでは——」

「いいから！　聞いて……！　いつ死ぬかわからないのよ！」

がっしりと、ヒルダの手がセシリアの手をつかむ。

細い指に似あわぬ、強い力だ。

「わ、わかりました。おうかがいします。でも、まったくわけがわかりません！」

「私なの……混成種なのは、私。スィレン・ギヨム種の、混成一世よ！」

言葉の最後は、痛みに呑《の》まれて悲鳴まじりになっていた。

ヒルダの手を握り返す手に、知らず力がこもる。

「え……？」

「あぁ……痛い……痛い……」

いよいよ痛みの波が大きくなったようで、ヒルダは絶え間なくうめき声を漏《も》らしている。

（混成種？　……ヒルダ様が？）

スィレン種にしか見えない容姿。珍しい長身。強い腕力。魔力。ヒルダの示す特徴は、たしかに自分と共通した要素がある。――混成種の、セシリアと。

（それなら、ルキロス様がウイルズ王のお子であったとしても、竜を御せない理由が説明できる。でも……混成種が王妃になるなんて、あり得ない！）

セシリアは、ヒルダの腰をさすってやりながら、その波が去るのを待った。

ややしばらくして、また波が引いたようだ。

ヒルダの強張《こわば》っていた身体から、ゆっくりと力が抜ける。

「とにかく……そういうことなの」

「……混成種が、どうやって王妃になるのです？」

「私は……血統学者なのよ。祖父もそうだった」

あり得ない、起こり得ない、と思っていたが、その一言で疑念は瓦解《がかい》する。

偽《いつわ》ったのだ。この世で唯一、工作ができるとすれば血統学者以外にいない。

「そういう……そういうことでしたか」

「ルキロスは、ウイルズ王の子よ」

ヒルダは、先ほどと同じ主張を繰り返した。

もう、セシリアも頭から疑う気にはなれなかった。

「なぜ、そのような恐ろしいことを……露見すれば、命はないでしょうに」

血統学者が、顕性係数の改竄《かいざん》を行うのは重い罪だ。死罪だと聞いている。

誰より罪の重さを知るはずのヒルダが、なぜそのような恐ろしい選択をしたのか。セシリアには、まったく理解ができない。

「必要だったの。……新たな世を築くために」

その目が見つめる先には、月があるばかりだ。ただ、彼女が大きな目的のために、己の命を賭《と》していることだけは伝わってくる。恐らく、それがドロテアから彼女が引き継いだもの。七社家が求めている情報なのだろう。

「七社家が、ヒルダ様のお話を聞きたがっています」

「ええ。……いくらでも話すわ。……ドロテア様が目指したものは――七社家にとっても望ましい未来ですもの」

落ち着いて話せたのはここまでで、ヒルダはまた陣痛の波に襲われてうめきだした。

痛みに耐えるヒルダの手を、セシリアはしっかりと握る。

その時――

視界の端に、チラチラと灯《あか》りが見えた。

いつの間にか辺りの闇《やみ》は進んでいて、木々の向こうの灯りは、目を射るほど眩《まぶ》しい。

火の灯りではない。その青白い灯りは、魔術によるものだ。

（あれは――照明術だわ）

そこに、輝《き》系の魔術を扱う者がいる。

ルトゥエル王国の宮廷魔道士――ではないだろう。

灯りは北に見える。ヴェントール社領からの応援のはずだ。付近に公領の砦はあっても、そこに魔道士がいるはずはない。

（助かった。……これでヒルダ様のお産も、なんとかなるわ）

セシリアが、ほっと胸を撫《な》で下ろした――途端であった。

「タリサ！　生きていたんだな！」

その瞬間まで、人の気配をまったく感じなかったところに、ぬっと現れた男にいきなり抱きつかれたのだからたまらない。

「……ッ！」

言葉の内容を確かめるより先に、手が出た。腕をつかんで、投げ飛ばす。

（騎士だ）

触れた途端にわかる。汎種相手には起こるはずのない抵抗があった。

投げ飛ばされたはずの男は、くるりと体勢をかえて着地すると、また近づいてくる。

必死に距離を取ったが、すぐに追いつかれてしまう。

(聖騎士だわ……！)

あまりにも、身体能力に差がある。抵抗空《むな》しく、セシリアはがっしりと聖騎士に抱きしめられていた。

「タリサ──生きていたんだな！　信じていたぞ！」

「ち、違います！　私はガラシェ家の──」

「なにが違うんだ。オレだ。ティロンだ！」

タリサ。ティロン。

その名前の並びを、セシリアは知っている。

死の間際、タリサが呼んだ名だ。ティロン。それで、理解した。

彼は、ティロン・ヴァルク。ヴァルク社領は、朝霧城のあるヴェントール社領と隣りあっている。彼は応援に来た聖騎士なのだろう。

(指輪を……早く見せないと！)

ティロンが、セシリアをタリサだと誤認している理由はわかる。

指輪だ。セシリアがタリサの指輪を持っているがゆえに、この悲しい誤解は起きた。

セシリアは、指輪を懐《ふところ》から出そうともがく。

「わ、私は、タリサ様ではありません！　違うんです！　セシリア・ガラシェ！　タリサ様の異母妹です！――あ……ッ！」

ころり、ともがいた拍子に、手から指輪が落ちる。

途端に、抱擁《ほうよう》から解放されていた。

セシリアの目が見失った指輪を、ティロンは落下する前に片手で受け止めていた。

「……セシリア……ガラシェ？」

ティロンの見た幻《まぼろし》が、消えていく。戻ってきたはずの元婚約者が、別の誰かに変わってしまう瞬間だ。胸が痛い。

本物だったら、どんなにかよかったろう。だが、もうタリサはいないのだ。

「すみません……その指輪は、タリサ様の遺品です」

セシリアは左手で印を結び、輝系の照明術で指先を照らした。

ぼうっと青白い光が、お互いの姿を明らかにする。

ティロンの目に、頰を涙で濡らしたセシリアの姿が見えたはずだ。

「遺品……あぁ、君は……そうか、ガラシェ家の……」

指輪を握りしめていたのは、長い黒髪の、目のぎょろりと大きな聖騎士だった。

掌《てのひら》の上の指輪を見つめ、がくりとティロンはその場に膝《ひざ》をつく。

おおーい、と遠くから声が聞こえる。七社家の応援が到着したようだ。

その後すぐにアルヴィンが戻り、ティロンとはそれ以上話すことはなかった。

駆けつけた社領騎士団の騎士や魔道士たちにも守られ、ヒルダは近隣の村へと運ばれた。

そして――夜が白む頃、その強運なる子は誕生した。男児である。

そのトラヴィア公の忘れ形見は、ロランド、と亡き父親と同じ名をつけられた。

嬰児《えいじ》を腕に抱いた時、セシリアは声を上げて泣いた。まったく自分でも予想していなかった涙だった。

淡い蜂蜜《はちみつ》色の髪の、鮮やかな緑の瞳の赤子。

――この子を守りたい。

この子の生きる世は、争いのない穏やかな世であってほしい、と強く思った。

そうして、その未来を作るのは自分たちなのだ――とも。


この村は、ティトー公領の北の外れにあるそうだ。

日中、泥のように眠ったセシリアは、世話になった村長に挨拶をした。

村長はドロテアを崇拝《すうはい》しており、その後継者であったヒルダを歓迎した。マルギットとの逃亡の際に続き、セシリアは再びドロテアの威光に助けられたことになる。

外に出れば、もう夕が近い。柵の向こうで、牧童が牛を連れて歩くのが見えた。

村はゆるやかな勾配になっていて、村長の家は一番高い場所にある。

二十ほどある家々には、点々と灯りがともっていた。

牧場の柵の前に、聖騎士の装束を着たティロンがいる。すぐにこちらに気づいて、

「お疲れ様」

と笑顔で声をかけてきた。

「すみません、ご挨拶もままならず」

「いや、こちらこそ。オレは、ティロン・ヴァルク。ヴァルク家の三男で、タリサの元婚約者だ。ヴェントール司祭の要請で、王妃救出作戦の応援に来た」

改めて、二人は挨拶をする。

ティロンは重ねて、セシリアに昨夜の無礼を詫《わ》びていた。

「昨年の祝祭の日、黒鳶城でタリサ様を看取《みと》りました。指輪は持ち歩いていましたが、剣は、白鷺城からヴァルク家にお送りしています。いずれお手元に届くかと」

「感謝するよ。……本当に、ありがとう。そうか、妹に看取られたんだな。君に会いたい、とタリサはよく言っていたんだ。ほら、噂《うわさ》があったから。いつか名乗りあえたらいいのにってね。……そうか、会えたんだな。それだけはよかった」

ティロンは、濃い眉を八の字にして、くしゃりと笑った。

いつか姉と呼べたら……とは、セシリアも思っていた。タリサも同じように思っていたらしい。互いに呼びあう夢はついぞ叶わなかったが、出会い、話し、看取ったことは、たしかに幸いだったかもしれない。

「タリ――姉上は、亡くなる前に……ティロン様の名を呼んでおられました」

口にした途端、セシリアの目から涙が一筋こぼれた。

ティロンも涙をこぼし、それを勢いよく拭う。

「馬鹿《ばか》なヤツだ。……王女に利用されて、孤立して、死んでいった。婚約を解消したのだって、王女がタリサに縁談を進めたせいだ。強引に。……だからタリサは負い目を感じて、オレとの縁を切ったんだ」

マルギットは、宮廷内で孤立していた。

そんなマルギットの目にとまった存在が、混成種の魔道士だったのだろう。孤独で、存在の軽い、それでいて有能な。

だから、タリサを。次に、セシリアを駒《こま》にしたのだ。

——ご立派な最期でした。王女への忠誠に殉《じゅん》じられたのです。

いつかタリサの遺族に会った時、そう伝えるつもりでいた。

だが、もうその言葉は出ない。タリサにあったのは、狭い部屋と、薄給と、自分を駒のように扱う王女だけだった。そんな孤独に殉じたことに、なんの価値があっただろう。

ティロンは、静かに泣いていた。

自分が祝祭の日に死んでいたら、アルヴィンも同じように泣いたのかもしれない。養父や、養母も。王族に踊らされた愚《おろ》かな娘を哀れんで。

セシリアに言えたのは「姉上は、故郷を愛しておられました」という、一言だけだった。

ティロンは「彼女の剣の名は、『雪を頂く峰』なんだ」と言っていた。

反逆者の躯《むくろ》は、故郷に戻ることはない。墓所も持てない。ただ、灰にされて野に撒かれるだけだ。

それでも、あの剣にはタリサの魂《たましい》が宿っているように思える。故郷への愛を持ち続けた人だった。その魂が雪を頂く故郷で安らかに眠れるように、とセシリアは祈る。

ただ、祈る。死者のために生者にできることは、他にないのだ。

王都からの追手を避けるため、出産直後のヒルダ母子は、早々にヴェントール社領の朝霧城へと移動した。

産後の憔悴《しょうすい》の中、ヒルダは、寝室に集まった七社家会議の議長に向けて以下のような話をしている。

――私はソーレン公領で生まれました。

五十年前、六賢王の学者の末裔の国であったスリア王国が滅び、三つに割譲された土地の内の一つです。

私の実父は、王都生まれのスィレン種です。調薬師でした。同僚の過ちに巻き込まれ、王都を追放されてソーレン公領に至り、薬肆《やくし》を構えて生計を立てていました。

我が国において、二つの稀種は、王領と公領、そして社領と、それぞれに住まう土地が分かれているもの。しかし、ソーレン公領は違います。新しい土地だからでしょう。稀種の世から弾かれた者たちが自然と集まり、スィレン種も、ギヨム種も、当たり前のように隣りあって暮らしていました。

私は、スィレン種で調薬師の父と、住み込みで働いていたギヨム種の母との間に生まれています。ギヨム種の娘が、商いをするスィレン種に雇われるのは、ソーレン公領では珍しくありません。

婚姻《こんいん》を経ずに生まれた娘は、スィレン種と変わらぬ容姿を持ち、賢く、強い魔力を持っていました。父をしのぐほどに。

その後、私が続けていた研究の結果として、混成一世は父方の持つ能力の最大値に近いものが発現し得るとわかりました。……父は、思ったのでしょう。この娘が純血のスィレン種であったならば、血統学者になれたものを――と。子孫の仕官は、親の罪を免じますから、そうしたことも父の背を押したのかもしれません。

血統学者になるための国試は、合格者が百人に一人という狭き門です。

父は秘かに王都へと戻り、私を純血のスィレン種だと偽って、親類に託しました。祖父は血統学者でしたので、偽りに手を貸したものと思われます。母とは引き離され、それきり会っていません。

この偽りは、通りました。

私は国試に合格して血統学者になり、父は黒鳶城に戻りました。

そうして――私は、ドロテア様と出会ったのです。

ドロテア様が、血統学研究所の、空いた棟を孤児院として使いたい、と視察にいらっしゃいました。その頃――ドロテア様は、当時叔父上の後を継いでトラヴィア公になったばかりのロランド様の婚約者でした。王族ですから、ロランド様は十四歳で婚約をされます。ドロテア様とは同年のお生まれですので、お互いに十八歳になるまでご結婚を待たれていた時期でした。

しかし――ドロテア様は、ウイルズ王の王妃に選ばれました。弟の婚約者を奪ったのですから、穏やかな話でなかったのはたしかです。そこに、父がからんでいたと知るのは、間もなくのことでした。――父が、死んだのです。

血統学者の日常は、閉鎖的です。朝から晩まで、天まで届きそうな書棚の並ぶ書庫を行き来し、机に向かうだけ。顕性係数の計算と、抱えた独自の研究のために生きているようなものです。親類との縁も薄く、私は父が死ぬまで、何年も会ってはいませんでした。

ウイルズ王に呼び出されたのは、父の葬儀の翌日です。後釜《あとがま》が欲しい、と陛下はおっしゃいました。

私に、父の代わりを務めるようお命じになられたのです。

父は祖父の伝手《つて》を使って、顕性係数の偽造を行っていたそうです。重い禁忌《きんき》ですが、娘の件で不正を行った父の箍《たが》は、すでに外れていたのかもしれません。ドロテア様とロランド様の婚約破棄も、父の暗躍によるものでした。

――ドロテア様が、マルギットを出産されて間もない頃だったでしょうか。

私は……ドロテア様の殺害を、陛下から命じられたのです。

機はいずれ知らせるということでした。私は、ドロテア様の侍女になりました。物心ついてから、ずっと机にかじりついておりましたので、見るものすべてが新鮮です。ドロテア様にお仕えするようになって、私の世界の彩りは大きく変わりました。

ドロテア様は、ご立派な方です。

清らかな心と、尊い志《こころざし》を持っておられました。

人として、生きる道を教えていただいたと思っています。恩人です。

ドロテア様は、多くの孤児院を建てられましたが――一つ、異質なものがありました。

ヴェントール社領の孤児院です。新緑院《しんりょくいん》、という名の。

そこには、ソーレン公領で生まれた混成種たちが集められていました。今、他国で宮廷魔道士として地位を得ている者たちは、その孤児院の出身のはずです。

ドロテア様は、彼らに魔術の初歩を学ばせました。

なぜならば、ウイルズ王は黒鱗鋼と火蕾《からい》の増産を目的として、すべての魔道士を王都に呼び戻していたからです。外貨を獲得し、軍事力を増強するために。

ドロテア様は、魔道士の王都集中には反対されていました。力及ばず強行されたのちは七社家を守るべく行動されたのです。ロランド様が、社領を巡って結界の修繕をしていらしたのと同じ精神で、ドロテア様は混成種の孤児院を創《つく》られました。

ドロテア様は、他国へ悪竜を送り続ける愚《ぐ》も、批判しておられます。

自国を豊かにするために、他国へ竜を送ることは許されない。ルトゥエル王国は大ガリアテ島で最も豊かな国であり、その矜持《きょうじ》を見せるべき、との主張です。

大陸の航海技術が今以上に発展すれば、この島は大陸からの侵攻を受けることになる。

黒鱗鋼と火蓄という、唯一無二の資源をこの島が持つ以上、避けられぬ運命です。なにゆえに二十年前、社領の魔道士は引き上げたのか。それは大陸からの船が格段に増え、かつ大型化したからです。いずれもっと大きな船が来る。それに備えるためには竜を放って諸国を弱らせている場合ではない。島は一丸となって、大陸からの脅威に立ち向かうべきだ、と。ドロテア様は、堂々と陛下を批判なさったのです。

口論は絶えず、時には陛下がドロテア様に手を上げる場面もありました。

ご夫婦の溝は深まり――ついに、殺害の命令が下されました。

しかし、島の未来のために、ドロテア様はなくてはならないお方。

私は、ドロテア様に盛るよう命じられた毒を、自ら飲むことにしました。

止めたのは、ドロテア様です。この場だけをしのいでも、次の手が来ると覚悟されていたようです。マルギットを私に託し、毒をあおいでこの世を去られました。

その時、私の人生は新たにはじまったのです。

ドロテア様の願いを叶えるのが、私の人生の目標になりました。

なんとしても、王家から竜を御す力を奪わねばなりません。竜を御す王さえいなければ、悪竜は他国に放たれることはなくなるのですから。

だから――私は、ウイルズ王の意思に従い王妃になりました。これは、簡単なことでした。私は黙っていればよかったのです。

ルキロスが生まれ、この子を王位に就ければ、ドロテア様の願いは達成されるものと信じていました。――しかし、そう上手くはいかなかったのは、ご存じのとおりです。

……先ほど、グレゴール一世の呪いの話を聞き、驚いています。

ドロテア様の悲願が、まさか七社家を永遠に呪いに繋《つな》ぎ止めようとしていたとは。

ともあれ、まだ王家に竜を御す力は残っています。

しかし――急がねばなりません。

竜を御し得る者は、陛下の他はもう、マルギットしかいないのです。

ええ、そうですとも。竜を御し得る者は他にいません。今後も、恐らく永遠に出ないでしょう。

弟――特に強い力を示したロランド様を、陛下は深く憎んでいました。

ロランド様の竜御《りゅうぎょ》の儀は行われませんでしたが、陛下にはわかっていたのです。ロランド様が特別な存在だと。魔力の弱い王族の中で、異例とも言うべき強い魔力をお持ちでしたから。――グレゴール一世のように。

世が世ならば、グレゴール一世の再来として王座に就いていたでしょう。

それは恐ろしい企《たくら》みでした。陛下はロランド様の婚約者を奪っただけでなく、別に用意させた婚約者候補の顕性係数を改竄させていたのです。簡単な話ではありません。――通常、子は父親の顕性係数を継ぐのが血統学の基本です。ただ、それを阻む因子《いんし》が存在します。洞《うろ》、と我々は呼んでいました。父は、その洞の個体を探し出したそうです。末の弟君の時も、同じことが繰り返されました。ですから――

ウイルズ王の子、ルキロス。

トラヴィア公の子、テオドル。

ウリマ公子、フレデリク。

誰も、竜を御す力は持ちません。

マルギットを女王として即位させ、呪いを破棄させるしか道はないのです。

そののちに、竜を御せぬ王を据えましょう。

そうして、島中の悪竜を滅すのです。

私は、ドロテア様の願いを――叶えて差し上げたい――


――ヒルダの話は、終わった。

その衝撃に、一同は言葉を失っている。

最初に、七社家会議の議長・ヴェントール家の前司祭夫人が、ヒルダに丁重な礼を伝えた。「これより、皆と情報を共有いたします」と伝えてから部屋を去る。

（王家の、竜を御す力は永遠に失われる……）

呪いを解くための道が、ここまで細いとはまったく思わずにいた。

祝祭の日。ラグダ王国の悪竜退治。墨岩砦。マルギットの命の危機は多々あった。その度に、呪いを破棄し得る王族は、絶えかけていたということだ。

「セシリア」

ぽん、と肩を叩かれ、セシリアは横を見た。

「義母《はは》上！」

そこにいたのは、ガラシェ家の司祭夫人——セシリアの養母だ。名は、クレウという。

青みがかった髪を高く結い上げ、草花柄のコタルディを着ている。剣を差しているのは、彼女も騎士の一人であるからだ。セシリアは、まだこの養母に剣術では敵《かな》わない。

「あぁ、セシリア……！　無事でよかった！　よく戦ったわ」

養母の腕が、しっかりとセシリアを抱きしめる。

「お会いしたかった……」

涙ぐみながら、セシリアも養母を抱きしめ返した。

昨年夏の帰省以来だが、もう何年も会っていなかったような気がする。

一度身体を離すと、セシリアの瞳だけでなく、クレウの橙《だいだい》色の明るい瞳も潤んでいた。

二人は、再びしっかりと抱きしめあう。

「はじめてお目にかかります。ガラシェ司祭夫人」

抱擁を終えたところで、ベッドの上からヒルダが挨拶をする。

養母は「クレウと呼んでくださいな」と朗《ほが》らかに言った。アルヴィンに通じる、涼やかな顔立ちの養母だが、この明るい声が彼女の印象を柔らかくしている。

乳母《うば》が「お話はお済みでしょうか？」とロランドを抱えて部屋に入ってきた。赤子に目のないクレウは、頬を薔薇色に染める。

「まぁ、まぁ！　愛らしいこと！　本当に小さいわ！」

「クレウ様。その子は――セシリアの、異母弟です」

ヒルダは、あらゆる嘘を廃するつもりらしい。

その告白を受けたクレウは、ゆったりとうなずき「いっそう愛《いと》おしく思われます」と笑みを見せた。

五人の子を育てたクレウは、赤子の抱き方も堂に入っている。

「多くを語っていただきましたこと、改めてお礼申し上げます、王妃様」

「クレウ様。どうぞ、私のこともヒルダ、と」

「では、ヒルダ様。貴女様の勇気を、私どもは称《たた》えたいと思います。罪は罪。しかし、今の告白は、七社家と王家の新たな関係の道標となりましょう」

クレウの言葉に、ヒルダは一筋涙をこぼす。

長い告白の間、眉一つ動かさなかった人の心も、鋼《はがね》ではなかったようだ。

「ありがとうございます……クレウ様」

「僭越《せんえつ》ながら、これだけの告白をなさった以上、もはやスィレン種の世には戻れぬはず。よろしければ、ガラシェ社領においでください。喜んでお迎えします」

ヒルダの菫《すみれ》色の瞳が、窓からの明かりを弾くほどに揺れる。

「しかし――私は罪人です」

「セシリアの縁者は、ガラシェ家の縁者です。必ずや守ります。貴女も、その子も」

「……この子は、セシリアのようにはなりません。混成二世です。……私は、混成種の研究をしておりましたので知っています。親もしのぐほどの力を示すのは、混成一世まで。ルキロスがその証です。王族を父親に持ちながらも、息子の魔力はごく凡庸《ぼんよう》なスィレン種程度。この子も、同じでしょう」

クレウは赤子を抱いたまま、ベッドの端に腰を下ろした。

「ヒルダ様。役に立つかどうかだけが、人の価値でありましょうか。違います。役に立つかどうか。親がいるかどうか。国が認めたかどうか。そのようなことに、人の価値は左右されません。人の姿を失おうと、心を失おうと、社殿に眠る父祖の魂は変わらず尊いのと同じに」

話を聞き終わるより先に、ヒルダは嗚咽《おえつ》を漏らして泣いていた。

セシリアの頬も、いつしか濡れている。

窓からの風が、涼しく髪を揺らしていた。

ふにゃふにゃと泣き出したロランドを、クレウは乳母の腕に返した。

「さぁ、新しい世が来るまで、まだまだやるべきことはありますよ。ゆっくり休んで、明日に備えましょう。――まずは腹ごしらえね」

クレウが手を叩いて運ばせた菓子や果実は、疲れきった身体によく沁《し》みた。

話し、笑い、話し。

茶を飲み、菓子を食べ、また話し。

三人は、束の間の穏やかな時間を過ごしたのだった。


朝霧城は、急峻《きゅうしゅん》な山の上にある。

深い緑に囲まれた城は、他の七社家の城同様に、美しく白い。

あらゆる屋根の傾斜がきついのは、雪を落とすためだそうだ。セシリアが北の土地に来たのははじめてなので、三角錐《すい》の屋根は珍しく見えた。

城の大広間には、壁の三面に大きな暖炉《だんろ》があり、冬の寒さの厳しさを想像させる。

白い煉瓦《れんが》の城の空気は、魔力を有するセシリアにとっていつも冷たいが、朝霧城を構成する要素は、一層それを強く感じさせた。

七社家会議の場に集まっているのは、七社家の司祭夫人、あるいは前司祭夫人が主だ。歳《とし》の頃は三十代から六十代まで。主座の前に立っているのは、この場の議長を務めるヴェントール家の前司祭夫人だ。城を守るのは、夫を見送った夫人の務めである。端然とした立ち姿には、城の守護者としての貫禄がうかがわれる。

「王家の竜を御す力は、永久に失われるでしょう」

議長の言葉に、一同は静かにうなずいた。

セシリアは、アルヴィンと共にクレウの後ろの席に就いている。

「我々は、ウイルズ王に対し、退位と、マルギット王女の即位の要請を行いました。しかし、今日まで返答はありませんでした。ウリマ公子フレデリクの立太子の申請が、大社に向けて行われたので、それが答えなのでしょう。もはや後継者にし得る、竜を御す者はマルギット王女のみであるにもかかわらずです。信じがたいことですが、ウイルズ王は竜を御せぬと知った上で、ウリマ公子を後継者にすると決めたようです」

ざわり、と大広間が騒がしくなる。

ウイルズ王の選択は、まさに信じがたいものだ。

竜を御す王を失おうとも、実子のマルギットだけは王座に就かせたくないらしい。国の行く末よりも、妻であった人への憎悪を優先させたのだ。魔道士を王都に集中させてまで、国を豊かにしようとした人とも思えない。

その誤ちとしか思えぬ判断は、歩行も困難なほどの病がさせたのではないか、という声も朝霧城では囁《ささや》かれていた。セシリアも、その可能性はあると思っている。

「今後、王族が竜を御す力を取り戻すためには、さらなる近親婚が必要になるでしょう。達成の前に、血は絶えるものと予想されます。——今しかありません。ウイルズ王、もしくはマルギット王女。この二人のいずれかに、忌《い》まわしき呪いの破棄をさせましょう。どのような手を使っても、必ずや、呪いの頸木《くびき》を断ち切るのです」

パチパチと拍手が起きた。

今の議長の意見に反対できる者などいはしないだろう。

「もう一つの悲願は、諸国の亡竜の葬送です。七社家に敵対的なマルギット王女がこれに賛同するとは思えず、王女が女王となった際の王太子に、計画を託すこととなりましょう。王太子は、王族でさえあれば誰であっても構わない。候補者に書面を送り、七社家の意向を尊重する者を選びます。その者を議会に推薦することとしましょう。重要、かつ危急のことゆえ、これから各社領への伝達を行い、承認を得たのちに会議を再開します」

会議は、ここで解散となった。

セシリアは、その場に残るよう議長に言われ、人が去るのを待った。

広間に、セシリアは議長と二人だけになる。

高い場所にある細い窓から射す光が、二人の影を白い床に落としていた。議長は背が高く、髪も結い上げているので、その影も長い。

「イザクから、貴女のことは聞いていましたよ。私の五番目の孫なの」

言われて、セシリアは鍛刃院で同期だった候補生の顔を思い出す。

婚約者候補に加えてほしい、と頼んできた人だ。

「同期です。イザクは、今も鍛刃院に……ああ、そろそろ卒業ですね」

「ええ。でも戦局が落ち着いたら呼び戻すつもりよ。今、あの辺りは危険だから」

鍛刃院があるのは、ウリマ公領の西側。王領軍が布陣しているのは、テンターク社領の東端の旭丘砦《あさひがおか》の周辺だ。両者を隔《へだ》てるものは、山二つ程度しかない。

セシリアが「無事を祈っています」と言うと、議長は「ありがとう」とゆったりとした会釈をした。

議長は、イザクが抱いていた、セシリアへの好意を知っていたのかもしれない。穏やかな表情から、なんとはなしに感じる。

しかし、今はその件で呼ばれたわけではないだろう。

「それで、お話というのは――」

セシリアが問うと、議長の表情も変化した。

「貴女に、頼みがあります。ルキロス様に、会ってもらいたいのです」

「ルキロス様が……この城においでなのですか？」

「いえ。しかし、社領内です。ヒルダ様から頼まれ、ある場所に匿《かくま》わせていただきました。会って、協力を仰いでもらえませんか？　我らはスィレン種の世に疎く、大社の司祭長に議会との折衝《せっしょう》を任せるにも、平時とは違って限界があります。スィレン種とギヨム種の、双方の血を引くルキロス様のお力を、是非《ぜひ》ともお借りしたいのです」

ルトゥエル王国は、早晩、竜を御す王のいない国になる。

七社家と王家は、新しい関係を構築せねばならない。

その両者の橋渡しをする存在は、今後たしかに必要になってくるだろう。

「わかりました。ご意向をうかがって参ります。……竜御の儀で怪我をなされたそうですが、その後、ご体調はよろしいのですか？」

「深く、心と体に傷を負われています。旧知の貴女に、会いたがっておられました。いらっしゃるのは新緑院、という孤児院です」

「新緑院……？」

聞き覚えのある名だ。セシリアの鼓動は、知らず速くなる。

「ドロテア王妃が建てられた、混成種のための施設です。貴女の、育ったところですよ」

議長は、淡い紅色の目を細め、そう言った。


北の土地は、風が涼やかだ。

からりとした風は、ラグダ王国のまとわりつく熱い風とは違って、実に爽《さわ》やかだ。

朝霧城から、山地を越えて進むこと一刻。

森の中の細道で、セシリアはアルヴィンと馬を並べていた。

「全然なにも思い出せない。私がヴェントール社領で育ったなら、この風景にだって見覚えがあるはずなのに」

傾斜のきつい屋根も、雪を頂く高い峰も、さっぱり見覚えがない。

「昔のこと、思い出したい？」

「わからない。思い出せなくても生きてこれたんだもの、今更って気がする。孤児院がどんなところかには興味あるけど、私自身のことは、どうでもいいわ」

教育の水準は気になるが、それ以外の情報を求めるつもりはなかった。

セシリアは、自身の出生《しゅっしょう》に関しての方針を変えていない。目をそらす。それが最善だ。

父親は、セシリアを捨てた。

母親も、セシリアを捨てた。

それだけわかっていれば十分だ。過去を掘り起こしたところで、得られるものはない。

「俺は、セシリアが育ったところを見ておきたいよ。思い出したことも教えてほしい」

遠くに、灰色の大きな建物が見えてきた。鍛刃院に似ているので、旧街道の砦を改築したものなのかもしれない。

門はあったが、蔦《つた》で覆《おお》われていて、間近に来るまで気づかなかった。

「思い出したらね。今のところ全然思い出せてないし、これからだって――」

くらり、と眩暈がする。ここは黒鳶城でもないのに。

門の向こうの、整った煉瓦の道。道の脇の灌木《かんぼく》。その向こうに、池がある。

(……見たことが……ある？)

あの門の蔦は、これほど茂ってはいなかった。

それに、もっと門は高かった。池は、小さくなっている。

「ここ……私、知っているわ」

はじめて来た場所のはずなのに、どういうわけかこの場所の記憶がある。

「思い出したの？」

「私、ここに住んでいた。……覚えてるわ」

セシリアは馬からひらりと下り、辺りを見た。

呼び鈴の位置も、知っている。突然現れた記憶をたどって垂れた紐を揺らせば、カランカラン、と木の上で鐘が鳴った。

灰色の建物から出てきて、こちらに向かって来るのは、紺色のローブを着た汎種の女性だ。――知っている。

その、どう考えても初対面のはずの人の顔を、セシリアは知っていた。

「……院長」

ごく自然に、その人の役職が口をついていた。

「お帰りなさい、セシリア」

院長の顔は、変わらないようで、変わっている。

シワが増え、目が細くなり、栗《くり》色の髪は三分の一ほど白い。年齢を重ねたのだ。この門と同じように。

「私を……ご存じなのですね？」

「ええ、よく覚えているわ。私のことも思い出したのね。今、貴女が、自分自身にかけた忘却術が解けかけているのよ」

忘却術、と聞いて、セシリアは頭を抱えつつも納得した。

消えた記憶は、同じ風景を見ることによって戻る。

どうやら幼い頃の自分が、ここにいたのは間違いないようだ。

「忘却術でしたか……どうりで、なに一つ思い出せなかったわけです」

「子供は加減が下手だから、強い術をかけるとその後数日の記憶も曖昧《あいまい》になる。だからきっと、養家に着くまでの記憶もないはずよ。その方がいいの。思い出せない方がいい」

セシリアの記憶は、白鷺城の広間で竜の絵を見上げていたところからはじまっている。

移動中の記憶がないのも、この新緑院でかかった忘却術の影響であったらしい。

「子供が忘却術をかけるのですか？　まさか、自分で？」

「ここではね、自分に忘却術をかけられるようになった者から外に出ていくの。養子縁組が決まれば、貴女のように外に出る。決まらなければ、忘却術をかけたあと、山の裏側にある、別棟の学舎に移ってもらっているわ。そちらも、新緑院という名なのよ。――さ、どうぞ中へ。ルキロス様は、貴女をお待ちよ」

答えらしい答えのないまま、院長はセシリアたちを内部に誘った。

明るい金の髪の男が出てきて、二人が乗っていた馬を受け取る。彼は混成種なのだろう。

自身に忘却術をかけられない者は、そのまま孤児院で暮らしているのかもしれない。

「ここは、ドロテア様が建てた孤児院よ。この山の向こう側は、一面が林檎園になっているの。孤児たちがこの土地で自立していけるように、ドロテア様が植えてくださったのよ」

正面の大きな建物の右手にある山を、院長は手で示した。

（林檎園……もしかして、ドロテア様が特に力を入れていた孤児院だったの？）

マルギットの口から、よく孤児院の話は聞いていた。

大きな林檎園のある孤児院は、ドロテアの思い入れの強い場所だったはずだ。何度も話題にのぼっている。まさか、その孤児院で自分が育っていたとは、夢にも思わなかったが。

今は授業の時間のようで、教師らしき人の声が聞こえてくる。

赤子の集まる部屋もあるのか、ふにゃあ、と猫のような鳴き声も聞こえてきた。

建物の中に入れば、金色の髪の幼児たちが授業を受けているのが見えた。練系の魔術の練習らしい。

「……子供に、忘却術は必要でしょうか？」

中庭の面した廊下を歩きながら、セシリアは院長に尋《たず》ねた。

「いずれ要らなくなると信じているわ」

「ラグダ王国の宮廷魔道士に、レオン、という者がいました」

「ええ、レオンね。ちゃんと覚えていますよ。とても聡《さと》い子だった」

「彼は、竜の被害を食い止めるために、ラグダ王国へ招かれました。でも、竜が消えれば自身の居場所がなくなると思いつめ、過ちを犯しています」

「まぁ……そんなことが……」

院長の顔が、悲し気に曇《くも》る。

「もし彼が過去を忘れていなければ、別な選択もできたような気がするのです。鍛刃院で、養家との折りあいの悪さに悩む者も見てきました。どこかに帰る場所があって、暮らしに困らない環境があるとわかっていれば、彼らの救いになったのではないかと……」

なぜ、子供たちは過去を忘れねばならなかったのか。

記憶を失った子供が抱える孤独は、計り知れないものがある。

ふと——セシリアは、中庭に目をやった。

整った庭は、この孤児院の運営が正しく行われている証にも思える。

突然——

(あ……)

頭の中に、浮かんだ映像がある。

どさり、と足元になにかが落ちた。

中庭に倒れる、女性の軀。

セシリアは、ハッとして中庭から上を見上げた。砦のあとだけに、建物には高さがある。

この映像は、物見台から飛び下りた——身投げをした、軀だ。

「セシリア。どうしたの？」

アルヴィンに問われ、セシリアは「なんでもないわ」と簡単に返事をした。

その軀が誰のものかを、セシリアはなぜか知っていた。

(あれは……お母様……だった)

母親だ。この孤児院にセシリアを連れてきたその日に、自ら死を選んだ、母親。

「忘れなさい」

院長は、静かに言った。

スィレン種とギヨム種の婚姻は、国に認められていない。腹に宿った子を抱え、一人で出産し、孤児院に我が子を預けた、母親。

父の助けはなかった。あったはずがない。あったとしても不十分だった。

だから――母は命を絶った。

「母は――」

「忘れなさい。それは、貴女の枷《かせ》にしかならないわ」

院長は繰り返し、先を歩き出した。

忘却術が、要るのか否か。

（私はまだ、答えを出せない）

院長と同じ装束の女性が、三歳ほどの子供を抱えて庭を歩いている。

子供は女性に抱きつき、しくしくと泣いていた。

ここが戸籍さえない混成種の孤児院である以上、子供たちの記憶に刻まれたものの性質には、常に闇がつきまとう。

今の自分には、答えが出せない。けれどいずれ、忘却術など要らなくなる日が来るべきだ、とセシリアは思った。


ルキロスは、建物の二階の、長い廊下の最奥の部屋にいた。

すべての窓布が下ろされているからか、日中だというのに部屋は薄暗い。

ベッドの天蓋《てんがい》の薄布の向こうに、ルキロスはいる。

院長とアルヴィンは中に入らなかったので、ルキロスとセシリアは二人きりになった。

「全部聞いてるよ。朝霧城から、毎日使いが来るから」

ベッドから聞こえる声に、セシリアは驚いた。

(声が……)

その声は、セシリアの記憶の中にあるルキロスの声とは違っている。

しゃがれた声は、さながら老人だ。

(もしかして……竜の炎の影響なの?)

以前のルキロスと、今のルキロスを隔《へだ》てる最も大きな壁は、竜御の儀だ。

命を失わずに済んだと安堵《あんど》していたが、彼の失ったものは想像以上に大きいのかもしれない。

「……お見舞いに、参りました。お加減はいかがですか?」

「体調は悪いよ。竜に焼かれてから、ずっとね。火傷《やけど》は左の指先だけで済んだのに、毒がまわって、肘《ひじ》から切断する羽目になった」

しゃがれた声は、淡々としている。

天蓋の向こうで手が動く。顔は見えなかったが、ガウンの左手の袖は、だらりと下がっていた。

「いろいろと……お耳に入っていることとは思いますが……」

「うん。聞いてるよ。……勝手だよね」

ずいぶん長く黙りこんだあと、ルキロスはそう呟いた。

「……はい。私も、そのように思います」

「君は、僕の叔父の娘――従姉《いとこ》ってことだよね。そして僕の生母が、君の異母弟を産んだわけだ。わけがわからないよ。しかも母が実は混成種だったなんて。……本当に、わけがわからない。君の力もそうだ。グレゴール一世だって、竜の背に乗ったりはしなかったよ。王の子の僕が、竜の炎で死にかけてたっていうのに。……わけがわからない」

ルキロスが、はぁ、と深いため息をつく。

「竜の声を聞く力、というそうです。混成一世は、例外的に特性が強く発現すると……父方の特性の、最大値が出る可能性があるとヒルダ様にうかがいました。けれど、私は竜を御せません。ラグダ王国では炎を吐かれていますし。人の心を保った竜と、意思の疎通が可能なだけです」

「あぁ……なるほど。そういうことか……彼だから、なんだね？」

ルキロスは、セシリアが竜に乗った経緯を理解したらしい。

セシリアは「はい」と答えた。

しばらく黙ったあと、ルキロスは「そうか」と呟く。

「ルキロス様。私が今日、ここに参りましたのは、お見舞いをしたかったのもありますが――七社家の意思をお伝えするためです。七社家は、新しい王家と七社家の関係を築くにあたり、ルキロス様の力をお借りしたい、とのことです」

「遠慮させてもらうよ。……怖いんだ。僕がここを出れば……人に笑われ、馬鹿にされる。黒鳶城にいれば、野心を勘ぐられるだろう。騾馬の分際で王位に未練があるのかってね。耐えがたいよ。場合によっては殺される」

ルキロスは、深いため息をつく。

少年らしからぬ、まるで世に倦《う》んだ老人のように。

「それは、私も同じです」

「同じじゃないよ。……同じなものか。君は、騎竜の英雄だ」

「いえ、同じです。舞踏会で……成人の儀のあとの舞踏会で踊ってほしい、とおっしゃったこと、覚えておられますか？　私が、冠杖《かんじょう》の衛士に選ばれ、黒鳶城にいた時です」

セシリアの問いに、ルキロスは「もちろん」と答えた。

「忘れるものか。人生で一番緊張した瞬間だった」

「私がルキロス様の希望に応じて踊っていれば、同じように蔑《さげす》まれていました。王妃の座でも狙っているのか？　と人に笑われ、馬鹿にされ、糾弾《きゅうだん》され……場合によっては抹殺《まっさつ》されていたかもいれません」

ルキロスは、一度黙った。それから、またため息をつく。

「そうだね。……君が蔑まれるのはよくて、僕が蔑まれるのはよくない、なんて理屈は通らない。まったくそのとおりだよ。勝手な話だ。君が正しい」

「申し訳ありません。差し出口でした」

「いや、お陰で目が覚めた、ありがとう。……こちらに来て。君の顔を見たい」

断る理由もなく、セシリアは天蓋の布を避け、ベッドの端に腰を下ろす。

（お痩せになった）

気の毒になるほど、少年の頬はこけていた。

それでも、生きている。命を保ってここにいることが、嬉しい。

「ご無事で……よかった」

セシリアは、頬をつたった涙を袖で拭った。

「セシリア、その髪――」

「ラグダ王国で、竜に焼かれて以来、まったく伸びなくなりました。きっと竜の炎の毒のせいでしょう」

「そうか。……綺麗な髪だったのに」

惜しいね、とルキロスは悲し気な顔をした。

セシリアも、自分の長い三つ編みは好きだった。寂しさを感じないわけではない。それでもルキロスが失ったものと比べれば、物の数ではないだろう。

「命があるだけ、幸運でした」

「あの時……舞踏会の話をした時、僕は、ずるい……と言ったよね。ギヨム種はずるいって。申し訳なかったと思う。でも、悔しかったんだ。君が僕を見てくれないのは、ギヨム種に首枷をつけられて、スィレン種の悪口ばかり吹き込まれているからだって思ってた」

「いえ。実際、スィレン種を信じてはいけない、と周りの大人たちは言っていました」

事実です、とセシリアが困り顔で言えば、ルキロスは小さく笑った。

「君に、警戒されるのがつらかった」

「黒鳶城の住人の言うことは、すべて嘘だと教えられていましたから。でも、今は黒鳶城の住人に、力を借りにきています。――勝手ですね、私も」

はじめて会った時、セシリアはルキロスと白鷺城の書庫にこもった。資料を広げ、時間を忘れて語りあったものだ。

しがらみの中で、いつもは口にできない好奇心を、衒《てら》いなく外に出せた。

あの時の、涼やかな風が吹くような心地よさを思い出す。

ルキロスも、同じような気持ちになったのだろうか。表情に、わずかな明るさが見える。

「そうだね。誰も彼も勝手だ。でも――他でもない君のためなら、話くらい聞くよ。黒鳶城の住人としてね。いや、とにかくこれだけは聞かせてほしいんだけど――君たち、どうやって姉上を退位させるつもり？　あの人が、受け入れるわけがない」

「思案のしどころですね。説得の効く相手ではありませんし」

「まだ考えてないの？　なにも？」

「はい。これから、作戦を立てるつもりです」

呆《あき》れた、とルキロスが、右手で額を押さえた。

「参ったな。……じゃあ、それも一緒に考えるよ。とにかく、君はもっと警戒した方がいい。姉上にとって、今は僕より君の方がよほど憎いはずだ。——姉上は、僕が父上の子じゃないと信じているからね」

「あぁ……マルギット様は、そう信じておられますね」

セシリアも、はじめてルキロスの秘密に触れた時、とっさにヒルダの不貞を疑った。だから、マルギットの誤解も無理からぬことのように思う。マルギットはまだ、ヒルダの告白を知らないのだ。

「姉上は、魔力が弱い。その姉上の幻惑術が、僕にかかったらしい。ほんの子供の頃だから、僕はまったく覚えていないけど。……その話を、姉上がラグダ王国から送って寄越したんだ。父上は激怒したよ。母上は幽閉されて、僕は母上を助けたい一心で竜御の儀に挑んで——この様さ。潰《つぶ》すと決めたら、姉上は徹底的に潰す人だ。勝てないよ、あの人には。僕たちはなり損ないの王族でしかない」

セシリアは、マルギットがそのような書面を黒鳶城に送ったことさえ知らなかった。その頃、セシリアは誰より彼女の近くにいたというのに。

「ルキロス様。私たちは、偽物でもなり損ないでもありません。我々は、誰にもできなかったことをするんです。ガリアテが、この島に来たったその日にはじまった物語の集大成ではありませんか。島の叡智《えいち》の結晶です」

セシリアは、腹を立てていた。

母の運命に。自分の運命に。そして、父親の薄情さに。

国の軽視にも、人の蔑視《べっし》にも。マルギットのやり方にも。

怒りが、そんな勢いだけの言葉になって口からこぼれた。

「島の叡智？」

「ええ、そうですとも。私たちが、いかに大きな力を持っているか見せつけてやるんです。混成種を蔑む者に、後悔させてやりましょう」

セシリアが勢いで言った言葉に、ルキロスはぷっと噴き出す。

あはは、と笑って、それから少し咳込んだ。

「君といると、世界が変わるよ。はじめて会った時も思った。綺麗で、可愛《かわい》くて、賢くて。緑の瞳が宝石みたいで……話すと幸せな気持ちになった。人生が、変わった気がしたんだ。今もそうだよ。昨日、ここから飛び下りようとして止められたのが、嘘みたいだ」

「え……⁉」

「死にたかったんだ」

さっとセシリアは窓を見る。

窓布だけでは説明のつかない薄暗さは、板を窓に打ちつけたためであったようだ。

「い、いけません！」

中庭で見た、母の軀が頭に蘇る。

高所から身を投げ、自ら死を選ぶ。そこにあるのは、とてつもない絶望だ。

セシリアは、とっさにルキロスの右手をつかんでいた。

「大丈夫。今はそんなつもりないから。竜御の儀に失敗して、身体も以前とは違う。絶望もするさ。でも――不思議だね。君が、この国の――島の未来を説くのを、どうでもいいとは思えないんだ。生まれよりも、教育というのは、逃れ難いものなのかもしれない。僕は、王になるために育てられた。島の未来を憂う気持ちは、まだこの胸の中にある」

ルキロスは、穏やかに笑む。

その思いは、痛いほどわかった。セシリアの身体に刻み込まれた騎士としての教育は、今も心の形を決めている。

「それは首枷ではありません。心の倫《のり》です」

「……そうだね。今なら、よくわかるよ。――君は騎士の子で、僕は王の子だ。そうして、征服王と七人の王の裔《すえ》で――」

「島の叡智の結晶です」

「そう、それだ。……ねぇ、セシリア。きっと世は変わるよ。いつか、黒髪の王だって生まれるかもしれない」

「えぇ。……そうですとも。きっとそうなります」

ルキロスは笑い、それから少しうつむいて、涙をこぼした。

次に顔を上げた時には、「力を貸すよ」と笑んでいた。

稀に稀を重ねた僕らこそ、力をあわせるべきだから――と。

ルキロスの部屋を出て、長い廊下を戻った。

階段を一段下りると、踊り場にアルヴィンの姿が見える。

窓の外に向いていた高い鷲鼻《わしばな》が、こちらを向いた。

「そこにいたのね。止めに入ってくるかと思った」

「君を信用しているからね。口出しはしないよ。成人もしてるんだし」

セシリアは「そう」と小さく笑んで、アルヴィンに近づいた。

アルヴィンが見ていた窓からは、院内の敷地がよく見えた。話に聞いていた林檎園だろうか。青い実のなる木々が、美しく並んでいる。家屋もあり、作業場らしきものもいくつかあった。たしかな人々の営みが、そこにある。

「ドロテア様が、民に愛される理由がわかった気がするわ」

「俺も、そう思うよ。ご立派な方だ」

アルヴィンが、スィレン種を褒めるのは稀である。いや、はじめてかもしれない。

この地でよほどの感動があったのだろう。セシリアは顔に出さずに驚く。

「ドロテア様には何度か救われたけど、ご縁がこの孤児院にいた頃からはじまっていたなんて、夢にも思ってなかったわ」

「ここに来てよかったよ。両親からは、セシリアの過去のことを話題に出すなと言われていたんだ。ずっと、孤児院の暮らしがつらかったのかと思い込んでた。……でも、ここはいいところだ」

つらかっただろう。つらかったに決まっている。

目の前で母親が死に、幼かった自分がどれほどの衝撃を受けたか。戻った記憶はまだらで、当時の感情は思い出せない。けれど人生を支配するほどの悲しみであったはずだ。

しかし、セシリアはアルヴィンの言葉を否定しなかった。

（今は、まだ言えない）

母の死を思い出した瞬間から、トラヴィア公への嫌悪は明確になった。

今後、この嫌悪が自分の足を引っ張るだろうという予感がある。アルヴィンを、巻き込むのは憚《はばか》られた。

「あぁ、これを先に言うべきだったわ。ルキロス様は、力を貸してくださるそうよ」

「それはなによりだ。心強いよ」

アルヴィンが、笑顔でうなずく。

ルキロスの知恵を、彼も認めているらしい。すべてのスィレン種を憎んでいたはずのアルヴィンだが、やはり内面に変化が起きていたようだ。――なおさら、母の話はできない。

院長ではないが、悲しみも憎しみも、足枷になり得る。

「セシリア、アルヴィン」

踊り場にいた二人は、名を呼ばれて上を見た。

ルキロスが、二階の階段の前に立っている。セシリアを追ってきたようだ。

アルヴィンは、サッと貴人に対する礼を取る。

「――君たちが、この国に最大の影響を及ぼす瞬間が、どんなものかわかる？」

その問いに、セシリアとアルヴィンは、顔を見あわせた。

国に与える影響は、大きいだろうと思っている。様々な可能性も持ってるだろう。けれど最大のもの、と限定されると首を横に振るしかない。

「わかりかねます。いろいろとあるとは思いますが……」

「王を指名できる」

「王を――」

ハッと息を呑む。

心を保った竜か、亡竜か、人は一見して区別がつかない。竜は竜だ。

セシリアが、アルヴィンの背に乗って指示を出し、誰ぞの前に跪かせれば――その人が、王に相応しい存在になる。

「誰の目から見ても完璧な、ルトゥエル王国の王を指名できるんだ」

「……たとえ顕性係数が九を下回る者であっても……ですね」

ルキロスは「そうだ」とうなずいた。

マルギットの、次。七社家と未来を共にする王は、確実に竜を御せない。

しかし、それを装うことはできるのだ。

「君たちには、これからテンターク社領の王領軍の上を通過してもらいたい。多少、怖がらせるくらいがいい。今、竜を従えているのが誰か、正義がどちらにあるかを兵に示すんだ。――それから、王都へ。父上――陛下と交渉してもらいたい。呪いの破棄と、王が擁《よう》するウリマ公子を交換条件にする。竜御の儀の真似事を、ウリマ公子のためにしてみせる、と条件を付加すれば、きっと陛下も無視はできないよ。呪いの破棄の機会は、限られている。万が一の機だろうと逃したくないんだ」

呪いを破棄し得る存在は、ウイルズ王とマルギットしかいない。マルギットの即位を阻めるのなら、ウイルズ王にも一考の余地が生まれるのではないだろうか。それも、自身が推す甥《おい》の権威まで保つことができるのだ。

セシリアはうなずいたが、アルヴィンは、

「しかし――あちらがドロテア妃の娘なら、こちらはトラヴィア公の娘です」

とルキロスに、渋い表情で言った。

ヒルダの話を聞く限り、ウイルズ王の不倶戴天《ふぐたいてん》の敵といえばこの二人だ。

ドロテア王妃と、トラヴィア公。

この交渉は、ウイルズ王の、マルギットを即位させまい、という執念を利用するものだ。しかし、交渉をするのがトラヴィア公の娘では、円滑な進行は望めないだろう。

「妻への憎しみが強いか、弟への憎しみが強いか。……でも、賭ける価値はあるはずだ」

五百年続いた呪いを解く機会は、限られている。ルキロスが言うように、万が一の機も逃したくはない。

アルヴィンは「会議で提案します」と言って、一礼すると階段を下りていった。

セシリアも一礼し、アルヴィンの背を追う。

新緑院で、セシリアはタリサのことを尋ねなかった。父親への嫌悪が、一層増すような気がしたからだ。今は、ただ前だけを見ていたい。

――ルキロスの提案が七社家会議で承認されたのは、その翌日だった。

同時に、特例段階が三まで引き上げられた。同胞を守るためであれば、他種の殺害が認められる。即《すなわ》ち、戦時だ。

ウイルズ王の宣戦布告を黙殺してきた七社家は、この時はじめて王家との戦いを決めたのである。

第七幕　騎竜の英雄

神暦九九六年七月二十日。

作戦は三日続いた雨があがるのを待ち、晴天の下での決行となった。

（暑い）

春になっても、北の山の頂上には雪が残る。

その理屈で言えば、雲の上は寒いのだろうと思っていた。しかし、直に浴びる太陽はじりじりと肌を焼く。暑い。人の身体《からだ》は、空を飛ぶのに適してはいないのだろう。

竜の背の上で、セシリアはそんなことを思っていた。

しっかりと刺《とげ》につかまりながら、後ろを振り向く。

続くのは、ジョンとティロンだ。

人選の理由は、テンターク家とヴァルク家の竜が、最も飛行能力に長《た》けているからだ。

——テンターク社領に駐屯中の王領軍に対し、示威行動を行う。

——直後に黒鳶《くろとび》城へ向かい、ウイルズ王と交渉。呪いの破棄を依頼する代わりに、ウリマ公子の立太子を認める。

これが、この作戦の手順だ。

七社家は、王女マルギット、トラヴィア公子テオドル、ウリマ公子フレデリクの三人に書面を送った。

──七社家との対等な関係を築き得る王を、支持いたします。

表面上、全員を対等に扱っているように見える。

だが、同時のそれは七社家の狡猾《こうかつ》な部分であったのかもしれない。マルギットは、自身が竜を御し得る最後の一人だという自覚がないのだ。三人を平等に扱うことで、七社家との関係だけが条件だと印象づける意図もあったようだ。

朝霧《あさぎり》城で受けた報《しら》せでは、マルギットは墨岩砦《すみいわとりで》を三日前に出発したという。

連合軍の参加国は五国に及び、兵数は二万にまで膨らんでいるそうだ。

七社家を揺るがしたヒルダの告白は、まだマルギットの耳に入っていないはずだ。事は、彼女が自身の価値に気づく前に終わらせねばならない。

気づかれれば、呪いの破棄も、譲位も、停滞する。大幅な譲歩が必要になるだろう。

「森が見えてきた……近いわ」

眼下には、ウリマ公領の豊かな土地が広がっている。

牧場や畑の上を通過する度、人の姿が見えた。

この世の終わりのような悲鳴も、かすかに聞こえてくる。

七社家の特例段階は、先日三に引き上げられたが、二に上がったのもごく最近の話だ。

生まれてはじめて竜を見る者が、仰天しないわけがない。

驚くだろう。恐れるだろう。

なぜ、竜は現れたのか。まだ人々は知らない。明日にも、竜が王領軍を脅《おびや》かしたと知れば、大きな動揺が広がるはずだ。王の権威は、揺らぐ。それが作戦の狙いでもあった。

『見えた。砦だ』

「まだ……あぁ、見えたわ。高度を下げましょう。砦の北側に王領軍がいるはずよ」

豊かな森の中に、丘の上の砦が確認できた。

テンターク社領の東端にある、旭丘砦《あさひがおか》だ。

『了解』

森の上を、滑るように飛ぶ。

その森が、途切れた。

王領軍が駐屯している、砦の北側の丘に出たのだ。

一面が、黄金色だ。王領軍の天幕が、所せましと並んでいた。公称で三千というだけのことはある。

ぐん、とアルヴィンが高度を下げ、天幕の上空を飛んだ。

兵士の一人と、目があったような気がする。

天幕は突風にまくれ上がり、車輪を抱いた竜の旗が飛んでいく。

竜が――竜だ――逃げろ！

悲鳴が、はっきりと耳に入った。

「上がって！　旋回する！」

急上昇する風圧に、歯を食いしばって耐える。

この感覚には、何度練習しても、一向に慣れない。

アルヴィンは、天幕のある丘の上をゆっくりと旋回しはじめた。

ジョンとティロンは、アルヴィンのたどった軌跡をなぞってついてくる。細かい動きの指示はできないため、彼らには、アルヴィンの後ろを飛ぶように頼んでいた。今のところ練習どおりの動きだ。

「今度は、もっとスレスレのところを飛ばないと――」

もう、十分に恐慌《きょうこう》状態になっている。次の一度で終わってもいいはずだ。

急降下に備え、体勢を整えていたところに――

グォオゥ　オオゥ
その声は、背の方から聞こえてきた。

（え――？）

セシリアは、後方を確認する。

ティロンとジョンは、すぐ近くにいた。

ティロンは小柄で俊敏。ジョンは縦に長く細身。アルヴィンは人の姿では細身だが、竜になるとがっしりとしている。瞳や鱗《うろこ》の色彩は、人の姿の時よりも顕著《けんちょ》に差が出る。この明るい陽射《ひざ》しの下では、彼らを見間違うことはない。

それに、今聞こえた声の位置は遠かった。そして、低い。

『竜だ』

「な、なんでこんなところに、竜がいるの？」

ゴオオゥ　オオォ
声は、別の場所からも聞こえた。

二つ――いや、三つか。

聞こえたのは、トラヴィア公領のある北東からだ。

（テンターク社領の竜？　社殿の結界が破れた？　いえ、それなら西から来るはずよ。ガラシェ社領からなら、北西のはず。……トラヴィア公領の方から来るとは思えない。一体どういうことなの？）

この事態は、セシリアの想像の範囲を超えている。

旋回を続けるアルヴィンの背の上から、セシリアは注意深く、竜の声のする方向を見つめた。姿は、まだ見えない。

倒された木から飛び立つ鳥の群れが、煙のように空へと舞い上がる。

おおよその位置がわかった。やはり、北東からだ。

『こちらに来る。――亡竜《ぼうりゅう》だ』

「……亡竜だってわかるの？」

『聖騎士なら、森を守るために空を飛ぶ』

森を破壊しながら進む竜は、亡竜に決まっている、とアルヴィンは言っているのだ。

──天から来るのが益竜で、地から来るのが悪竜。

いつぞやラグダ王国の兵士が言っていたのを思い出す。あれは的を射た仮説であったらしい。ガラシェ司祭も、亡竜は飛ばないと言っていたのだから、間違いないだろう。

セシリアは、亡竜の進路の向こう側を見た。

そこには、王領軍の陣が。さらに向こうには旭丘砦がある。

「嘘《うそ》でしょう？　このままじゃ、亡竜が王領軍に突っ込むわ！　砦だって危うい！──報せなきゃ！　アルヴィン！　王領軍の天幕に近づいて！」

踏み潰《つぶ》されるか、焼かれるか。

王領軍の兵は、公称三千。砦にいるテンターク社領軍は、一般的な社領の砦の規模から類推して、七百から八百程度がいるはずだ。

亡竜の暴走は、いずれ収まる。だが、いつ収まるかの予想ができない以上、座して待つわけにはいかない。

『よせ。射られるぞ』

アルヴィンの言ももっともだ。たった今、威嚇《いかく》されたばかりの相手を矢で射るのは、兵士として当然の行動である。

（でも、このまま見殺しにはできない……どうすれば……）

アルヴィンは竜の姿だ。この場では、自分が判断を下すしかない。

選択次第で、生き延びられる人の数が変わるだろう。

（最善の選択をしなければ――）

まず、王領軍を武装解除して、旭丘砦に避難させる。

セシリアは旭丘砦に入り、結界を張って砦を守る。

（違う。まずはこの事態を、社領に知らせないと）

亡竜が火を吐けば、森は焼かれる。周辺住民の避難も必要だ。

こちらの竜は三体。亡竜も三体。ジョンに伝令を頼めば、数で劣る。しかし旭丘砦には、ジョンの兄のコーザがいる。砦の結界をセシリアが担《にな》えば、彼も竜化して戦えるはずだ。

「ジョンに、雪花城《ゆきはな》へ行ってもらう。狼煙《のろし》よりずっと速いわ。時間がない。――飛び移る」

『なんだって⁉』

いきなり、アルヴィンの身体が傾《かし》ぐ。よほど驚いたらしい。セシリアは「きゃあ！」と悲鳴を上げて、刺にしがみついた。

「急ぐの！　ジョンに飛び移って、もう一度ここに戻る！」

この危機も迫った状況で、肝《きも》になるのは竜の機動性だ。着地して情報を伝達する時間が惜しい。

いつもなら、無茶だ、よせ、とアルヴィンは止める。

だが、アルヴィンは黙って高度を上げ、ジョンの身体の上に位置取った。

『落ちても、必ず助ける！』

「貴方《あなた》を信じてる！」

セシリアは、胸の紅玉に触れた。これが命綱になってくれるはずだ。

いつも背を預けている刺につかまり、立ち上がった。

高い。森の木々は、落ちれば無事では済まない高さがある。その木々が、遥《はる》か下に見えるのだ。今セシリアがいる場所は、とんでもなく高い。

セシリアは唇を引き結び、アルヴィンの背を、尾に向かって一歩踏み出した。

刺につかまりながら、慎重に。

真下にあるジョンの背を確認し、呼吸を整えた。

ぐん、とアルヴィンが速度を上げる。

(今だ！)

竜の背を蹴った途端、身体が宙に浮いた。

ジョンの背が、視界に迫る。

どん、と全身に衝撃が鋭く走った。

「……ッ！」

目算どおり、ジョンの背に下りたまではよかった。痛みはなんとか耐えられる。

だが、勢い余って、鱗に身体が弾かれた。一度弾んだ身体は、どん、どん、と細かい刺の上で跳ねた。――尾の方に向かって。

（落ちる……！）
死に物狂いで、刺をさぐる。
尾の付け根あたりで、やっと手と足が刺をとらえた。
「た、助かった……！　ジョン！　ジョン！　聞こえる？」
まったくの強運だ。天の神々の采配に違いない、とセシリアは心を鼓舞《こぶ》させた。
『――セシリア？　どうして、ここに？』
ジョンの声が、鱗ごしに伝わってくる。
突然現れたセシリアに驚いたようで、ジョンの身体も多少横に揺れた。
その動揺が収まるのを待って、叫ぶ。
「亡竜が来る。雪花城に伝えて！　雪花城よ！」
『了解。……まさか、戻るの？』
「ええ。アルヴィンの背に戻る！」
無茶だ、と声がしたような気はするが、気にとめはしなかった。
もうアルヴィンは、ジョンの下で待機している。
度胸を原動力にした行動は、往路より復路が怖い。足がすくむ。
その時――目の端に、天へと向かう炎が見えた。亡竜が、炎を吐いたのだ。
旭丘砦の方から、角笛が三度聞こえる。
（急がないと――一人でも多く助けたい！）

考えれば考えるだけ、身体の動きは鈍くなる。

セシリアは、頭からあらゆる雑念を払った。幅の狭いジョンの背の上を移動し、アルヴィンの背に飛び下りる。

今度は、アルヴィンがセシリアの身体を拾い上げるように上昇したので、強く弾かれずに済んだ。痛む身体で、這《は》うように進む。

やっと、いつもの場所に腰を下ろした時、

「し、死ぬかと思った！　怖かった！」

さすがのセシリアでも、弱音が出た。一生分の度胸を使った気分だ。

ジョンの姿が、もう遠い。

安堵《あんど》はしたが、まだ最初の一段階を乗り越えたに過ぎない。

『死んでてもおかしくない！　無茶はこれきりにしてくれ！』

「次！　王領軍の天幕に近づいて！　射られそうになったら、すぐに移動。砦に向かう！」

アルヴィンが、ゆっくりと身体の向きを変えた。

竜の背から背へ飛び移るためには、直進する必要があった。そのせいで、ずいぶん南側まで来てしまっている。

『とばすから、しっかりつかまって』

ぐん、とアルヴィンが加速する。セシリアは言われるまま、刺にしがみつく。

とばすと言っただけのことはあり、もう、天幕は間近に迫っていた。

セシリアは、王領軍の天幕に向かって叫ぶ。

「逃げてください！　北東から竜が——悪竜が来ます！　砦に逃げて！　武具を捨て、砦に向かって逃げてください！」

土地が開かれたウリマ公領側に逃げても、身を隠すものがない。

社領には森があり、聖騎士がいる。社領魔道士も、恐らくいるだろう。いなくとも自分がいる。逃げるならば、社領の砦以外にない。

「悪竜が来ます！　南へ！　砦へ！　逃げてください！」

矢が何本か飛んできたが、都度アルヴィンが弾く。

王領兵に、声は届いているはずだ。だが、南に向かおうとする者はいなかった。

（あの、竜の声が聞こえていないの？　すぐそこまで、亡竜が迫っているのに！）

飛んでくる矢の数は増え、投石機の準備まではじまった。

『限界だ！　砦に向かう！』

アルヴィンは、天幕の上を往復するのをやめ、大きく方向を変えた。

（悔しい。……一人でも多く助けたかったのに！）

王領兵は、亡竜の脅威《きょうい》を知らないのだ。その声さえ知らない。ルトゥエル王国の中央部に住む人たちは、竜の脅威から五百年にわたって守られてきた。

悪竜だ、逃げろ、と言われても、彼らは目の前にいるアルヴィンと、襲ってくる亡竜の違いさえわからなかったはずだ。限界だ、という現実を、今は受け入れるしかない。

アルヴィンは、あっという間に旭丘砦に到着した。

砦の三本の塔のうちの、真ん中に着地する。社領の砦という砦には、大きな塔があるものだ。見慣れているので気にしたことはなかったが、今は竜の存在を前提にして造られたのだろう、と想像がつく。

砦の塔に着地したアルヴィンの背から、セシリアはひらりと下りた。

『なんとか食い止める。結界を頼んだ』

聖騎士が亡竜と戦い、魔道士が結界で守る。

ここからは、竜送りと手順は同じだ。

ただ、今回は結界で閉ざされた空間での戦いとは違う。一筋縄ではいかないだろう。

「うん。どうか気をつけて」

セシリアが首に抱きついて言うと、アルヴィンはうなずくように首を動かした。

休む間もなく、すぐに飛び立つ。

東端の塔に止まっていたティロンも、それに続いた。

塔の階段から、物見台に下りる。

待っていたのは、背の高い聖騎士だ。コーザ・テンターク。ジョンやカリナの兄で、テンターク家の長男だ。昨年の夏をテンターク家で過ごしているので、セシリアは彼と面識がある。年齢は二十代半ばで、顎鬚《あごひげ》のせいもあって年齢よりも年嵩《としかさ》に見えた。

「セシリア、無事でなによりだ。話は省くが、この砦に魔道士はいない。結界を頼む」

「はい。王領軍に、武器を捨てて砦に避難するよう伝えました。収容をお願いいたします」

コーザは、控えていた社領騎士団の騎士に指示を出した。

「コーザ様！　北東からの三体の他に、まだ竜が――北北東から、三体！　あわせて六体になります！」

一段高い見張り台から騎士が叫び、別の見張り台では、角笛が吹かれた。

サッと全身から血の気が引く。

（六？　亡竜が、六体もいるの？）

まったく想像していなかった数字だ。

コーザは「あとを頼む」とセシリアに伝え、塔の上へと向かっていった。その先には空しかないので、竜の姿に戻って戦うのだろう。

セシリアは、物見台から階段を駆け下りた。

とにかく、急ぎ結界を張らねばならない。

中庭に、紺色のチュニックが見えた。鍛刃院《たんじんいん》の制服だ。五十人ほどいる。

赤いチュニックの候補生も、数人確認できた。

（なんで、ここに鍛刃院の候補生がいるの？）

不思議に思ったが、横にいた騎士が「ウリマ公子が、鍛刃院を閉鎖したので、一部が避難していたのです」と教えてくれた。この戦《いくさ》の最中に、ウリマ公子は候補生を領外に放り出したらしい。暴挙だ。カッと頭に血が上る。

（いくら宣戦布告したからって、戦場の近くに候補生を放り出すなんて、なんて人なの！）

候補生たちは、倉庫にあったらしい銀の槍《やり》を運んでいた。広域結界を張るよう、コーザに頼まれていたようだ。

「セシリア・ガラシェです！　コーザ・テンターク様からの指示で、広域結界の指揮を執ります。門の外に出たら、魔道士候補生は右周りで。私は左周りに槍を刺していきます。銀の槍の運搬は、騎士候補生の皆さんにお願いします！」

セシリアの姿を見た候補生は、一瞬ざわめき、すぐに表情を明るくした。

騎竜の英雄だ――セシリア様が来てくれた――助かった。よかった。これで助かる、と囁《ささや》く声が聞こえてくる。

今のセシリアにできるのは、人より丈夫な結界を張るくらいのものだ。彼らの期待は重い。

しかし、希望はあるに越したことはない。あえて否定はしなかった。

セシリアは、銀の槍を一本抱え、門に向かって走り出す。結界も得意だが、膂力《りょりょく》にも自信はある。

「槍を十歩ごとに刺して！　力の足りない場合は、複数人で刺してください！」

門を出てすぐに、投降してきたらしい王領兵の姿が見えた。避難する道を選んでくれたようだ。

（よかった！　通じていたんだわ！）

心を励まされ、セシリアは最初の槍を、勢いよく地面に刺した。

左手で印を結び、右手を天に向ける。するり、と絶《ぜっ》系の結界が伸びていく。

十歩進んで、振り返る。

紺色のチュニックの候補生が、銀の槍を持って待機していた。

「あの、竜の乗り心地というのは、どういうものですか？」

目を輝かせながら、候補生が聞いてくる。

後ろの一人が「そんな話をしてる場合か！」と窘《たしな》めていた。

気の利いた答えを返してやりたいところだが、今は心に余裕がない。

ぶすり、ぶすり、と無言で槍を刺し進める。

七割方進めたところで、魔道士候補生たちと合流した。

セシリアは、走って門に回る。

門番の騎士が「結界を閉じてください！」と手ぶりを交えて言っている。

「もう閉じてもいいのですか？　王領兵は、まだ――」

「最後に入った兵が、自分の後ろは皆焼かれたと言っていました！――もう、望みはないでしょう。閉じてください！」

セシリアは、前庭に集められた王領兵を見た。いるのはせいぜい百名程度だ。

（これだけ……？　これしか、避難しなかったの？）

公称の兵数は、実数が七割程度である場合が多い。あの天幕近辺には、少なくとも二千人程度がいたはずだ。そのうち、避難できたのは百名程度。厳しい数である。

(別の方法があった？　もっと多くを救う方法が？　わからない……)

猛烈な後悔に襲われ、足がすくんだ。

しかし、ここで歩みを止めては、砦にいる人さえ守れない。

(守らないと――この砦だけは、なんとしても)

セシリアは迷いを振り切り、半球の形の結界を閉じた。

わっと歓声が上がる。

セシリアは笑顔でうなずき、物見台へと戻った。

森の木々の上から、竜の尾が見える。二本。聖騎士と亡竜が戦っているのだ。

いつもは結界に閉ざされ、見ることの許されない竜送りの現場である。

咆哮《ほうこう》が響き、地は震えていた。

どん、どん、と地面が揺れるのを感じながら、セシリアは必死に考えを巡らす。

(他国に放たれた亡竜は、どれも群れてはいなかった。群れないし、動かない。亡竜が激しく動くのは、封じられていたものが解放された直後だけ。でも、亡竜は、北東から来た。

――公領に竜がいるなんて、信じられない。でも、いずれにしても誰かが……いえ、王に決まってる。ウイルズ王以外にいない。亡竜を、兵器として使っていた王族でもなければ、こんな恐ろしい真似はできないわ！)

王の仕業《しわざ》だ。王以外にいない。

セシリアは、竜の咆哮を聞きながら確信した。

（でも、王は黒鳶城を動けない。一体、誰が――）

セシリアの思考は、ここでいったん途切れる。

「セシリア！」

横にいた、赤いチュニックの候補生に声をかけられたからだ。

「まぁ……リタ！」

懐かしい顔だ。鍛刃院の同期である。魔道士候補生の中では、セシリアに次ぐ二番手だった。

「セシリア、こ、これ、どういうことなの？　悪竜はどこから来たの？　ウイルズ陛下の攻撃？　でも、マルギット様が助けてくださるんでしょう？」

リタの問いに答えるために、しなければならない説明が多すぎる。

セシリアは、早々に答えること自体を諦《あきら》めた。

「答えられません。……でも、王女は来ない」

マルギットは、竜を恐れている。

この乱戦の中に飛び込み、竜を御しはしないだろう。それだけはわかる。

「じゃあ、貴女《あなた》がなんとかしてくれるのよね？」

べとり、と粘性のものを、肩になすりつけられたような気分だ。

多くを望めば、欲深い、と非難される。
それでいて、こんな時には、なんとかしろ、と丸投げされる。
なにか言い返してやりたかったが、できなかった。
高い物見台に立つ騎士が「亡竜が近づいています！」と叫んだからだ。
バキ、バキ、と木の倒れる音が、ごく近いところでする。
（……来る）
一瞬、森が静かになった。
次の瞬間——亡竜が、目の前に現れる。
大きな悲鳴が響く。セシリアも、叫んでいた。
砦が、揺れる。亡竜が結界に直撃した——らしい。結界は揺らいだが、幸い無事だ。
その直後、上空から竜が現れ、倒れた亡竜の喉笛《のどぶえ》に嚙《か》みつく。
暴れる亡竜の尾が、何度も結界を叩いた。
固唾《かたず》を吞《の》み、拳《こぶし》を握りしめ、目を見開いて、砦にいる人々はその瞬間を待った。
振動が、間遠になる。力なく尾が垂れ——ふっと亡竜の輪郭《りんかく》が崩れた。
竜——アルヴィンだった——は、すぐに飛び立っていく。
その羽ばたきによって、かろうじて竜らしき形を保っていた灰が、いっきに崩れた。
歓声は上がらなかった。
騎士も、候補生たちも、胸に手を当て祈っている。

それが正しい作法だ。セシリアも、リタも、同じように祈った。

顔を上げれば、東の空が明るい。

方角を間違ったわけではないはずだ。西の空では、夕焼けが鮮やかであったから。

（あぁ……燃えている……）

火だ。砦の東側と、王領軍の天幕のあった北側が燃えていた。

竜の身体は、絶命と共に灰になる。しかし、その放った火は消えない。

恐れていた事態が、起きてしまった。

その場に膝《ひざ》をつきそうになるのを、なんとかこらえる。

「火を、消さなければ……」

「え？　どうやって？」

セシリアの独り言に、リタが問う。

「結界を張るんです。亡竜が送られ次第、結界で火を囲むしかありません」

魔道士は、ただの結界職人ではない──などという不満を、二度と口にすまい、とセシリアは思った。竜の炎の被害を防ぎ得るのは、絶系の結界以外にない。

「わ、私たち、訓練生よ？　それも、偽物の魔道士なのに！」

「スィレン種の魔道士は、黒鳶城から出てきはしません！　社領の魔道士が来るのは半日後！　ここには私たちしかいないんです！　やるしかないでしょう！」

セシリアは、戸惑うリタの肩をつかむ。

「私たちが……？　私たちが、やるの？」

「わかりますよ、その気持ち。すごくわかります。民や森を守るのは騎士のはずで、私たちは純血の騎士じゃない。魔道に関することは、純血のスィレン種がすることだって思ってるんですよね？　わかります。私たちは、半端で、なり損ないで、偽物で……騎士の世は盤石《ばんじゃく》で揺らがなくて――でも、違うんです。見てください、この有様を！　騎士は、ずっと王に踏みにじられ、枷《かせ》をつけられてきたんです！　守らねば。私たちには、力がある。誰にも、偽物だの、なり損ないなどと言われてたまるものですか！　民と森を守るのが騎士。この火に挑む私たちを、なり損ないと呼べる者などいはしません！」

セシリアは、森を指さした。

その向こうに、燃える森がある。

やるわ――とリタが言った。周りにいた魔道士候補生も続く。

混成種の魔道士たちは、セシリアの言葉に奮い立ち、残る銀の槍を求めて地下へと走ったのだった。

六体の亡竜が、すべて天に送られたのは、その日の夜間であった。

そこから、すぐに消火活動をはじめている。

翌日の夜明けに近隣の砦から銀の槍が補充され、昼前にはテンターク家の魔道士が合流し、やっと火の手に対して優勢になった。

幸いにも、夕頃に小雨《こさめ》が降り出し、日没直後に亡竜が吐いた火はすべて収まっている。火は消えた。けれど、誰の顔にも喜びはなかった。

あまりにも、失ったものが大きい。

火は、テンターク社領の森だけでなく、ウリマ公領にも大きく広がっていた。畑が焼かれ、村が焼かれ、家畜も焼かれ――多くの人が死んだ。数えきれないほどの軀《むくろ》を、セシリアは見ている。

（こんなことが、許されていいはずがない！　なにが王よ！　ただの人殺しだわ！）

鎮火に奔走《ほんそう》する間も、セシリアは憤《いきどお》り続けた。

王とは、民を守るものではないのか。これほど多くの人を死に追いやり、暮らしを奪う王など、玉座に座る資格がない。竜を御せたから、なんだというのだろう。

鎮火のあと、あちこちに立てられた天幕の一つに、セシリアは入った。

疲れと、憤りとがせめぎあっていたのはわずかの間で、失神するように眠っていた。

目が覚めたのは、鎮火の翌朝だった。そうとわかったのは、近くにいた騎士に聞いたからだ。七月二十二日。王領軍への示威作戦から二日が経《た》っていた。

天幕を出たセシリアは「あぁ」と静かに嘆く。

焼けた軀を埋めるために、兵士が地面を掘っていた。

まるで、戦の後処理だ――と思い、しかし考えを改めた。とうに戦時である。亡竜は兵器として用いられ、あの亡骸《なきがら》はその犠牲者なのだ。

「セシリア。炊《た》き出しよ。パンが配られてたわ」

呆然《ぼうぜん》と立ち尽くすセシリアに、パンとワインを持ったリタが声をかけてきた。

リタの金の髪は乱れ、顔中に煤《すす》がついている。彼女は、消火の間、セシリアの隣で大いに活躍してくれた。

「……ありがとう。リタ」

手渡されたパンを受け取り、手近にあった岩に並んで腰を下ろす。

カップに入ったワインを飲むと、自分はまだ生きているのだ、と強く実感した。

「よしてよ。こっちは謝らなきゃいけないことが、たくさんあるのに。……ごめん」

「もう忘れました。貴女は、この森を救った英雄ですよ。感謝は当然です」

「英雄は貴女の方よ、セシリア。……心から思うわ。貴女みたいな人こそ、英雄と呼ばれるべきだって」

ふと、セシリアは亡くなった親友を思い出した。

彼女も同じようなことを、同じような表情で言っていた。明るく、笑いながら。

「英雄なんて、大袈裟《おおげさ》な」

「貴女の言葉で、見えているものが変わったもの。……貴女がいなかったら、ずっと砦で震えていたわ。私が勇敢だったとしたら、貴女のお陰《かげ》よ」

「本当に、助けられました。……ありがとう」

セシリアが手を差し出すと、リタは少し照れたように握手に応じた。

「私、ここが落ち着いたら故郷に帰る。帰って、成人して、故郷を守る。……養家との折りあいは悪いままだけど、でも、私はやっぱり騎士の子だもの。社領騎士団に入って、この力を、民と森を守るために使いたい。……私、結界が得意みたいだし」

「ええ、すごく頼もしかったですよ」

「貴女には、欲張れるだけ欲張ってほしい。心から思うわ。私、きっと故郷で自慢するから。私、あのセシリア・ガラシェと一緒に戦ったのよって」

リタは立ち上がり、笑顔で手を振って天幕に戻っていった。

すべき作業は山積しているが、その笑顔には救われた思いだ。

（まず、なにからすれば……そうだ。一度、砦に戻って状況を確認しないと。でも、救護の手も足りないだろうし――）

甚大《じんだい》、という言葉では追いつかないほどの被害が出ている。

数千人という規模の死者が出ているはずだ。砦への避難をしなかった王領兵の躯が、森の中で多数見つかっている。近隣には、亡竜に破壊され、焼かれた村もあった。

死者も多いが、怪我人も多い。

天幕の一つから、ぎゃあ、と悲鳴が上がる。

直後に天幕から運び出されたのは、人の腕だった。

その腕が紫色に腫《は》れあがっているのは、恐らく竜の炎に焼かれたからだろう。竜の炎に焼かれれば、毒に侵される。全身に回る前に、焼かれた場所を切断する必要があるのだ。

ルキロスがそうしたのと同じように。

(手伝わないと……)

パンを残ったワインで流し込み、セシリアは天幕に向かおうとした。

そこに――

「セシリア・ガラシェ様はいらっしゃいますか！」

孔雀《くじゃく》の紋章が描かれた旗を持った兵士が、馬に乗って走ってくる。

(あれは……トラヴィア公の旗だわ)

セシリアは、手を挙げて「私です！」と兵士を呼んだ。

「私が、セシリア・ガラシェです。なにか、ご用でしょうか」

「あぁ、こちらにおいででしたか。トラヴィア公子テオドル様が、セシリア・ガラシェ様をお呼びです。ご同行願えますでしょうか。七社家と手を携《たずさ》えて事を収束したい、との申し出でございます」

セシリアは兵士の言葉を聞いてから、周囲を改めて見渡した。

(今、行くべきなのはわかる。でも……)

この惨状《さんじょう》を放置して、どこかに向かうのは気が引けた。

まだ、自分にはできることがあるはずだ。すべきことも多い。

「セシリア！　あとは任せて！」

リタと、名前も覚えていない同期が、天幕の方で手を振っていた。

鍛刃院では、混成種の同期たちと親しく会話をした記憶がない。養家への不満ばかり漏《も》らす彼らには、向上心がないように見えたからだ。

今思えば、傲慢《ごうまん》であったと思う。

亡竜の脅威を前に、彼らが果たした役割は大きい。彼らが日々修練に励んでいなければ、不可能だっただろう。セシリアの言葉に奮い立ったのも、彼らに誇りがあったからだ。自分の傲慢さを恥じると共に、セシリアは出発を決めた。

「ありがとう！　あとをお願いします！」

いつか、彼らともっと話がしたい。――この愚《おろ》かしい内乱を、一刻も早く終わらせて。

そうだ。この内乱の終結こそ、今、自分が真っ先にすべきことだ。

セシリアは兵士が用意した馬に跨《また》がり、まだ煙の燻《くすぶ》る荒地に駆けだしたのだった。


トラヴィア公領の主城は、青《あお》孔雀城、という。

公領のやや南側、ウリマ公領寄りにあるため、旭丘砦からは二日で着くと思っていた。

最終的に五日かかったのは、あちこちで道が遮断《しゃだん》されていたせいだ。

トラヴィア公領に入ってからも、なぎ倒された木々や、焼かれた村をいくつも見ている。

（こんなに被害の規模が大きかったなんて……）

想像を絶する、恐るべき災害だ。未曾有《みぞう》と言うべき規模である。

予定より長くはかかったが、セシリアは無事に青孔雀城に到着した。

紺碧《こんぺき》の屋根は鮮やかで、物語の挿絵めいた、小ぶりな城である。

馬の上でその姿をはじめて見たセシリアは、驚いた。

美しさより先に、その無防備さに。

白鷺《しらさぎ》城を落とすために必要な兵の、十分の一で足りるだろう。

城の堀は浅く、城壁も低い。城下町の道こそ狭いが、街を守る塀まで低かった。

外敵からの防御は、ギヨム種に任せる。内輪もめは毒殺か、謀《はかりごと》で処刑する。武力とは縁遠いスィレン種らしい様だ、とセシリアは思った。

（ここが、父上の治めていた土地なのね……）

城門の前に立つと、なにを伝える必要もなく、諸手《もろて》を挙げて歓迎された。

まず、風呂を用意された。なにせ煤だらけだ。こちらも助かる。

ローブも、服も、穴だらけであったため、代わりにコタルディが用意された。トラヴィア公子が、他国から迎えるはずだった婚約者に贈るために用意されたものらしい。すでに婚約者は亡くなっているので、遠慮は要らない、と侍女《じじょ》が言っていた。

だが、コタルディはすぐ脱ぐ羽目になった。セシリアには小さすぎたのだ。スカートの裾《すそ》が、脹脛《ふくらはぎ》のあたりまでしかない。

そうした経緯で、セシリアはトラヴィア公の衣服を借りることになった。

実父の遺品である。着せられたセシリアの感情は、ごく複雑だ。汎種《はんしゅ》の使用人たちが、その姿を見て涙ぐんでいたので、面影を偲《しの》ばせるものがあったのではないかと思う。ますます、感情は複雑になった。

着替えを終えると、美しい中庭に面した露台に案内された。

碧《みどり》と白のモザイクタイルは華やかで、手すりには緻密《ちみつ》な彫刻が施されている。

当然ながら、新緑院《しんりょくいん》とは様子がまったく違っている。豊かで、美しく、華美。新緑院で死んだ母親の記憶が、急に刺激された。

王弟として、豊かな公領を支配していたトラヴィア公。

我が子を孤児院に預け、身投げした母。

母の軀の衣類がボロボロであったのは、蘇《よみがえ》った記憶の限りでたしかなことだ。

（……今は、考えない方がいい）

セシリアは、母親の映像を頭の隅《すみ》に追いやった。

トラヴィア公子と七社家は、今後関係を深めていくだろう。避けられないならば、徒《いたずら》に悪感情は持ちたくない。

華奢《きゃしゃ》すぎる椅子《いす》に腰を下ろすのを躊躇《ためら》い、セシリアは噴水のある庭を眺めていた。

その、明るい碧のタイルの上を、馬に乗って駆けてくる人がいる。後ろに数騎の兵士を引き連れたその人は、

「セシリア！」

と笑顔で大きく手を振った。

彼がトラヴィア公子、テオドルに違いない。

ここでも、セシリアは驚いた。

その人の姿が華美であっても、驚きはしなかったろう。なにせこの城の住人だ。セシリアが驚いたのは、その姿が煤だらけで、淡い色のローブは焼け、セシリアがこの城に到着した時のようであったからだ。

さらに驚いたのは、その容姿を確認した瞬間だった。

父親に――トラヴィア公に似ている。いや、むしろセシリアと似ている、と言うべきだろう。城の人たちが、セシリアを見て驚いた理由がよくわかった。

セシリアとテオドルは、髪の長さも、ほとんど変わらない。セシリアの髪には癖一つないのに対し、テオドルが貴族らしい巻き毛であるのが、最大の違いかもしれない。髪色も、テオドルの方がやや赤みがある。だが、それを差し引いても、二人はよく似ていた。そっくりだ、と言ってもいい。近づけば、瞳の色までほぼ同じだ。多少、テオドルの方が少し色は淡いだろうか。

「トラヴィア公子――」

「会いたかったよ！　私の妹！」

トラヴィア公は、露台に続く階段を駆け上がり、セシリアを抱きしめ――ようとして

「おっと」と両手を挙げた。

「はじめてお目にかかります。セシリア・ガラシェです」

「ごめん。今はちょっと汚れているから、抱きしめられないのが残念だ。しかし、湯浴み

の時間が惜しい。聞いてくれ」

「……はい」

どうぞ、とテオドルはセシリアに席を勧めた。

言われるまま、華奢すぎる椅子に腰を下ろす。

小さな卓をはさんで、自分も腰を下ろしたテオドルは、

「この内乱を、一刻も早く収めたい。私は七社家に、全面的に協力する」

と言った。

セシリアは、ぱちぱちとまばたきをした。

ごく、まともな言葉である。まとも過ぎるので、驚きを禁じ得ない。

「……ご理解に、感謝します。トラヴィア公子」

「申し訳ない。父上はトラヴィア公の爵位を剝奪《はくだつ》されているから、私はトラヴィア公でもないし、トラヴィア公子でもないんだ。後任になる予定の親族には、来月までに城を明け渡すよう言われている。何者でもない。ただ、君の兄であることだけは確かだよ。だって一目瞭然《りょうぜん》だ。できれば、兄と呼んでもらいたい」

爽《さわ》やかな笑顔で、テオドルが言う。

「テオドル様――」

セシリアは、躊躇いつつも小さな声で呼んだ。

「兄上、と呼んでくれないか。どうだろう？」

人好きのする笑顔は、やはり父親によく似ている。

「兄……上」

呟《つぶや》くほどの声で呼ぶと、テオドルの汚れた頬《ほお》がパッと赤くなった。

「なんだか面映《おもは》ゆいな。こんな愛らしい妹に、兄と呼んでもらえるなんて。……会いたかったよ、セシリア。――あぁ、積もる話もあるが、もうすぐ黒鳶城から使者が来るんだ。すまないが、少しここで待っていてくれ。その間、彼らに旭丘砦の様子を伝えておいてもらえるかい?」

ひどく早口に言い、慌《あわ》ただしくテオドルは腰を上げた。

いつの間にか、露台の端に文官が列をなして待機している。彼らの報告を聞き、答えながらテオドルは城の中へ入っていった。

露台に残ったのは、先ほどテオドルと一緒に現れた武官たちだ。

「セシリア様は、テンターク社領の旭丘砦付近においでだったとか。恐れながら、現地の様子をお聞かせいただけますでしょうか?」

「もちろんです。お力になれることがあれば、なんなりと」

セシリアは、武官が卓の上に置いた地図を見つめる。

地図はトラヴィア公領を中心とし、近隣の公領と社領が描かれていた。目で旭丘砦を探し「こちらから、三体。こちらからさらに三体です」と亡竜の進路を指でなぞった。

武官は、セシリアの示したとおりに、赤い線を地図に引く。

線の起点は、トラヴィア公領とウリマ公領の、領境辺りだ。赤い印がついている。

「これは……なんですか？　この、赤い印の場所です」

「それは、『王の僕《しもべ》』です」

「王の僕？」

はじめて聞く言葉だ。頗《すこぶ》る悪印象な言葉でもある。

「私どもも、テオドル様からうかがったのがはじめてです。なんでも、多数の悪竜が封じられている塚であったとかで……」

セシリアは、驚きに目を見開いた。

（他に考えにくいとは思っていたけれど……本当にそんなものが存在していたなんて！）

この国の王は、亡竜を他国に放つだけに留まらず、多くの亡竜を公領に封じ込めていたらしい。湧き上がる憤りに、セシリアはぎゅっと拳を握った。

「そうでしたか……それで、こちらは――」

起点の赤い丸から、ウリマ公領を経てテンターク社領に伸びたものが六本。今、セシリアの報告によって描かれたものだ。他に、トラヴィア公領を通ってガラシェ社領に至る線が――八本ある。

「――そこに描いてあるとおりだよ」

ふいに背の方から声がした。

セシリアは、勢いよく振り返る。――アルヴィンだ。

「アルヴィン！　無事だったのね！」

セシリアは、露台に下りてきたアルヴィンと抱きしめあった。

旭丘砦の塔の上で別れ、亡竜と戦う様を見たきりだ。無事な姿を見て、セシリアは心から安堵した。

「……ごめん。砦に戻れなかった。コーザ様には、ガラシェ社領に向かうと伝えておいたんだけど……それどころじゃなかったよね」

「森が燃やされて、消火に走り回ってたの。コーザ様とも会えずじまいだったわ」

「ガラシェ社領の火は、なんとか消えたよ。……セシリアが無事で、なによりだ」

アルヴィンは、セシリアの髪をそっと撫《な》でてから身体を離した。

「旭丘砦には、鍛刃院の候補生がいたから、いろいろ手伝ってもらえたの。幸いだったわ」

「あぁ、それはこっちも同じだ。候補生は二派に分かれて、ガラシェ社領とテンターク社領を目指してたらしい。彼らのお陰で、森が守られたよ」

どちらの社領でも、概《おおむ》ね同じような状況が起きていたようだ。

アルヴィンは、武官たちに状況を説明しはじめた。

「白鷺城の東にいた王女と連合軍は、ほぼ無傷。トラヴィア公領の西側は、宿場町が一つ灰になった。砦も二つ潰されています。小さな村の被害は、痕跡《こんせき》がないので把握《はあく》できない」

一つ一つ指をさしながらアルヴィンが報告すると、武官が焼かれた地域に黒で印をつけていく。痛ましいことに、どんどん地図は黒く染まっていった。

「アルヴィン様。こちらの村は――」

「一帯が火の海でした。村があったかどうかもわからない」

村の安否を尋《たず》ねた武官が、目をぎゅっと閉じた。

彼の縁者がいたのだろうか。故郷であったのかもしれない。

印をつけながら、武官たちの表情はどんどん暗くなっていった。

「よもや、ここまでとは……」

その場で、最も階級の高そうな武官が、ぐっと口を引き結ぶ。

村一つ、砦一つが壊滅すると、情報を伝える術《すべ》さえ消えてしまう。

彼らが把握していたよりも被害が大きいということは、それだけ、壊滅した場所が多いということなのだろう。

「当日、トラヴィア公領に王領兵がいた――と聞きました。たしかですか？」

アルヴィンが武官に問うと、

「はい。王領兵は半数程度で、あとはウリマ公子の公領軍です。テオドル様が通行許可を出していますので、間違いありません。数は二千五百。こちらの山から――」

武官は、指でウリマ公子の軍の進路を指でさし――ぴたりと止めた。

ちょうど、アルヴィンが火の海だった、と報告した辺りだ。

まさか――と武官が呟く。

「一番被害の多かった地域です。軍がいたとしても、壊滅に近い状態でしょう」

アルヴィンの言葉に、一同は言葉を失う。

武官たちは、二人に礼を伝えてから帰っていった。

その足取りは重く、しかし途中で迷いを振りきるように早くなる。

彼らが去り、露台には人がいなくなった。

「王の僕って――アルヴィンは知っていた？」

「いや。俺も、テオドル様に聞いたのがはじめてだ」

アルヴィンは、もうテオドルと会って話をしていたようだ。

人の耳を気にすべきだと判断し、セシリアはするりと結界を張る。

「社領に知らせず、亡竜を封じていたなんて……でも、なんのためにそんなこと……」

「大陸からの侵略者に備えた、最終兵器だそうだ」

実に、この国の王らしい考えだ。

おぞましくさえある。聖騎士の誇りを、どこまで奪えば気が済むのか。

だが、セシリアの憤りは、それだけにとどまらない。

「そんな兵器を、内乱で使ったっていうの？」

これは、内乱だ。

ウイルズ王の騎士に対する暴挙に対し、七社家が退位を要求したのが発端である。

内乱を収束させる手段に、大陸からの侵略者を想定した兵器を選ぶことなど、あってはならない。対話の機会は十分にあったにもかかわらず、この暴挙に至ったとすれば、正気の沙汰《さた》とも思えない。

「少なく見積もって、兵士だけでも三千人は死んでる。……怪我人も多い。俺は、ここに来るまでに五人、手を焼かれた兵士の腕を落とした」

「どうかしてるわ！　兵士の被害は、王領軍と公領軍のものじゃない。……こんな同士討ちの末に殺されたんじゃ、死んでいった兵士だって浮かばれない！　彼らは自分たちの王に殺されたのよ！」

「亡竜を制御できるはずの王は、黒鳶城から動ける状態じゃなかった。わかっていて発動させたなら、これは、ただの殺戮《さつりく》だ」

王の僕は、塚のような場所に封じられていたという。ならば、その封印を解いたのは、王ではなかったはずだ。ウイルズ王は、黒鳶城を出られないほど健康を損なっている。

竜を御する者は、その場にいない。亡竜は、無秩序に飛び出したのだろう。今回の暴走は、王が不在ゆえに起きたとも言える。

「きっと魔道士が封印を解いたのでしょう？　……踏み潰されてしまったわね」

「だろうね。生きてはいないよ」

王に対する憎悪を新たにしていると――突然、シャリン、と音がした。

そこに立っていたのは、テオドルだ。煤も落ち、身綺麗《みぎれい》になっている。

「すまない、せっかくの結界を破ってしまって。しかし、丈夫な結界だね。見事だ」

「兄上――」

テオドルは、素早く結界を張り直した。

（速い）

結界を張る速度は、魔力の強さに比例する。テオドルの、魔道士としての腕の高さがうかがわれた。

「七社家と話すにあたって、一つ約束してほしいことがある。――私が、竜を御す力を持たないことは、慎重に伏せてほしい。幸い、スィレン種に顕性《けんせい》係数を公表する習慣はないからね。今後もそれは守りたいんだ。いいだろうか？　この国で、竜を御せぬ王族は、敬意を払われないものだ」

ちらり、とルキロスの顔が頭に浮かんだ。

竜を御せぬとわかった途端、世はルキロスを忘れた。その経緯を覚えているだけに、今の言葉はよく理解できた。

「お約束します」

セシリアが請け負うと、アルヴィンも「お約束します」と続けた。

「助かるよ。父上は、力の強い魔道士だったから、国王陛下に警戒された。――王族で、かつ魔力が飛びぬけて強いのが、竜の声を聞く者に現れる特性なんだ。だから、私自身は竜を御せないにもかかわらず、竜を御し、かつ竜の声を聞き得る父上と同等の力を持っているように見える。だから、王などになって化けの皮を剝がされるより、別な立場で国を支えたいんだ。つまり――七社家は支持するけれど、王にはならない」

王位への野心はない、とテオドルは明言した。

「それで、よろしいのですか？」

セシリアが戸惑いつつ確認すると、テオドルは「まずは座って」と二人にそれぞれ席を勧めた。

手ずからワインを注ぎ「兄妹の再会に」と言って杯を掲げる。

「心からそう望んでいる。妥協《だきょう》のつもりもない。悪竜の殲滅《せんめつ》は、父の悲願だからね。ヒルダ様から話を聞いていると思うが、私自身は、自分をドロテア様の後継者だと思っているんだ。グレゴール一世の呪いの件は、七社家から聞いて驚いたけれど……それと知った以上は、七社家の意向を尊重する。我々の利害は一致するんだ。手を携えない理由がない」

セシリアは、横にいるアルヴィンと目を見かわした。

ドロテアの後継者、という言葉はいかにも心強い。

「途中でこのような事態になりましたが、私たちはウイルズ王との交渉に向かう途中でした。ルキロス様の御提案です」

「それだ。君たちを招いたのは、それが理由なんだ。ルキロス様から、私も手紙で話を聞いてね。同行させてもらいたい――と七社家に申し出ようと思っていたんだ。とにかく、一刻も早くこの内乱を収束させねばならない。もちろん、呪いの破棄にも、その後の悪竜の殲滅にも、力を尽くすつもりだ」

テオドルの言葉に、セシリアはとても驚いた。

これほど話のわかる王族が味方につくとは、予想外の展開である。

「ご同行いただけるなら、幸いです。よかった……ご理解に、心から感謝します」

「感謝するのはこちらの方だ。共に手を携え、父の意思を、遺児の私たちが成し遂げるんだ。――互いに力をあわせよう、セシリア。アルヴィンも、よろしく頼む」

テオドルは、優しい笑顔で横に座るセシリアの手を握った。

続いて、アルヴィンの手も握る。

こうして、思いがけぬ惨劇によって中断された作戦は、続行されることになった。

黒鳶城に赴き、ウイルズ王と交渉を行う。

すぐにも出発だ、とテオドルは立ち上がり、その日のうちに馬車は青孔雀城を発《た》ったのであった。


広い盆地の真ん中に、ぽっかりと車輪がある。

四方に伸びる大街道と、整然とした王都。しかしセシリアの目は、上空から見えるそれらよりも、周囲のなだらかな山に向いていた。

王領の盆地を囲む森のあちこちは、土を露出させている。

理由は聞かずともわかる。急激な黒鱗鋼《こくりんこう》の増産のせいだ。輸出の倍増は、生産量の倍増でもある。破壊される森もまた倍増しているはずだ。

(民と森を守る、社領の騎士とは大違いだわ)

目に映るものが、すべて忌々《いまいま》しく見える。

セシリアの王への憎しみは、亡竜の暴走によって頂点に達していた。

ウイルズ王は、人の命も、暮らしも平然と奪ってしまう。一刻も早く王を退《しりぞ》けなければ、いずれこの国のすべては、あの裸の森のようになるだろう。

「アルヴィン、テオドル様が見える？」

『……見えた』

王都の上を旋回するアルヴィンの目には、黒鳶城の様子が見えているらしい。竜の目は、上空から地上を見る時、よく見えるようにできている。

セシリアの目では、人がいることはわかっても、個人の判別まではできない。

今、アルヴィンの背に乗っているのは、セシリア一人だ。

テオドルは、高い場所が苦手だそうで、失神した上に失禁しかねない、というので、彼の意思を尊重することにした。地上を移動して、黒鳶城に集合することになっている。

「じゃあ、行きましょう。計画どおりにね」

『了解』

高度を下げると、王都の民の悲鳴が聞こえてきた。

以前よりも、ずっと大きい悲鳴だ。逃げ惑う人々の姿も、確認できた。

つい先日、亡竜の暴走により多くの犠牲が出たばかりだ。未曾有の惨劇である。王領兵の多くは王都出身で、遺族も多いはずだ。

竜の恐怖を、この国の人々は改めて知った。

亡竜と、そうでないものの差など、人が理解できるはずもない。恐れもするだろう。いつ地上に降り立ち、炎を吐くかわからないのだから。

人々の恐怖を感じながら、黒鳶城の尖塔《せんとう》にアルヴィンが着地する。

「じゃあ、大社で待機していてね」

セシリアは、背からひらりと飛び下りる。アルヴィンが、大社の鐘楼《しょうろう》に向かって飛び立つのを見届けてから、梯子《はしご》に足をかけた。

着地の瞬間から、空気は変化している。黒鳶城の特殊な煉瓦《れんが》の影響だ。

自分にも有利だが、同時に黒鳶城の魔道士にも有利な状況である。

緊張を新たにしつつ、物見台に下りた。

(今日は、いきなり襲ってはこないのね)

魔道士の急襲もなく、難なく螺旋《らせん》の階段を駆け下りる。

東庭の、黄色と青のモザイクタイルの上を、黒いローブをひらめかせながら進んでいく。

衛兵が、剣を構えて遠巻きにしていたが、気にはしなかった。

城の内壁のアーチを三つくぐり、前庭に立つ。

ちょうど正面の門をくぐったテオドルが、その横に並んだ。

「前トラヴィア公の嫡子《ちゃくし》・テオドル。七社家の使者、セシリア・ガラシェ殿をお連れしました。ウィルズ三世陛下への謁見《えっけん》を、お許し願います」

遠巻きにする衛兵の壁が、ふっと割れる。

現れたのは、黒いローブを着た魔道士であった。

顔が隠れているのでわからないが、ヒルダ救出の際に物見台で戦った相手とは違うようだ。少し、こちらの方が背が高い。

「国王陛下が、謁見をお認めになりました。どうぞ、こちらへ」

魔道士は恭《うやうや》しく一礼し、先に歩き出す。

「行くよ、セシリア」

「――はい」

テオドルが一歩踏み出すのに、セシリアも続く。

いよいよ。ウイルズ三世との対面の瞬間がやってきた。

緊張で、呼吸が浅くなる。

恨みつらみ、嫌悪、憎悪。憤り。様々な感情が、身体中を駆け巡っていた。

城塔に一歩踏み入れれば、ホールにあるグレゴール一世の彫像が見える。

王杖《おうじょう》を持ち、竜を跪《ひざまず》かせる、王。

この掲げられた王杖が、呪いを保ち続ける魔道具なのだろう。

もはや忌々しさしか感じない。この男の呪いが、どれほど多くの聖騎士の誇りを奪ってきたか。そうして、どれだけ島の民の命を奪ってきたか。あの王の僕も、この男さえいなければ存在しなかったのだ。すべての元凶である。

キッと像を見上げ、セシリアは唇を引き結んだ。

車輪の形の、煉瓦色のモザイクタイルの上を大股《おおまた》に進み、ホールを抜け、階段を上がって玉座の間の前に至る。

前を歩く魔道士が手をかざすと、扉は静かに開いた。

（いた）

広い玉座の間が、視界に広がった。

そこに――一人がいる。

豪奢《ごうしゃ》な玉座に、王が座っていた。

王冠に五色の宝玉がきらめき、真紅のマントが豊かに広がっている。

荘厳な様は、しかし同時に異様でもあった。

（この方が……ウイルズ三世）

ウイルズ三世は、今年で四十九歳になるはずだ。

あまり年齢の変わらない、ガラシェ司祭や、ラグダ王国のカミロ五世のゆるやかな老い方とは違う。王は、七十を超えた老人のように見えた。

白髪は黄ばみ、どす黒い顔はシワだらけで、痩《や》せこけている。

なにより異様なのは、その身体から伸びる管だ。玉座の両側に立つ魔道士が、薬剤が入っているらしい壺《つぼ》を、練《れん》系の魔術で支えていた。

恐らく、これがマルギットの言っていた延命の秘法なのだろう。

マルギットは多くの嘘をついたが、父親の状況だけは本当だったらしい。

「大丈夫だ。大丈夫だ。しっかりしろ、テオドル」

横を歩くテオドルが、ブツブツと独り言を言っている。

ふいに、マルギットと二人で臨んだ、最初の竜送りの記憶が蘇り、不安に襲われた。

苦い思い出だ。マルギットは竜に背を向け、セシリアも置いて逃走している。両者を比べれば、テオドルは逃げ出さないだけ上等である。

「トラヴィア公子・テオドル殿下と、セシリア・ガラシェ様でございます」

魔道士は、ウイルズ王に報告すると静かに下がっていった。

セシリアは、テオドルと共に膝を曲げ、礼を示す。

「……忌々しいことだ」

ウイルズ王のしゃがれた声が、広い玉座の間に響く。

その声は、奇しくも今のルキロスにそっくりだった。

「ご、ご無沙汰しております……陛下。謁見を賜《たまわ》り、心より感謝申し上げます」

テオドルは立ち上がり、胸に手を当ててウイルズ王に礼を示した。

「突然のことながら謁見をお許しいただき、恐縮です。――はじめてお目にかかります。セシリア・ガラシェでございます、陛下」

セシリアも、テオドルに続いて立ち上がり、礼を示す。

目を上げると、ウイルズ王の碧の瞳と視線がぶつかる。王は、テオドルとセシリアを交互に見て、また「忌々しいことだ」と呟いた。

その呟きを終えた途端、ウイルズ王はゲホゲホと咳《せき》込む。

呼吸が整うまで、しばらく間があった。

そうしてウイルズ王は、

「フレデリクは、死んだぞ」

と二人に告げた。

（え……？）

フレデリクは、ウリマ公子の名だ。

ウイルズ王が後継者に指名した甥《おい》である。

「そんな……」

パッと横を見れば、テオドルの唇は青ざめていた。

――ウリマ公子フレデリクの立太子を条件に、呪いの破棄を要求する。

それが、こちらが持ちかけるはずだった内容だ。

交渉がはじまる前に、前提が砕けてしまったことになる。

「悪竜に潰されたそうだ、軀も見当たらぬ」

乾いた声から、感情を読み取るのは難しい。

ただ感じられるのは、底知れぬ虚《むな》しさだけだ。

「フレデリク様は、出陣……されていたのですか。てっきり、黒鳶城におられるものとばかり……」

テオドルの声は、動揺に震えている。

無理もない。セシリアの足も、先ほどから震えていた。

「武功が要った」

ウイルズ王の言葉は短かったが、言わんとすることは伝わった。

他国の兵を引きつれたマルギットが、竜を倒した英雄として戻ってきた。

その煌《きら》びやかさに対抗するには、ウリマ公子はいかにも地味すぎた。これまで、名が挙がったのは、マルギットの婚約者候補としてだけ。病身の養父に代わり、公領を治めていたとは聞いているが、それだけだ。ここで実戦を経験させ、箔《はく》をつけよう——と思うのも自然な話だ。

「……お悔やみを申し上げます」

テオドルは、静かに頭を下げる。

ウリマ公子は死に、王の候補者は、マルギットかテオドルのみに絞られた。

どちらもウイルズ王には、認めがたい存在だろう。王はもはや、国の未来を見ていない。

ここで利を説いたところで、通じるとは思えなかった。

（交渉の余地などないわ。……まったくない）

セシリアは、二呼吸ほどの間、瞑目《めいもく》した。

可能性は低かったとはいえ、呪いの破棄への道が一つ断たれた失望は深い。

「王の僕の封印を、騾馬《らば》の娘が解いたものと思っていた。……生きていたとはな」

「え……？」

「口惜しいことだ。フレデリクも、せめて道連れにすればよかったものを。役立たずは、最後まで役立たずのままであったわ」

騾馬の娘、というのは——断固として拒否はするが——セシリアを示している。

お前など死ねばよかったのだ、とウイルズ王は言っているのだ。

憎まれているのは知っていたが、面と向かってかけられる言葉は、さすがに重い。

「恐れながら申し上げます。セ、セシリアは……我が妹は、亡竜の暴走を許すような娘ではありません。民と森を竜の炎から守るため、力を尽くしてくれました」

テオドルが、震える声でセシリアを擁護《ようご》した。

「騎竜の英雄か——馬鹿《ばか》馬鹿しい。この娘が、どれだけの災厄《さいやく》を運んだか、わからんのか。四千の兵と二百の民を殺したのは——お前だ」

ウイルズ王の碧の瞳が、セシリアに向かった。

（……なに、それ。どういうこと？）

まったく、意味が理解できない。

あの一連の悲劇が、セシリアの招いたもののはずがない。

セシリアは、テオドルを見た。

テオドルも、セシリアを見た。

お互いに、考えたことは一緒だったのだろう。

――ウイルズ王は、正常な判断力を失っているのではないか？

不安が、表情に出た。

以前から、その疑いは持っていた。今、管につながれた姿を見て、疑いは加速している。

「陛下。お言葉を返すのは恐れ多いことながら、この災厄が我が妹のせいだとは、誤解をなさっているとしか思えません。妹は命を賭《と》して砦を守ってくれました。王領軍も、公領の民も、どれだけ救われたことか」

テオドルは「あり得ない」と言いきった。

動揺はいったん収まったのか、もうテオドルの声は震えていない。

「お前の咎《とが》だ」

ウイルズ王は、セシリアを見つめたまま繰り返した。

「違います。そう信ずる者がいるならば、私は一人一人と対話し、誤解を解きたい」

「お前が招いた災厄だ」

テオドルの声が届いていないかのように、ウイルズ王は繰り返す。

いよいよ、王は正気ではないのでは――とセシリアは思った。

「兄上、交渉は不可能です。帰りましょう」

こそり、とセシリアはテオドルに囁く。

ウリマ公子が死亡したとわかった時点で、この場にいる意味は消えている。

しかしテオドルは動かず、ウイルズ王はさらに続けた。

「祝祭の日、あの娘は死ぬべきだった。生かしたのは、お前だろう。騾馬の娘よ。悪竜の災厄は、お前の咎だ。覚えておくがいい。これからあの娘がもたらすすべての災いも、お前の咎だ。流れる血は、お前の責だ」

あの娘、というのはマルギットを示しているらしい。

しかしながら、セシリアにはその理屈が理解できなかった。

「おっしゃることが、わかりかねます」

セシリアが言い返すと、テオドルはやや慌てて「セシリア」と囁き声で窘めた。

「あの娘は、私に毒を盛った」

マルギットを庇《かば》うつもりはない。だが、黙ってはいられなかった。

自身が招いた災いを、他人のせいにして糾弾《きゅうだん》するウイルズ王の姿勢が、どうしても許せなかったのだ。

「マルギット様が、父君を殺そうとなさるはずはありません。深く、陛下を敬愛しておられました。――傍《そば》で見ている者が、気の毒になるほどに……」

「慕っている？　そんなわけがなかろう。忌《い》まわしい弟の庶子《しょし》を、わざわざ二人も護衛につける娘だぞ。――毒が盛られる様を、私はこの目で見ている。ヒルダも見たはずだ。毒を調合し、盛ったのは、北から来た騾馬の娘だ」

ヴァルク社領は最北にある。北から来た騾馬の娘というのはタリサのことだ。

タリサが、王に毒を盛った――とウイルズ王は言っている。

「え……？」

「あの娘は、王殺しを目論《もくろ》んだ反逆者だ」

当日の動きから、マルギットの犯行と断定されたのが早すぎる――と思っていた。だが、現場を目撃していたならば、腑《ふ》に落ちる。タリサが毒を盛ったとして、裏で糸を引くのはマルギットだと誰もが思うだろう。タリサは、マルギットが是非《ぜひ》にと望んで護衛をさせた騎士。二人とも、それぞれに孤立していた。

（信じられない……そんな……）

テオドルが横で「信じられない」と呟くのが聞こえた。

「ど、毒の調合は、当初私がしたことにされていました。裁判の場で……しかし事実無根です。だから……すべてが嘘なのだと……」

「お前も、道連れにするつもりであったからな。そちらはれっきとした濡《ぬ》れ衣《ぎぬ》だ」

静かに、ウイルズ王が笑っている。

笑い、しかしすぐに笑いは収まり「仕留め損なったが」と続けた。

「でも、なぜ――」

「私が、加冠の儀を待たず、明日にもルキロスを王太子に立てると宣言したからだ」

信じられない――とテオドルはもう言わなかった。

セシリアも、頭から否定できる材料を失っている。

（……それじゃあ、ただの反逆者じゃない）

マルギットが殺されかけたのも、当然だ。

タリサにかけられた疑いも、ただの事実だ。

彼女たちは、あの日死んで然《しか》るべき存在だった――反逆者として。

それを阻《はば》んだのは、セシリアだ。

「そんな……」

冤罪《えんざい》だ、と今の今まで信じてきた。

では、マルギットが何度も口にしていた、父親への愛も嘘だったというのだろうか。

「愚かな騾馬の娘め。騙《だま》されたまま、竜に踏まれて死ねばよかったのだ」

ウイルズ王は、忌々し気に舌打ちをした。

ぞっとした。王の罵《のの》りの後ろにある、どす黒い陰に。

（私が封印を解いたと思った――と言うからには……ウイルズ王は、封印を解かせたのが、自分ではなくマルギット様だと言っているの？）

もしや、まさか。

セシリアは、胸に湧いた推測を、恐れた。

あまりにも恐ろしい推測だ。

「――あの竜の封印を解いたのは……陛下ではない……のですか？」

「王の僕は、大陸からの侵略者に備えた兵器だ。社領の守りが破られた際に用いる最後の砦。国の存亡をかけて発動させるもの。――内乱ごときに使うなど、正気の沙汰ではない」

侵略者に備えた最終兵器を、内乱で使うべきではない。

その当たり前の感覚を、ウイルズ王は備えているらしい。

しかし、セシリアは、首を横に振っていた。

マルギットを庇うつもりはない。それが不可能だと思ったからだ。

「いえ、できないはずです。マルギット様は、封印を解けません」

「お前だと思った」

「私は、マルギット様とは道を異にしています」

「では……ヒルダは生きているのだな」

この時まで、ウイルズ王は、ヒルダが何者によって攫《さら》われたのか、把握していなかったらしい。セシリアが竜に乗って攫いに来たからには、マルギットの意思か――ならば殺されたのか――と判断していたようだ。

かすれたウイルズ王の声が、その時だけやや優しくなった。

「ご無事です」

「……子は」

「健やかです」

「そうか――」

感慨に耽《ふけ》っているのか、疲れが出たのか。ウイルズ王は、少し黙った。

ルキロスのことは、問われなかった。最愛の息子に対する感情は、まだ王の中で定まっていないのかもしれない。

「……マルギット様の周囲にいたのは、他国の指揮官と、ガラシェ家の騎士だけです。王の僕の封印を解くのは、不可能であったように思います」

「いたはずだ」

「おりません。魔道士がいるのは、この広い世界でルトゥエル王国だけ――」

自分の言葉で、ハッと気づいた。

魔道士がいるのは、今やルトゥエル王国だけではない。

「いなければ、あのような災厄は決して起きなかった」

数年前から、諸国は宮廷魔道士を抱えている。彼らは亡竜の脅威から諸国の民を救うために、ドロテアが育てた混成種の孤児たちだ。

(レオン様が――いる。キアラ様も)

墨岩砦付近で奇襲を受けた時、レオンとキアラはルトゥエル王国内にいた。砦に向かう馬車の荷台にいる彼らを、セシリアは見ている。

内通者であるため、本国に送還されてもおかしくはない。しかし、従軍していないと言いきることはできなかった。ルトゥエル王国に入った途端に竜と遭遇しているのだから、備えとして連合軍側が魔道士を配す可能性は否定できない。

「……ラグダ王国の宮廷魔道士が……いたかもしれません」

彼らは、知っていたのだろうか？

その封印を解けば、自らも死に、多くの命が奪われると。

——知らなかったのではないだろうか。

なんの確証もないが、セシリアはそう思った。

自身が生まれ育った場所を知らない彼らが、ルトゥエル王国のために命を捧げるとは思えない。当然、大勢を殺戮する動機もない。

マルギットのことだ。騙したか、脅《おど》したか。はたまた人質でも取ったろうか。

封印の前に立つ彼らの横にマルギットがいた——とは考えにくい。彼女は、竜を恐れていた。

「フレデリクの一軍が、間近に迫っていた。潰したかったのだろう」

功を焦るウリマ公子の王領軍が、間近に迫っている。

傍には、ラグダ王国のガスパルや、ガラシェ家のキリアンがいた。彼らならば、奇襲を受けても冷静に対処できていただろう。特にキリアンは土地勘もある。率いているのは社領騎士団の精鋭だ。——しかし、マルギットは彼らに借りを作りたくない。

目に浮かぶ。マルギットは、独断でその企《たくら》みを行ったのではないだろうか——

「お前が生かしたあの娘は、祝祭の日に死ぬべきだったのだ」

もしもあの時、セシリアがマルギットを助けなければ——と考えた途端、ひどく頭は混乱した。すべての元凶は、自分ではないのか、と。

（私のせい？　私がマルギット様をお助けしたから――？）

動揺の波に、思考が呑まれかけた時、ぐっと腕をつかまれる。

セシリアは、タイルの上を這っていた視線を上げた。

そこに、鮮やかな緑の瞳がある。

「セシリア。惑わされてはいけない。君のせいなどであるものか」

テオドルの言葉に、セシリアの身体の緊張がわずかに緩む。

（危ない。王の言葉にとらわれるところだった）

相手は、スィレン種の首魁《しゅかい》だ。

あのグレゴール一世の裔《すえ》である。言葉の呪いもお手のものだろう。

セシリアは、浅くなっていた呼吸を整えた。

「いい気味だ。これでお前たちは、あの娘を女王にする他なくなった。災厄に呑まれて絶望する姿が、ありありと目に浮かぶ。――颶風《ぐふう》が吹き荒れるぞ」

ははは、と笑ったあと、王は咳込んだ。

テオドルは、それの収まるのを待ってから、その場に膝をつく。

「ウイルズ三世陛下に、伏してお願い申し上げます。グレゴール一世陛下より続く呪いを、破棄してはいただけませんでしょうか？　私は、決して玉座には触れません。多少血は薄くなっても、新たな王には父と縁の遠い者を選びます。このままマルギット様を――殺戮者を即位させるわけには参りません」

「青二才。なり損ないのお前に、なにがわかる」

　ウイルズ王の言葉が、セシリアの胸まで抉《えぐ》る。

　なり損ないになど、なりたくてなった覚えはない。

　テオドルからその力を奪ったのは、他でもなくウイルズ王ではないのか。

　王が顕性係数の改竄《かいざん》を行わせたがゆえに、テオドルは竜を御す力を持たない個体になった。

　その上で投げつけられる嘲《あざけ》りは、セシリアの神経を逆撫でる。

　しかし、怒りがかえってセシリアを冷静にさせた。「なり損ないなどであるものです
か！」と囁きだけでテオドルに伝えてから、テオドルに倣《なら》ってその場に膝をつく。

　折りたくもない膝を折ってでも、果たすべき使命があるのだ。

　テオドルは、続けた。

「ルトゥエル王国は、ガリアテ島で最も豊かな国でございます。その力を、他国の力を削
ぐためにではなく、次の征服者から島を守るために使うべきです。七社家は敵ではありま
せん。古き血の七人の王は、彼らの土地を守るために、王権の保持を決めています。王家
を支持したのです。ならば応《こた》えるべきではありませんか。彼らにかけた呪いは、不当だ。

不当で、屈辱的です。呪いを破棄し、七社家との関係を再び築きましょう」

　テオドルの言葉に、拍手喝采《かっさい》を送りたい気分になった。

　聖王妃ドロテアの精神を継ぐのは、間違いなくこの人だ――とセシリアは思う。だが、

同時に、だからこそウイルズ王には届かない、とも思った。

「弟と、よく似ているな。あの女にも——そっくりだ」

このウイルズ王の感想は、恐らく拒絶なのだろう。

「陛下。どうぞ——どうぞご再考を」

「悪竜が消えれば、諸国が富む。諸国が富めば、我が国は弱る。それでどうやって大陸からの侵略者に備えるのだ。——なぜ、それがわからぬ。なぜ、従わぬ。兄を立てず、夫を立てず、王を立てず。お前たちは、なにがしたい？」

「陛下。大陸の国々は、他の地域から資源を奪う際、まず内乱を誘発するそうです。そうして相争わせ、弱ったところで資源を奪い尽くす。……内乱は、征服者の望むところ。我らはこの島の中で強弱を競うのではなく、一つの利害のもとに力をあわせるべきなのです」

再び、セシリアは拍手を送りたくなった。

テオドルの言葉には、理がある。その向こうには、希望が見えた。

「綺麗事で、政《まつりごと》は行えぬ。悪竜によって富を得る者は、その綺麗事を憎むだろう」

「対話を続ける他ありません。——陛下、お願いいたします。呪いを陛下が破棄してくだされば、マルギット様を女王位に就けずに済みます。もちろん、私も王にはなりません。それでお望みが叶うのではありませんか？」

きっと、届かない。

わかってはいた。

それでも、万に一つの希望にかけ、セシリアは祈る。

「竜を御せぬ王家など、早晩滅びる。ルキロスが竜御の儀に失敗した時、この国の運命は決したのだ」

「させません。これからは、七社家と手を携えます。竜を御さずともよいのです」

「なり損ないめ」

「だからこそ、できることもございます」

テオドルの堂々とした様子に、セシリアの心は大きく揺さぶられた。

しかし、逆にウイルズ王の心は冷めきったらしい。視線にはっきりとした拒絶がある。

「……なり損ないの青二才。お前はよいことを言った」

「陛下、では――」

「相争わせる。たしかにそれが強者の知恵だ」

「陛下――」

一瞬、かすかに見えたかと思われた希望が、音も立てずに消えていく。

あとは、ただ闇《やみ》があるばかりだ。

「お前たちが、あの娘に呪いを解くよう伏して頼む様が見たい。うなずくとも思えんが、それもまた愉快だ。あの娘は、騾馬の娘を許すまい。それに、お前を婿《むこ》にしたがっているぞ。お前が竜を御せぬと知れば、血を見る騒ぎになるな。あぁ、まったく愉快だ」

「へ、陛下。何卒《なにとぞ》――何卒、お考え直しを」

ついに、テオドルは手まで床につく。

セシリアも、同じように手をついた。無駄だとはわかっている。希望はない。だが、このような状況になってさえ、諦めるわけにはいかなかった。

「お前たちのうち生き延びた方が、あの娘を倒すがいい。あの娘——母親に似た、小賢しい娘が王都を去る姿もまた見物だな。どう転んでも、都合がいい」

なんと暗く、陰惨な願いであろう。

そこまで、夫は妻を憎まねばならなかったのだろうか。

そこまで、父は娘を拒まねばならなかったのだろうか。

「陛下。どうぞ、私怨を捨て、国の行く末を第一にお考えください」

ふう、と深くウイルズ王が息を吐く。

絶望だけが、深まっていく。これが、この交渉の答えなのだろう。

「若造。一つ忠告してやる」

「……は」

「玉座の上は、たとえようもなく孤独だ」

ウイルズ王の手が、ゆっくりと動く。

ぶち、となにかの音が——管を抜いた音がした。

「あ！」

自分の声であったのか、テオドルの声だったのか、認識できなかった。置物のようだった魔道士さえ、悲鳴を上げている。
抜かれた管から、赤紫と、黄色の、どろりとした液体が迸《ほとばし》った。
ウイルズ王の身体は揺らぎ、ばたりと床に臥《ふ》す。
（あぁ……なんてこと！）
あまりに突然であったため、セシリアも、テオドルも、動けなかった。
魔道士が衛兵を呼び、王の身体を輿《こし》に乗せて運んでいく。
あっという間に騒ぎは遠ざかり、玉座の間に静寂が下りた。
テオドルは、虚空《こくう》を見たまま手をワナワナと震わせている。
ウリマ公子の死。
ウイルズ王の自傷。
これで、マルギットを即位させる以外の道は断たれた。
軀の山を築き、森と家を焼き、美しい王女は王都へと近づいてくる。
「化け物を、あの玉座に座らせねばならないのか……」
彼女を玉座に座らせねばならない。
そして、彼女に呪いを破棄させた上で、速やかに退位させる必要がある。
気の遠くなるほどの、大きな障壁だ。
「兄上……やらねばなりません」
「あぁ、そのとおりだ、セシリア。やらねばならない」

テオドルが差し出した手を、セシリアはしっかりと握り、立ち上がる。

豪奢な玉座が、そこにあった。

薬剤がまき散らされたその場所は、血にまみれているようにも見えた。


城塔から出て、テオドルと別れたセシリアは、内壁のアーチを三つくぐって東庭に出た。

尖塔の高いところに、ヒラヒラとなにがが動いている。

この時、セシリアが思い出したのは、はじめて黒鳶城に来た時の記憶だ。マルギットの白いコタルディの袖《そで》が、軽やかに舞っていた。

だが、今揺れているのはアルヴィンの尾である。

(アルヴィン？　大社で待機するはずだったのに……大丈夫なの？)

不安は覚えたが、見れば周囲には人の姿がない。誰一人としていない。

衛兵も、魔道士もだ。まるで城が無人になったかのようだ。

(まだ私も反逆者にされたままだし……囲まれることも覚悟していたのに)

誰とも会わず、すれ違いもしないまま、物見台の梯子から屋上に出る。

「ただいま。……大変なことになった。でも話が複雑すぎるから、帰ってから話すわ」

『そうして。――様子がおかしい。静かだ』

ばさり、ばさりとアルヴィンの翼が動き出す。

改めて眼下を観察すれば、視界にはほとんど人がいない。

（本当に静かだわ。嵐の前みたいに）

動いているのは、黒鳶城を出たテオドルの一行くらいだ。

広い劫火《ごうか》の大階段に、彼ら以外の人影はなかった。――いや、小さな子供がいる。母親が子供の手を引き、必死に逃げていった。

人々は、竜の恐ろしさを知ったのだ。そして恐れている。

森と人を焼いた亡竜と、上空を飛ぶ竜の区別は、当然つかない。

ただ、彼らは王都が焼かれぬよう、祈っているのだろう。

理不尽な破壊への怒りに耐え、降りかかる災厄に嘆き、家族は寄り添いあっている。

ただ、この脅威が去るように、と。

（恐れられている……あの災いを、私たちのせいだと思ってるんだ）

――これからあの娘がもたらすすべての災いも、お前の咎だ。流れる血は、お前の責だ。

ウィルズ王の言葉が、頭の中に響いている。

テオドルの一団を守るように飛んでから、アルヴィンはヴェントール社領へ向かうべく北に進路を取った。

空の上で、セシリアはほとんど喋《しゃべ》らなかった。

世は、大きく動き、変わりゆく。しかし、その変化の向こう側にあるものが、怖い。

自分たちは、タペストリーに災いの悪竜として描かれるのではないだろうか――

民の沈黙は、セシリアの心に大きな傷を残したのだった。

朝霧城での七社家会議は、連日続いた。

──ウイルズ王は、一命を取り留めたそうだ。

会議の最中に届いた報に、セシリアは驚きを禁じ得なかった。

ただ健康を大きく損なっているのはたしかで、危篤《きとく》状態であるらしい。

急ぎ、空位の王太子の座に、王族を据《す》える必要がある。

──マルギット王女を、王都へ。

この一点だけは、議会でも、七社家会議でも一致していた。

今、マルギットは王都へと向かっている。

反逆罪は確定しているため、急遽《きゆうきよ》、裁判の再審議が進んでいるそうだ。

マルギットが、女王になる。

しかし、王の僕の暴走がマルギットの仕業《しわざ》である──との疑いは、七社家を大きく揺るがした。呪いの解除とは真逆の、七社家の誇りを踏みにじる行為である。犠牲者の数も、五千人に近いことが明らかになっていた。

「王の僕の解放は、許しがたい暴挙です。しかしながら、別の問題もある。王の僕は、大陸からの脅威に備えた装置でした。それを放出した以上、マルギット王女は再び亡竜の供出を七社家に求めるものと予想できます。決して、呪いの破棄には応じないでしょう」

七社家会議の場で、ルキロスはそのように発言している。

「しかし――早急に進めるべきは、王の僕の後処理です。ウリマ公領は、病身の養父に代わってウリマ公子が実権を握っていました。後継者もいません。彼の死によって混乱しているはずだ。速やかに、王の僕が封じられていた場所を、テオドル様に掌握《しょうあく》していただきたい。恐らく、洞窟《どうくつ》のような場所のはずです。とてつもない量の黒鱗岩が産出されるでしょう。莫大な富を産む。争いが起きる前に、手に入れねばなりません。――急いだ方がいい。我らが洞窟を押さえている限り、議会は新政権を支持するでしょう」

聖域の結界を脱した亡竜が、一晩休むだけでも、洞窟には黒鱗岩が生じる。

長年、多くの亡竜が封じられてきた洞窟だ。想像を遥かに絶する黒鱗岩が採れるはずだ。

足並みが乱れつつある議会も、その富を前にすれば黙るだろう。

いずれ周囲に村ができ、街道が新たにできる。王の僕の暴走によって失われたものを補うために使われるべきだ――とセシリアは、ヒルダの寝室で会議の報告をした。

「それから……王女は、連合軍を引き連れて王領に入ったそうです。裁判の再審議が終わるまで、南砦で待機されると聞いています」

セシリアは、朝霧城にいる間、毎日ヒルダの寝室を訪ねている。

会議の報告をし、ルキロスの様子もさりげなく伝えていた。ヒルダとルキロスは、王都を離れて以来、一度も顔をあわせていないそうだ。

「そう。……ついに、この時が来たのね」

ベッドの横の小さな窓で、窓布がふわふわと揺れている。

今日の午後の陽射しは、やや強い。

ヒルダはベッドの上で身体を起こしていて、多少体調がよさそうだった。

ベッドの横の揺り籠《かご》では、ロランドがよく眠っている。

生まれたばかりの頃よりも、少しだけ眠る時間が長くなった、とヒルダが言っていた。

時折訪ねるだけのセシリアにも、それは伝わる。

「ルキロス様によれば、新王の即位から十日間は、慣例で裁判所が閉まるそうです。マルギット様のことですから、でっち上げ裁判で報復を行うことが予想されるので、その裁判の行われぬ十日の間に、交渉を進めるとのことでした」

「……それで済めばいいけれど」

ふぅ、とヒルダが吐息を漏《も》らす。

「そうですね。済めば万々歳です」

順調に進むわけがない、とは思っている。

ここで受ける被害をどれだけ少なくできるかが、この国の課題だ。

「……ドロテア様に、あわせる顔がないわ」

ヒルダが、窓の外を見ながら呟いた。その儚さが、セシリアを不安にさせる。

「死者は、生者を責めたりはしません。考えすぎです」

「私、本当にドロテア様が好きだったの。研究所ではじめてお会いして、親しくお話をした時――運命が変わったような気がした。あの方といると、今まで見えてなかったものが見えて……世界がキラキラ輝いたの」

　ヒルダの菫《すみれ》色の瞳が、遠くを見ている。

　窓の外より、ずっと向こう。きっと、過去の思い出を。

「ドロテア様の志《こころざし》を、継いでこられたでしょう？　ご自身を責めることはありませんよ」

　セシリアが励ますと、ヒルダは柔らかく笑んだ。

「そう。できなかったことを、すべてして差し上げたかった。上手くはいかなかったけれど。でも、ロランド様とのお子が欲しかった――という願いだけは、叶えて差し上げられたわ。それだけはよかったと思ってる」

　ヒルダは、セシリアの素性を知っている。トラヴィア公に関する噂《うわさ》も、把握していたはずだ。そんな相手と子をなそうという神経が知れない。しかも、自分が慕う王妃の願いを叶えるためだった――というのも、輪をかけて常軌を逸している。だが、感想を顔には出さなかった。

「……ドロテア様は、どのようなお方だったのですか？」

「聖王妃なんて言われてたけど、なにもおしとやかな方じゃなかったの。癇癪《かんしゃく》もすごくて、人の話を全然聞かない人だった。紅茶がぬるいと不機嫌になって、カップまで壊してしまうの。困った人だったわ。でも、無茶を言われたら聞いて差し上げたくなる。……似ているわね、マルギットと」

　この時セシリアは、自分とヒルダを重ねた。

そうして、ドロテアとマルギットも、重ねていた。

有能で孤独な、混成一世。そして、若く魅力的な、王族の女性。

似ている。抱いた感情の種類まで。

――そして、きっとタリサも同じだ。

「タリサ様も……同じ気持ちだったのでしょうか」

美しい王女に魅了され、崇拝《すうはい》し、その頼みを受け入れて、死んでいった。

自分も、ヒルダも、タリサも、よく似ている、と思う。

「タリサが、あそこまでやるとは思ってなかったわ。マルギットに頼まれたからって、陛下に毒を盛るなんて……」

祝祭の日、マルギットは父親に毒を盛ろうとした――とウイルズ王は言っていた。

ヒルダの口からも同じ事実が語られたのならば、信憑性《しんぴょう》は増す。

「冤罪だと思っていました。……ずっと」

「そうね。私も、この目で見たのでなければ信じなかったと思う。……見誤ったのよ。もっと早くに、二人を引き離すべきだった」

セシリアの目線も、窓の外に向かっていた。

引き離すべきだった――とヒルダは言うが、それは難しかったのではないかと思う。

自分もマルギットといる間、誰の忠告も聞き流していたので、よくわかる。キラキラと輝く未来は、とても魅力的だったのだ。

「……ドロテア様の願いは、もうすぐ叶いますね。あと一歩です」

「ええ。でも、まだ他にもう一つ残ってる。一番の難題よ」

「難題……ですか？」

王家から竜を御す力を奪うよりも難しいことなど、あるのだろうか。

セシリアは首を傾げた。

「マルギットを、幸せにしてあげて──って」

聞いた途端に、無理だ、と思った。

絶対に、誰一人として、そんなことはできないだろう。

「難題というか……不可能です」

セシリアが言うと、ヒルダは笑った。

「マルギットには、他国の王子と結婚してもらいたかった。相手も私が見繕《みつくろ》っていたのよ？　もちろん、ダビド王子みたいに素行の悪い人じゃない、まっとうな若者をね。──でも、あの子の幸せは、玉座の上にしかなかったの」

ドロテアの望みは、マルギットを女王にしないこと。

マルギットの望みは、自身が女王になること。

希望が、重なることはない。永遠に。

「聖王妃の娘としての、使命だと信じておられました」

「もっと、話すべきだった。諫《いさ》めるべきだった。あんなに近くにいたのに、私はマルギットになにもしてあげられなかった。……後悔してる。父に毒を盛らせ、五千人もの自国の民を殺すような子になったのは、私の力が足りなかったからよ」

ヒルダが、浮かんだ涙をそっと拭《ぬぐ》う。

「まさか。マルギット様の行いは、マルギット様の責任です」

セシリアは、やや冷ややかにそう言った。

「――それが、最後の仕事だと思ってる」

セシリアは「よしてください」と眉を寄せた。

「最後だなんて、縁起でもない」

「……一つ、貴女にお願いがあるの」

ずっと窓の外を見ていた菫色の瞳が、こちらを見た。

静かで、それでいて雄弁な瞳。

「遺言でしたら、聞きませんよ」

嫌な予感がして、セシリアは手ぶりで拒絶する。

「私が死んだら、この子をお願い」

王族というものの勝手さは、例外がないらしい。

セシリアは、拒絶の手ぶりを繰り返した。

「私とて、明日の命も危うい身です。お約束などできません」

「あら、貴女には生き延びてもらわなくちゃ困るわ。ガラシェ家の、クレウ様にはお願いしたの。ロランドは、社領で育てたい。……貴女を見ればわかるわ。彼らはとても善良な方たちよ。貴女のように育ってほしいの」

養母ならば受け入れるだろう。そういう人だ。

セシリアは、揺り籠で眠るロランドを見つめた。

「……この子の母親は、貴女です」

「私は、たくさんの罪を犯したもの。人生を捧げた学問さえ裏切ってしまって――」

「それは違います。顕性係数の改竄は、ヒルダ様が行ったわけではないのですから」

「いいえ。私は知っていて黙っていた。同じことよ。死に値《あたい》する。今の心残りは、娘の――マルギットのことだけよ。私は諫めるべきだったの。命を捨ててでも、あの子を諫めるべきだった。届かぬとわかっていても、もっと言葉を尽くさねばならなかったのよ。ただただ、悔いているわ」

この言葉は、きっとヒルダの遺言なのだろう。

受け入れるよりも、ドロテアへの崇拝に殉《じゅん》じようとする人を止めるのが先だ。

「先ほどから、ドロテア様、ドロテア様と、そればかりではありませんか。ヒルダ様ご自身の願いはどうなのですか？　なにか――なにか、あるはずです」

「ないわ。私は、空っぽなの」

「いいえ、空っぽなままで人は生きられません。ヒルダ様ご自身の、望みです。もっと、自分のために……自分の人生を生きてください！」

セシリアの言葉に、ヒルダの菫色の瞳が虚空をさまよう。

「……あぁ、一つだけあったわ。ルキロスに……謝りたい。私は、あの子の人生を奪ってしまったから。……最初は、私だけの選択だったのよ。ドロテア様のためなら、あの男に愛されるのにも耐えられた。――でも、生まれた子供は、一人の人間だったの。彼には彼の人生があった。私が愚かだったわ……本当に、愚かだった。せめて竜御の儀だけは、命と引き換えにしてでも止めるべきだったのに――」

窓布が、静かに揺れている。

また、ヒルダの瞳はそちらに移った。

その目は、きっと過去の過ちを見ている。

少しでもいい。未来の風景を見せたい。そう思った。

「……落ち着きましたら、ガラシェ社領においでください。ルキロス様も、ロランド様も、ご一緒に」

「いいわね。……あぁ、私、子供と旅をするのが夢だったの。思い出したわ」

「ガラシェ社領の森は、美しいですよ。風が涼しいのです。まずはお茶をしましょう。義《は》母《は》と私の作るお菓子は、本当においしいんですよ」

やはり窓の外を見たまま、ヒルダは「そうね」と言った。

セシリアは「見届ける、という償い方もあるように思います」と言った。

ヒルダは、視線を動かさず「そうね」と言っただけだった。

第八幕　聖女王の颶風

王女マルギットの反逆罪が、証拠不十分のため無罪と決した。再審議の判決が出たのは、神暦九九六年八月十五日であった。

自動的に、セシリアもすべての罪状から解放された。

タリサの名誉も、事実はどうあれ回復している。付随《ふずい》して、当日に殺された騎士の娘たちも罪を許された。すでに野に撒《ま》かれた灰は戻らないが、遺品は親元へと送られたそうだ。カリナの遺品も、テンターク社領に送られたことだろう。

すでに亡《な》いトラヴィア公の罪も、許された。そのためテオドルは爵位を継ぎ、トラヴィア公となっている。

南砦《とりで》で待機していたマルギットは、決定の翌日に王都入りを果たした。

ラグダ王国をはじめとした連合軍は、二万に迫る数に膨れ上がっている。王都入りは一部だけであったが、十分に華々しい凱旋《がいせん》だった。

聖王妃の娘が、竜殺しの英雄として帰ってきた。

王都は大いに湧いた——と聞いている。

民は、内乱に飽いていた。ウイルズ王の、七社家に対する宣戦布告以降、街道のほとんどが機能していない。さらに王の僕《しもべ》の暴走によって、大陸との貿易を司《つかさど》る西街道まで閉ざされた。物流が滞《とどこお》り、経済にも大きな打撃を受けている。王領軍の多くは王都出身者で構成されていたため、人的被害も甚大《じんだい》だ。この内乱で、王都の民が被《こうむ》った害は大きい。

そこに竜殺しの英雄が、王太子となるべく戻ってきたのだ。

王女は、民を愛した聖王妃の娘である。内乱は終わる。平和が戻ってくる。秩序が戻る。

――と人々は期待したはずだ。

熱狂の中の凱旋。それは夢にまで見た、素晴らしい一幕であったろう。しかしセシリアは、それを七社家会議の場で耳にしただけだった。

「いよいよ、女王マルギット一世が誕生するのね……」

馬車の閉ざされた窓の方を見ながら、セシリアは呟《つぶや》いた。

マルギットは、ついに念願の女王位を手に入れる。軀《むくろ》の山を踏み越えて。

「多少、気の毒になるよ」

思いがけない言葉を聞いて、セシリアは向かいの席のアルヴィンをまじまじと見た。

スィレン種への見方が変化し過ぎて、マルギットにまで同情しだしたのだろうか。

「そんなこと、アルヴィンが言うと思ってなかった。……どういう心境の変化？」

「父親に毒を盛って、何千人も殺して、やっと手に入れる王座だっていうのに。出した要求が俺たちの首だなんて、いっそ哀れだ。父親もだけど、私怨で判断を誤ってる」

——二人は、王都に向かう馬車に乗っている。囚人として。

アルヴィン・ガラシェとセシリア・ガラシェの身柄を王都に送るよう、とマルギットからの要請があったのは、彼女が南砦に到着した直後だった。

七社家会議では、当然のように断った。馬鹿《ばか》馬鹿しい。一考の余地さえない、と。

しかし、王都凱旋後に、改めて届いた書状が読み上げられると、広間はどよめきに包まれた。

王女に対する反逆罪。具体的には墨岩《すみいわ》砦における命令違反と脱走の罪。

トラヴィア・ウリマ両公領において、悪竜を我欲のために用い、暴走させた罪。

さらに、先日のウイルズ王との謁見《えっけん》の際、暗殺を目論《もくろ》んだ罪、とまで書状には記されていたのである。

七社家の面々も開いた口がふさがらない様子であった。ガラシェ家のクレウは「あの王女は、どこまで我らを愚弄《ぐろう》するの！」と拳《こぶし》で机を叩いたほどだ。机は二つに割れていた。

暴論である。王女の正気を疑う者も、少なからずいた。

セシリアも、その書状が読み上げられた直後は呆然《ぼうぜん》とするしかなかった。

驚き、呆《あき》れ、ひとしきり悲しみと怒りを経《へ》てから、恐れた。

ウイルズ王との謁見の時に感じた、王都の人々の凍《い》てついた恐怖を思い出す。

聖王妃の娘たるマルギットが、王の僕暴走の罪をセシリアになすりつければ、王都の民はそれを信じるだろう。今、彼女は英雄なのだ。

――王都へ参ります。

会議の場で、セシリアは自らそう申し出た。

――大社預かりにしていただければ、身の安全は守れるかと。

――即位から十日後には、裁判所が再開します。それまでに退位が成らなかったとしても、その場できちんと無実を訴えるつもりです。

――このまま七社家が王都の敵となるのが、一番恐ろしく思われますから。

七社家は、国中の汎種《はんしゅ》にとって遠い存在だ。未知の部分が多い。だからこそ、強い嫌悪を持たれれば、回復する機は遠くなる。

セシリアの訴えに対し、反対意見もあった。危険だ、殺される、と。もっと踏み込んで、タリサ・ヴァルクの二の舞になる、と言った者もいた。

それでも、最後は全員が認めている。

――俺も、共に行きます。

アルヴィンが、そう言ったからだ。

かくして、二人は馬車で王都に向かっている。

表向きは囚人であるため、窓は開けぬよう言われていた。

眺めるものもなく、二人はひたすら馬車に揺られている。

「王女は、悪行の罪を被せる形代《かたしろ》が欲しいのよ。なにも私怨だけが理由じゃない」

「どっちだって同じだよ。……王になど、なっていい人じゃない。一日も早く、テオドル様に即位してもらいたい」

　これも、セシリアには思いがけない言葉だった。

　アルヴィンの石榴《ざくろ》石の瞳を、まじまじと見つめてしまう。

「……アルヴィンは、兄上を嫌ってないのね」

「嫌う理由はないよ。まともな人だ。――ルキロス様も、ずいぶんまともだよ」

　アルヴィンは、小さく肩をすくめた。

　テオドルは、王の僕に蹂躙《じゅうりん》された自身の領地だけでなく、公子を失ったウリマ公領の援助も行っている。後継者を失ったウリマ公は、失意のあまり倒れてしまったそうだ。

　実際にトラヴィア公領で指揮を執っているのは、父親の代からの腹心たちで、テオドル本人は、黒鳶《くろとび》城で議会と折衝《せっしょう》を続けているそうだ。

　ルキロスは朝霧《あさぎり》城に移動し、七社家会議に加わっている。国の中枢《ちゅうすう》に明るい彼の意見には、七社家も重きを置いていた。マルギット退位後の世を見据え、すでに他国の亡竜《ぼうりゅう》葬送に関する意見交換もはじめている。

「よかった。……なんだか嬉《うれ》しい」

「これからの世に必要な人たちだと思ってるよ。でも、彼らに積極的に関わるつもりはない。セシリアも、できればそうした方がいい。――余計なお世話だと思うけれど」

　王都で出世し、世を変えていくのがセシリアの夢だった。

　だが、それは何者でもない誰かであったから持ち得たものだ。今は違う。

竜を御す王の消えた国で、稀《まれ》なる特性を発現させた王族の庶子《しょし》。

ウイルズ王が、いかにしてこの稀なる力を否定し、なかったもののように扱ったか。その執念の一端を、セシリアも鍛刃院《たんじんいん》の書庫で見ている。資料を黒塗りにし、弟の結婚相手の顕性《けんせい》係数を偽造させ、最後は罪を着せて殺した。あの怨念《おんねん》を、再燃させてはいけない。

「うぅん、わかるわ。この力も、なるべく使わない方がいいと思うし」

王族と七社家には、距離があって然《しか》るべきなのだ。

たとえ新たな関係を築くとしても、必要以上に関わるべきではない。十分に理解できる意見だ。正しく敬い、正しく距離を取るのが最善だろう。

「持たぬ者には、持てる者が眩《まばゆ》く見えるのだろうね。……グレゴール一世だって、古き血を呪った。五百年も続いてるんだから、相当な怨念だよ」

セシリアにも、竜を浴びた騎士が眩く見えた時期がある。

しかし、アルヴィンを殺そうとも、呪おうとも思わなかった。黒鳶城でならアルヴィンに勝てるかもしれない――と思った自分を恥じたくらいだ。

眩さを感じることと、呪うことは、まったく別である。

「だからって、いつまでもそんな呪いにつきあってられない。迷惑よ」

「そうだね。ただ……相手はあの王女だ」

呪いの破棄には、多くの困難が伴うであろうと誰しもが覚悟している。

妥協《だきょう》も必要だろう。高度な政治的駆け引きに、強引さを伴う場合もあるかもしれない。

それでも不首尾に終わる可能性は、決して低くはないのだ。

「でも、呪いが消えたらもう誰も聖域に入らずに済むんでしょう？　それなら、粘るだけ粘らないと。絶対に諦《あきら》めたくない」

「セシリア、その話だけど――」

「わかってる。ぬか喜びもさせたくないのよね？……全部終わったら、教えて。それでいいわ。私はまだ、騎士の世をきちんと知らないままだもの。この紅玉が、なにかできてるかも知らないし」

セシリアは、指で紅玉のネックレスに触れた。

その手を、アルヴィンの方に伸ばす。アルヴィンはセシリアの手をぎゅっと握った。

「うん。……あとで、必ず話すよ。約束する。もうすぐだ。……今後、君を背に乗せる機会がないことを祈るよ」

新たな未来が、迫っている。

王都へ向かうこの道を、戻る時には世は大きく変わっているだろう。

呪いのない世がくる。共白髪まで、アルヴィンと共に生きられる世が。

（もう少し。……あと少し）

明るい未来に向かう高揚がある。しかし言い知れぬ恐怖もまた、セシリアの中に渦巻いていた。相手は、あのマルギットだ。ウイルズ王の言葉が、頭に響く。

――颶風《ぐふう》が吹き荒れるぞ。

どうか、これ以上の血が流れずに済みますよう。

彼の人が即位し、その座を去るまでの間、ただの一人の命も奪われずに済みますよう。

だが、祈るだけでは誰も守れはしない。

「背に乗らずに済むならそうしたいけど……必要な時が来たら、決して迷わない。力を貸してね、アルヴィン」

「わかってる。それが、俺たちがここにいる意味だ」

二人は互いにうなずきあい、繋《つな》いでいた手にしっかりと力をこめたのだった。


その日の宿泊は、ティトー公領の半ばにある、街道沿いの宿場町だ。

護衛とアルヴィンが同部屋で、セシリアはヴェントトール社領の女性騎士と同部屋になった。名はロージャという。彼女は気さくな性質《たち》で、宿では様々な話をする。

ワインを飲みつつ過ごすひと時が、気の重い旅の秘かな楽しみだった。

ヴェントトール家の傍流の出身で、ソーレン公領での混成種の孤児の保護も、何度か行っているそうだ。セシリアも興味を持っているので、自然と話題はそちらに向かう。

「混成種しかいない孤児院は、新緑院《しんりょくいん》一つきりしかないですが、あちこちの孤児院に混成種自体はいるんですよ。混成種でも、半分くらいは顕性係数の低い汎種ですから。魔術の訓練もしませんし、孤児院を出たあとは、付近の村や町で暮らしています。ごく普通に」

「……ギヨム・スィレン種を見たことはあります？　私、一度も会ったことがないんです」

セシリアがそう問うたのは、ロージャがワインを何杯か空けてからだ。ヒルダの話では、ギヨム・スィレン種は、父親がギヨム種で、母親がスィレン種の混成種である。あるいは、例がないらしい。それでも、ソーレン公領という特殊な土地ならば、あると思ったのだ。

あはは、とロージャは声を上げて笑う。

「いるわけないじゃないですか。スィレン種の娘が、強い子を産めるはずがありませんもの。好んでそんな相手を選ぶのは、よほどの変わり者ですよ」

騎士は、強い者に惹《ひ》かれるものだ。

美醜《びしゅう》は二の次。強さへの敬意は、恋愛の第一条件といっていい。

「あぁ……そうですよね。スィレン種は、身体《からだ》が弱いから」

「逆だって同じです。騎士を見て育ったギヨム種が、自分より弱いスィレン種の男に惚《ほ》れる理由なんてありませんもの」

セシリアは、きょとんとして、持っていた木杯をテーブルに置いた。

正式に存在は認められずとも、スィレン・ギヨム種自体はこの世に存在していた。

新緑院にも、鍛刃院にもいた。現に、自分がここにいる。

「でも、実際は多い……ですよね？　スィレン・ギヨム種は」

「まぁ、特性の出ない汎種同士なら、そういうこともあるかもしれませんけど。でも、顕性係数が高いなら話は別ですよ。――あぁ、いけない。セシリア様の父君も、顕性係数の高い魔道士でしたね。忘れてください」

ロージャは、手ぶりでこの話を流そうとした。

まずいことを口にしてしまった、と思っているのだろう。明るい橙色《だいだい》の瞳が泳いでいる。

「顕性係数が高いと……なにが違うんですか？」

セシリアは、ロージャの木杯にワインをなみなみと注いだ。

ロージャは、この話を続けたくないのだ。そして、だからこそセシリアは聞きたい。

「ご容赦《ようしゃ》を。嫌な話になりますよ？」

「構いません。知らぬまま生きるのが、幸せだとは思えないのです」

セシリアが「お願いします」と頼むと、ロージャは木杯を空けてから口を開いた。

「つまり……スィレン種は魔力が使える。ギヨム種は魔力に弱い。……スィレン種の男性は手に職を持っていて豊かで、ギヨム種の女性は力で男性に負けて困窮《こんきゅう》する者が多い。住み込みでスィレン種に雇われるギヨム種も多いんです。結果として……スィレン・ギヨム種はいるけれど、ギヨム・スィレン種はほぼいない。……そういうことです」

それが、ロージャが口にできる精一杯であったようだ。

スィレン種は豊かで、ギヨム種は貧しい。

スィレン種は、ギヨム種を魔術で操り得る。

スィレン種の男性と、ギヨム種の女性の間には多くの子供が生まれてきた。

（……まさか）

セシリアは、自分の想像のおぞましさに青ざめる。

ヒルダの母親が、まさに住み込みでスィレン種の男性に雇われた、ギヨム種の女性であったはずだ。

その関係と、妊娠、出産は、ギヨム種の女性が本当に望んだものだったのだろうか？

――実母の軀《むくろ》が、頭の中にパッと浮かんだ。

我が子を孤児院に預け、母は身投げをして死んでいる。

（母上も……？　母上も、望まぬ関係を強《し》いられて……私を産んだの？）

前トラヴィア公の混成種の庶子は、セシリアやタリサだけでない。他にも複数いたはずだ。前トラヴィア公は、スィレン種の魔道士が引き上げてしまった社領で、聖域の結界を修復して回った人だ。

社領にとっては恩人で、だからこそ関係は対等ではなかったのかもしれない。あたかも雇用主と使用人のように。

「ごめんなさい、言わせてしまって」

「セシリア様。実の親から受け継ぐものなんて、顕性係数くらいのものですよ。こうして立派な騎士に育ったんですから、セシリア様はなにを恥じる必要も――あら？」

話の最中に、コンコン、と部屋の扉が鳴った。

返事をする前に、扉が開く。

「セシリア。私だ。……すまない、急に」

入ってきたのは、黒鳶城で奔走《ほんそう》しているはずのテオドルだった。

黒いフードを目深《まぶか》に被った姿は、まるで黒鳶城の魔道士である。

「兄上！　どうなさったのです、こんなところまで……」

この宿場町は、ティトー公領の中央あたりに存在する。王都からでは二日かかる距離だ。なにか重大な報《しら》せでもあるのか、とセシリアは身構えた。

ぱさり、とフードが上げられる。

父親と、よく似た顔。セシリアは、顔を見た途端に小さな不快感を覚えていた。先ほどの会話のせいだ。感情が、ひどく乱れている。

「使いを送るつもりだったんだが、どうしても直接話したくて、来てしまった」

ロージャが「私は隣の部屋にいます」と言って、部屋を出ていった。

「よろしければ、どうぞ。……なにか、作戦に変更でも？」

セシリアが、ワインを勧めると、ありがたい、とテオドルは笑顔で木杯を受け取った。顔色がひどく悪く見えるのは、宿の灯《あか》りの弱さばかりが理由ではないようだ。

「マルギット様が、君たちの処刑を求めている」

やはりそうか、というのが率直な感想だ。

身柄の引き渡しだけで、マルギットが納得するわけがない。

「覚悟の上です。裁判の場で、きちんと身の潔白を訴えるつもりですから」

「あぁ、もちろん、処刑などさせはしないよ。父上の二の舞になどさせてたまるか。裁判には、青孔雀城《あおくじゃくじょう》からも応援を呼ぶ。王の僕が暴走した時、私の妹がいかに勇敢だったか、証言させよう」

心強い言葉ではある。しかし、往復四日もかけて伝えるべき内容とも思えない。

テオドルの表情には、濃い陰《かげ》が見える。

（なにか、予定外のことが起きたの？　周囲の人に相談できないようなこと？）

テオドルの腹心は、トラヴィア公領の復興で忙しい。今、彼の身近にいるのは、議会に席を持つ王族や貴族のはずだ。彼らへの相談で事足りないとなると、七社家に関する内容だろうか。

重いため息をついてから、テオドルはワインを一気に呷《あお》った。

「王女との交渉が難航している……のですか？」

テオドルが「それが……」と言い淀《よど》んだ。

やはり、マルギットとの交渉で問題が生じているらしい。

「……私の立太子を認めない、とおっしゃるのだ。王太子ではなく、王配になれと……」

セシリアは「え？」と驚きを声に出していた。

マルギットとテオドルは、婚約者候補と目されていたこともある。スィレン種の世において、いとこ婚は珍しくはないのだ。

「まさか」

ただ、この時セシリアはひどく驚いた。

マルギットには、夫がいる。

「本当なんだ。まだ、手紙をいただいただけだが、たしかにそう書かれていた。まだ、ダビド殿下と離縁はされていないんだね？」

彼女は、今年の三月に、ラグダ王国のダビド王子と結婚している。

問題が起きて、距離こそ置いてはいるが、離縁という話は聞かない。

「はい。そうでもなければ、ラグダ王国は一万もの兵を出していないでしょう」

「そ、それも道理だな……たしかに、そうだ」

テオドルは、安堵《あんど》したように表情を緩めた。

この程度の安堵を、黒鳶城では得られなかったらしい。その孤独が気の毒に思えてきた。

「四方に対して無礼な話です。応じてはなりません」

セシリアが木杯にワインを注ぐと、すぐにテオドルは杯を呷った。

「もちろん、応じはしないよ。だが……私を王配にして七社家の機嫌を取り、マルギット様を女王位に留まらせたい、と考える者も黒鳶城にはいるんだ。彼らが、しきりと結婚を勧めてくる。毎日ご機嫌うかがいをしろと言うし……なにやらお膳立てを企《たくら》む者もいる。恐ろしいよ。似合いの二人だの、運命で結ばれた、だのと毎日聞かされるんだ。マルギット様にはご夫君がおられるというのに、恥知らずにも程がある。……これが大ガリアテ島一の大国のやることだとは、情けなさで涙が出るよ」

無茶な飲み方をしたせいか、酔いが回っているのだろう。テオドルは、のろのろとした動作で「これを見てくれ」と言って懐《ふところ》から手紙を出した。

手紙は、三通。

セシリアは「失礼します」と断ってから、渡された順に読みはじめた。その字には、見覚えがある。癖の強い、縦に長い字だ。

そこには『舞踏会では、どうぞ右手を空けていらしてください』とある。

「マルギット様の字……ですね」

「最初に届いたのは、加冠の儀の前だ。私が他国にいた婚約者を亡くした直後で、驚いたのを覚えている。――それから、これは今年の春。そして、これが四日前だ」

いずれも、書かれているのは同じ文言だ。

舞踏会で右手を空ける、というのは、好意の告白である。

婚約者候補の、最有力候補に送る言葉だ。マルギットは、テオドルに対し三度も婚約の打診をしていたらしい。

「加冠の儀の前……？　木の葉が色づく話をしていますね。――ダビド王子との縁談を進めていらしていた時期と重なるのでは……それに……この、もう一通が今年の春に届いたというのは、どういうことでしょう？　桜が咲いたと書いてあります。今年の三月――？婚儀の前後ではありませんか」

ダビドを選んだのは、マルギット自身だ。

顕性係数を調べさせ、婚約者候補を絞り、実際に会ってまで決めた相手である。

婚儀の準備も、楽しそうに行っていた。夫婦仲は不幸な方向に転がったが、原因はダビドの方にあった。マルギットは、健気に夫を慕う様子を見せていたように思う。

「私は、あの人が怖いんだよ、セシリア」

「そんな……では、王女はダビド様との縁談や婚儀を進めながら、兄上に婚約を持ちかけていたということですか？」

呆れを通り越して、うすら寒ささえ感じる。

セシリアは「信じられない……」と呟いていた。

「あぁ、まったく信じられないよ。……これが愛ゆえならば、まだわかる。でも――そうじゃない。私はマルギット様とは、ろくに話したこともなかったのだから。目的は、私の顕性係数だ。マルギット様は、竜を御す子が欲しいだけなんだよ」

テオドルは、手紙をしまってから、セシリアの手をぎゅっと握った。

緑の瞳は濡《ぬ》れていて、ワインを立て続けに飲んだあとだが、顔は青ざめている。

「兄上は、お断りになったのですね？」

「当然だよ。『生憎《あいにく》と左手しか空いておりません』と、きちんとお断りした。……もしかしたら……こうも考えられないか？　マルギット様は最初から離縁のしやすい相手を選んだのではないのかと。ダビド殿下は、火蕾《からい》を吸われるんだろう？」

「それは……そこまでは、さすがに。知らずにおられたのだと……思います」

なにもマルギットを擁護《ようご》するつもりはなかったが、セシリアはとっさにそう答えていた。

とはいえ、確証はない。セシリアが聞いた話は、すべてマルギットの口から発せられたもので、疑おうと思えばいくらでも疑える。

「本当に？　わかりやすい瑕疵《かし》があった方が……あの王子が毒を盛ったとかいう騒ぎだって……いや、よそう、こんな話は。いっそ自分の顕性係数をお知らせしたいくらいだ。そうすれば、あの恐ろしい方と毎日の散歩などさせられずに済む。――だが、駄目なんだ。私の顕性係数を知ったら、マルギット様はご自身の価値に気づいてしまう。呪いの破棄に、とてつもない代価を求められるだろう。気づかれてはいけない。――あぁ、でも、恐ろしいんだよ」

マルギットは、一度これと決めたものを覆《くつがえ》すのが嫌いだ。

女王になる、という目的に向けても、一心不乱に進んできた。

もし最初からマルギットの目的が、テオドルを夫とし、我が子に王位を継がせることであったなら？　それ以外がすべて枝葉だとすれば？

不思議なほどに、道はまっすぐに続いている。

（あぁ、なにもかも嘘《うそ》だったのね……）

ダビド王子でなければ駄目だの、子供は要らぬだのと、嘘の塊《かたまり》を鵜呑《うの》みにしていた自分が恥ずかしい。ダビドの悪癖を伝えずにいた負い目を感じていたことさえ、実に馬鹿馬鹿しく思えてきた。

酔いが回ったのか、テオドルは「マルギット様が怖い」と卓に突っ伏し、泣き出した。

セシリアは、その背をそっと撫《な》でる。

——庶子の娘が、正妻の子を慰《なぐさ》めている。

なんと醜悪な図だろう。そう思った瞬間に、背を撫でる手は止まっていた。

（いけない。兄上に罪があるわけでもないのに）

父と息子とは、別の人間だ。父親の犯したかもしれない——確証さえない罪を理由に嫌悪するのは、理不尽に過ぎる。

しかし、純粋なだけであった異母兄への敬意は、もう取り戻せない。

「顕性係数の件は、明かしてはなりません。兄上には、未来があるのですから。墓まで持っていっていただかねば」

「あぁ……そうだ、そのとおりだよ、セシリア」

「別の手を打ちましょう。ガスパル王太子は話のわかるお方です。亡竜の征討に積極的ですから、今後も縁は続くでしょう。ガスパル王太子に——いえ、側近のニコロに連絡をなさってください。私の名を出してくだされば、話の通りは早いはずです。彼に、手紙の件を伝えてください」

ラグダ王国は、商人の国だ。信を重んじる。

初夜の蛮行《ばんこう》に、毒の林檎《りんご》酒事件が続き、負い目を感じていたラグダ王国は多くの兵をマルギットに貸している。だが、先ほどの手紙を見れば態度も変わるだろう。ダビド王子との婚儀直前に、母国の従弟《いとこ》に将来の話をしているのだ。信もなにも、あったものではない。

兵を引き上げる、とまではいかずとも、亀裂は生じる。

即位式の前のゴタゴタを、マルギットは嫌うだろう。少なくとも、テオドルとの結婚の話だけは棚上げにできる。

テオドルが「そうしよう」と言って顔を上げた。

酔いが回ったように見えるが、やはり顔色は悪い。酒で青ざめる体質なのかもしれない。

「よかった、セシリアに相談できて。心が楽になったよ」

「お力になれてなによりです」

セシリアも、笑顔でうなずいた。

テオドルが手酌《てじゃく》でワインを注ぎだしたので「兄上、そろそろ……」とやんわりと止める。だが、テオドルの耳には届いていなかったようだ。また、ぐいと呷る。

「セシリア。これからも私を助けてほしい。この世に、味方が一人もいないような気がするんだ。私が、このルトゥエル王国ではじめての竜を御せぬ王になる。竜を御せぬのなら、他の誰でもいいんだ。私でなくともいい。我々がこれからマルギット様を放逐《ほうちく》するように、私の首もすぐに挿《す》げ替えられるかもしれない。ルキロス様は、七社家の信を得ているのだろう？　私でなくていいなら、ルキロス様でもいいはずだ」

テオドルは、自身が竜を御せぬことを公表していない。生涯伏せるだろう。

しかし、ルキロスは竜御《りゅうぎょ》の儀に失敗したことで、竜を御せぬと暴かれてしまった。

話は違うのではないか、と思ったが、酔った人間相手に説く気にもなれない。

さらにもう一杯ワインを飲んでから、テオドルはセシリアの身体をいきなり抱きしめてきた。

「あ、兄上……？」

「怖いよ。……これが孤独なのだと実感している」

玉座の上は、たとえようもなく孤独だ。

ウイルズ王の言葉の呪いは、じわじわとテオドルを蝕《むしば》んでいるらしい。

「お気を強くお持ちください、兄上。兄上は、この国に必要な方です」

「私は、弱い男だ。セシリア、助けてくれ。君がいなければ、私はただの男だ。竜も御せない。……なぜ、父上は、私からなにもかもを奪われたのか……」

テオドルの身の上を、気の毒には思う。持てるはずのものを、親の都合で持ち得なかった。選択の余地さえなく押しつけられた運命を背負うつらさは、理解できる。

だが、拭《ぬぐ》えない思いがあった。

――それを庶子の私に言うのか、と。

父は、母を見捨て、セシリアを見捨てた。

父と母の関係に、愛があったかどうかもわからない。ただの暴力である可能性も否定できないのだ。救いの手さえなかった。セシリアの母が絶望に苛《さいな》まれている間、テオドルは美しい青孔雀城で、なに不自由なく暮らしていたのだ。父に嫡子《ちやくし》と認められて。

嫡子と庶子。テオドルとセシリアの間には、大きな溝がある。

テオドルとて、セシリアの竜の声を聞く特性に気づかなければ、異母妹の存在を無視していたはずだ。父親と同様に。そんな人が、今、助けてくれ、と縋ってくる。

セシリアはどうしても、その手を受け入れられなかった。

「兄上……苦しいです」

腕の力が「すまない」という謝罪と同時に緩み、するりとセシリアは身体を離した。

テオドルの緑の瞳が、セシリアをまっすぐ見つめている。

「傍《そば》にいてくれ、セシリア。私を見捨てないでほしい」

──傍にいて。裏切ったら許さない。

マルギットの声が、頭の中で聞こえた。

「兄上、私は七社家に属する者として──」

「黒鳶城で一緒に暮らそう。私たちは、父親を同じくする兄妹だろう？　心配は要らない。結婚相手も、然るべき筋から迎えるよ」

──新しい縁談なら、私が用意するわ。貴女《あなた》には、こちら側にいてほしいの。

テオドルの言葉は、マルギットとそっくりだ。

（首枷《かせ》だ）

父親の稀有《けう》な特性を継ぐ、庶子の、混成種。異母妹の存在は、テオドルにとっては軽かったのだろうか。餌《えさ》を与えれば、懐くとでも思ったろうか。

セシリアは、スッと立ち上がり、

「兄上。セシリア・ガラシェは、騎士です」

腰に差す剣に触れ、そう告げた。

言いたいことは山ほどあったが、伝えられたのは一言だけ。

──私は、貴方《あなた》の駒《こま》にはならない。

拒絶は、正しく伝わったのだろう。

「あ……すまない、セシリア。……悪かった」

テオドルは、すぐに態度を改めた。

「兄上が、この混乱を収め、新たな秩序を築き得る方であると、七社家も、議会も、私も信じております」

セシリアは、胸に手を当て、頭を下げる。

テオドルは立ち上がり、その礼を受けてから、フードを被り直した。

「じゃあ……また王都で会おう。見送りはいいよ。申し訳ないが、囚人ということにさせてもらっているからね」

「はい。では、どうぞお気をつけて」

「交渉は、これから難航すると思う。気は進まないが、マルギット様にその座から退《しりぞ》いていただくには、卑怯《ひきょう》な手を使い、騙《だま》すような真似もするだろう。……覚悟だけはしておいてもらいたい」

「……わかりました」

では、とお互いに差し出した手で握手をする。

笑顔で別れ、扉が閉まった。

階段を下りる不規則な足音が、遠ざかる。

（……疲れた）

セシリアは、扉から離れて窓辺に寄った。テオドルは酔っていた。無事に馬車に乗るのを見届けようと思ったのだ。

その時、上から「終わった？」と声が聞こえた。

「……アルヴィン？　上にいるの？」

この建物は二階建てで、ここは二階だ。

その上といえば、屋根しかない。

「月が綺麗《きれい》だよ」

ふと幼い頃を思い出す。アルヴィンとセシリアは、よく白鷺《しらさぎ》城の部屋を抜け出して、夜の散策をしたものだ。

セシリアは、迷うことなく窓の外に出た。

屋根をつかんで身体を持ち上げれば、難なく屋根に上がれた。

アルヴィンは、こんなところでワインを飲んでいたらしい。木杯が、二つある。

セシリアはその横に座った。瓦《かわら》は、少しひんやりとしていた。

「テオドル様は、なんて？」

下を見れば、テオドルが護衛に支えられながら、馬車に乗り込んでいた。

「王配になれって、周りから迫られてるそうよ。ガスパル様を頼るよう、お伝えしておいた。それと……交渉が難航したら、王女を騙すこともあるだろうって」

馬車は動き出した途端に止まり、テオドルが中から飛び出す。

建物の陰で嘔吐《おうと》したらしく、またフラフラと馬車に戻っていった。

「気の毒になるな。……こちらも必死なら、相手も必死だ」

アルヴィンが、ワインを注いだ木杯をセシリアに手渡す。セシリアもアルヴィンの木杯に注ごうとしたが「まだ残ってる」と断られた。あまり飲んでいる風でもないので、この場はセシリアのために用意されたものであるらしい
酔ったアルヴィンは、手に負えない。可愛《かわい》い、綺麗だ、と訴えてこられても困るので、こちらとしてはありがたかった。

ワインを一口飲み、月を見上げる。たしかに、くっきりと美しい月だ。

幼い頃の夜の散策には、目的のある時とない時があった。

ない時は、散策自体が目的だった。稽古《けいこ》で思うように力が出せなかったとか、長い説教のあとだとか。アルヴィンの目に、今日のセシリアはそんな状態に見えたのだろう。

「変わらないのね、アルヴィンは」

「変わる理由がない」

「そうかもしれない」

こんな風に二人で過ごすのは、久しぶりだ。

テオドルの訪問で疲労に溺《おぼ》れそうだった心が、少しだけ軽くなる。

「愚痴《ぐち》なら聞くよ」

「今はよしておく。そのうち……もう少し、遠くなってからがいい」

「すぐにそうなる。もうすぐだ」

テオドルが即位するまでの間に、多くの事が起きるだろう。

きっと、マルギットが王都を去る日も、馬車の窓の外の風景のように過ぎ去っていく。

そのあとの世をどう生きるのか、セシリアにはまだ見えていない。すべきことはごく限られているのに、頭の中で像を結ぶ前に消えてしまう。

ただ、老いたアルヴィンの姿だけは見えている。

グレゴール一世の呪いは、間もなく破棄される——とセシリアは信じていた。

髪はすっかり白くなり、二人の髪色の差は消えているだろう。

白鷺城で、穏やかに暮らしているはずだ。時には、理由もなくこうして月を見上げる夜もあるように思う。

「そうね。もうすぐだわ」

二人は、しばらくそうして、月を眺めていた。

言葉もなく、寄り添いあいながら。

月はただ静かに、空に在《あ》った。

神暦九九六年八月二十五日。

セシリアとアルヴィンの乗った馬車は、王都に入った。

ここは、敵地だ。

セシリアはもう王都の賑わいに浮かれはしなかったし、窓布の向こうから漂う香辛料の香りに感激もしなかった。

強い自制が必要なかったのは、辺りがとても静かであったせいもある。内乱の痛手は、王都の賑わいさえ奪ってしまったらしい。

馬車はまっすぐ大社に向かい、到着すると白いローブを着た神官たちに、地下牢へと案内された。

大社を構成する煉瓦《れんが》は、すべてが白い。

小麦色や砂色、と場所によって多少の色が混じるが、それらもごく淡い。全体で見れば、白い建物、という印象に落ち着く。

魔術の効きが悪くなる環境だ。門を越えた辺りから、空気の冷たさを感じていた。

「申し訳ないが、耐えてくれ。そう長い期間にはならない」

そう言ったのは、地下牢で待っていた司祭長だ。他の神官たちと同じように、白いローブを着ている。

セシリアが王都にいた頃の司祭長はテンターク司祭の弟で、ジョンやカリナの叔父だった。今年の春に任期を終えて交代しているので、今の司祭長はガラシェ司祭の末弟で、アルヴィンの叔父である。

「ご心配なく。覚悟の上です」

アルヴィンはそう言って、躊躇《ためら》うことなく牢の中に入った。

地下特有の湿っぽさのある、一面だけが鉄格子《ごうし》になった牢《ろう》だ。明かり採りの窓は小さく、空気はひどく淀んでいた。

（大社の中に、こんな牢があったなんて、知らなかったわ）

大社は、天の神々に祈りを捧げる場所だ。三本の鐘楼《しょうろう》を持つ荘厳《そうごん》さを備え、祭壇のある天空の間は、誰しもの感嘆を誘うだけの美しさを誇る。多くの儀式が行われる清浄な印象があるだけに、地下牢の不気味さは際立って見えた。

「即位式は明日だ。その後は長くて、十日。耐えてくれ」

司祭長はそう言って、牢の鍵をかけた。

新王の即位後、裁判所は十日間にわたって門を閉ざす。この期間が終われば、マルギットが自身の権限を駆使し、粛清《しゅくせい》の嵐を吹き荒らす恐れがある。その前に交渉のすべてを終わらせる――という意味だ。

「あと十一日……祈って待つには長いわね」

アルヴィンの牢はセシリアの牢の右隣で、壁に隔《へだ》てられている。鉄格子に顔をつければ、なんとか姿が見える程度だ。

剣は没収されなかった。奪ったところで意味はないと司祭長もわかっているのだろう。彼も聖騎士だ。鉄格子も破れるのだから、そもそも牢自体の意味も薄い。

「五百年に比べたら、一瞬だ。――とはいえ、たしかに長いね」

アルヴィンは、ベッドに寝転がったらしい。声の位置でわかる。

こうして自分たちが地下牢にいる間に、議会や七社家は、黒鳶城で戦っているはずだ。

この十一日は、それぞれが、それぞれの場所で勝負の時を迎えている。牢で耐える十一日は長いが、それもマルギットの憎悪を引きつけるという重要な役割だ。

セシリアも、硬く小さなベッドに横になった。

「大社の地下に牢があるなんて知らなかったわ」

「ここは貴人専用だ。処刑場もある。――スィレン種が、スィレン種を殺すための場所だ」

なるほど、とセシリアは白い天井に向かって相槌《あいづち》を打った。

スィレン種は、大なり小なりの魔力を持っている。それを使って逃げ出せないよう、この白い煉瓦の牢を使うのかもしれない。

スィレン種の敵は、ギヨム種ばかりではない。スィレン種同士の殺しあいの歴史は、長いのだ。実に彼らしい場所だ、とセシリアは思った。

きっと、前トラヴィア公もこの場所で最期の時を迎えたのだろう。

「なんだか、怖くなってきた。……なにもできないけど、せめて結界を張っておくわ」

鉄格子の向こう側に、セシリアは練《れん》系の結界を編みはじめた。悪意のある者が通れば、反応だけはできる。白い煉瓦の建物特有の、気の伸びの悪さに苦戦しながら、セシリアは懸命に練系の結界を編み続ける。

——来客があったのは、その結界が編み上がった、夕過ぎのことだった。明かり採りの小さな窓が、いよいよ存在を薄くした時分である。

「セシリア様！」

結界に反応がなかったので、相手に敵意がないのは間違いない。

そうと確信できたのは、声を聞き、顔を見てからだ。鉄格子の向こうに姿を見せたのは、ラグダ王国のニコロだった。

ベッドに横になっていたセシリアは、驚いて飛び起き、鉄格子に近づく。

ニコロは十人程度の兵士を連れていて、彼らは牢の奥の方へと向かっていった。

「まぁ、ニコロ様！　どうして、ここへ……？」

ニコロは、アルヴィンにも「ご無事でなによりです」と伝えてから「牢の中では無事とも言い難いですが……」と困り顔になった。アルヴィンは「命があれば十分に無事です」と言っていた。

「諸々《もろもろ》、テオドル様からうかがっております。……我が国は、全面的にテオドル様を支持することに決しました。連合軍についてはご心配なく。根回しは済んでおりますから。事ここに至っては、他の道は選べません」

テオドルは、セシリアの助言に従ったようだ。

マルギットを廃す件について、ラグダ王国ばかりか連合軍も納得しているらしい。根回しまで済んでいたとは、驚きである。

それだけラグダ王国が機を見るに敏《びん》なのか、それほどマルギットの暴挙が度を越していたのかはわからない。どちらの要素も大きいように思われた。

「……申し訳ありませんでした。ご挨拶《あいさつ》さえできずに、黙って去ってしまって。……ご苦労も多かったことと思います」

「いや、謝罪はこちらからすべきこと。マルギット様をお止めできず、貴国に多大なる犠牲を強いてしまいました。恐ろしいことです。悔やんでも悔やみきれません。我が国の責任は免《まぬが》れぬものと覚悟しております。……我らは、担ぐ神輿《みこし》を誤りました。過ちは、正さねば。貴国との誼《よしみ》が、末永く続くことを祈ってやみません」

ニコロの顔がやつれて見えるのは、二カ月の行軍だけが理由ではないのだろう。深い悔恨が読み取れる。

「やはり王の僕の暴走は、王女の仕業《しわざ》だったのですか……」

ニコロは「はい」とうなずき、王の僕の暴走に至った経緯を簡単に説明した。

経緯というほどのことでもない。ただ、突然にそれは起きたようだ。

「ウリマ公子率いる二千五百の兵が迫っていると知り、軍議を行っていた最中です。とてつもない地揺れが起き――地揺れが去った時、ウリマ公子の軍は、この世から消えておりました。我が国の悪竜の被害が、児戯《じぎ》に見える壮絶な有様です。事が明らかになったのは、すべてが終わったあとでした。マルギット様は、悪竜の巣を解き放ったのだとおっしゃっていました」

マルギットは、連合軍側になんの相談もなく、王の僕の解放に踏みきったらしい。

実に彼女らしいとも言え、常軌を逸しているとも言えた。

「その封印を解いたのは……レオン様――だったのですか？」

「はい。レオンには内通の疑いもあり、本国に送還される予定でした。ですが、マルギット殿下がご自身の臣下のように扱うものですから、見送られたまま従軍を続けさせていたのです。……レオンの、殿下への傾倒ぶりを我らも問題視していたにもかかわらず――あのような結果となり、実に残念です。亡骸《なきがら》も見つかりませんでした」

王の僕を解放するには、魔道士の力が必要だった。

マルギットは、セシリアが傍にいれば、封印を解かせるつもりでいたはずだ。

（私がいなくなったから……レオン様を身代わりにしたんだわ）

心が痛む。セシリアは、胸に手を当て、彼の死をしばし悼《いた》んだ。

「――返して！」

ふいに、牢の奥から鋭い声が聞こえた。若い女性のものだ。

自分たち以外に人がいるとは思っていなかったので、セシリアはぎょっとする。

「あれは――」

「キアラです。――今日、私がここに参りましたのは、マルギット様に拘束されていた我が国の宮廷魔道士を救出するためです」

ラグダ王国にいる間、セシリアはキアラと会話をした記憶がない。いつもレオンの後ろにいたように思う。だから、その声がキアラのものだとはすぐにわからなかった。

「返して！　私の愛する人を返して！　貴女のせいよ。全部貴女の——レオンを返して！　貴女のせいで、全部めちゃくちゃになったわ！　レオンを返して！」

泣き叫ぶ声が、自分をなじっているのだと気づくのに時間が要った。

キアラは、セシリアを憎悪している。レオンを死地に追いやったマルギットではなく、セシリアを。まったく理解できない。しかし、言葉は一々胸に刺さった。

兵士に囲まれたキアラが、牢の前を通る。

その強い視線に、胸が抉《えぐ》られた。墨岩砦で、荷台の上からにらみつけていた時と同じだ。

「申し訳ない。マルギット殿下の言葉を、鵜呑みにしているようです。キアラには、必ずや言って聞かせますので、ご安心を」

セシリアには、キアラに恨まれる理由がわからない。

だから、遠くなる「貴女のせいよ！　殺してやる！」という叫びにも、戸惑うばかりだ。

「でも……どうしてこの牢に？　彼女はラグダ王国の宮廷魔道士ではありませんか」

「マルギット様の指示です。王の僕を暴走させた罪を、すべてキアラに被せるつもりでおられるようです。セシリア様に罪を被せようにも、あの場におられませんでしたから、いかにも苦しい。——しかし、我らも黙って指を咥《くわ》えているわけにはいきません。我が国の宮廷魔道士は、責任をもって取り戻します」

レオンの命は、マルギットにとって軽かった。

キアラも、それゆえに罪をなすりつける形代に選ばれた。

彼らは、マルギットに利用されたのだ。存在の軽さゆえに。だからセシリアには、すべてが彼らの咎《とが》だとは思えなかった。にらみつけるキアラに、同じ視線は返せない。

「ニコロ様。彼らと私は、同じ孤児院で育った同胞《どうほう》です。どうか、彼女が誇りをもってラグダ王国に骨を埋められますよう、お守りください」

セシリアは、深々と頭を下げた。

これ以上、混成種が存在の軽さゆえに翻弄《ほんろう》される様は見たくない。

「もとよりそのつもりです。……しかし悔やまれます。レオンの処遇をマルギット様にお任せせず、早々に送還すべきでした。レオンがマルギット様に傾倒していく姿は見えていたというのに……彼を、もっと強く止めるべきだった」

ニコロは、無念さをにじませてそう言った。

そうした言葉を、セシリアは以前にも聞いている。

ヒルダの言《げん》だ。タリサに対して悔やんでいた。もっと強く止めるべきだった、と。

タリサやレオンは、どうして燃え盛る炎に身を投じたのだろう。その炎に焼かれかけたセシリアには、なにも言えない。彼らは、マルギットのために、進んで炎の中に入っていった。止めるのは難しかっただろう。

セシリアが死なずに済んだのは、家族の言葉があったからだ。目を覚ませ。何度言われたことか。セシリアが、炎に足を向ける度、何度も家族は諦めずに止めてくれた。それが命綱になったのだ。

「……残念です。私も、なんの力にもなれませんでした」

誰しもが、命綱を持っているわけではない。

群れからはぐれた羊が、狼に襲われるのは世の常だ。だが、混成種であるがゆえに狙われたというならば、もっと自分たちは強くならねばならない。もっと。

（こんなこと、繰り返させてはいけない）

――混成種の未来を、守らねば。

ニコロたちの去った白い牢の中で、セシリアは改めて心に誓った。そうして、レオンのために流した涙を、袖でぐいと拭ったのだった。

その夜のことだった。

――夢を見た。

祝祭の日の夢だ。はじめてではない。何度も、何度も繰り返し夢に見てきた。

セシリアが眠っている間に、親友が殺されてしまう。身体は動かず、なにもできない。

ただ、助けて――という声だけが聞こえる。

行かなければ――助けなければ――しかし、指一本動かせない。

あのマルギットに渡された、鈴の音だけが響く。

――リンリンリンリン……！

同時に、シャリン！　と鋭い音が聞こえた。

セシリアはバッと身体を起こす。

「……ッ！」

今の音は、夢ではない。結界が破られたのだ。――敵意、もしくは殺意を持った者が、地下牢に侵入した。

まばらな松明《たいまつ》の灯りだけの、薄暗い地下牢。湿った空気の中に――人がいる。

（神官じゃない。どうやって中に？　見張りがいるはずなのに――）

鉄格子の向こうに、人が三人。

いずれも魔道士の黒いローブを着ていた。小柄なので、スイレン種だろう。先頭にいる魔道士の右手が上がっている。この魔道士が結界を破ったに違いない。

「アルヴィン！　魔道士よ！」

叫びながら左手で印を描き、絶《ぜつ》系の結界を鉄格子の向こうに張る。――鈍い。

白い煉瓦の建物では、魔力が抑制される。だが、それは相手も同じだ。

シャリン！　と張った途端に、結界が破られる。

重なるように、鋭い金属の音と、金属が床に落ちる音がした。アルヴィンが、剣を抜いて鉄格子を切ったのだろう。

アルヴィンが、セシリアの牢の前で大きく剣を振る。

ぎゃあ、と悲鳴を上げ、ローブを切られた魔道士が尻餅《しりもち》をつく。

魔道士の一人が、倒れた方ではなく、後ろにいた小柄な一人を庇《かば》った。

セシリアは、練系の気を飛ばし、背に一人を庇う魔道士の右手に巻きつける。

腕を気で縛られた魔道士の喉《のど》元に、アルヴィンが剣を突きつけた――途端であった。

がくり、とアルヴィンがその場に膝《ひざ》をつく。

「あ……アルヴィン！」

右手の動きを封じたつもりだったが、練系の気はもう形を留めていない。一瞬のことだ。

アルヴィンは、膝をついたまま動かない。破《は》系の魔術を食らったのだろう。

とっさにセシリアは、ベッドの上の剣を取りに走った。

「動かないで！」

剣をつかんだ途端に、鋭い声に止められた。

聞き覚えのある声だ。発したのは、一番奥にいた、小柄な一人である。

「マルギット……様？」

セシリアは、剣から手を放していた。

「まだ、殺す気はないわ。そちらだって、私を殺すわけにはいかないでしょう？　呪いを破棄させたいんだから」

ひやり、とした。

魔道士の、アルヴィンの喉元にあてた短剣にも。

マルギットが、自身が最後の竜を御す者だと気づいている可能性にも。

「……では、なんのご用でしょうか？」

セシリアは、鉄格子に近づいた。

マルギットも、近づいた。フードが上げられ、変わらず美しい王女の顔が見える。

「謝るなら、今のうちよ。伏して許しを請うならば、楽に死なせてあげる」

「私がここに来たのは、裁判の場で、事実を世に伝えるためです。謝るためでも、楽に死ぬためでもありません」

まばらな松明の下で、マルギットの瞳は色彩が確認できない。

ただ明るい色の瞳が、挑むようにセシリアを見ていた。

「そう。謝る気がないのね。それなら、悔やみながら死ぬがいい。覚悟なさい。楽には殺さない。あんなに目をかけてやったのに、私を裏切るからよ」

「世が、私の無実を証明してくれるでしょう。真実を知る者は多くいます」

「馬鹿馬鹿しい！」

どん、とマルギットが鉄格子を叩く。その力の弱さは相変わらずだ。

「目にかけた、とおっしゃいますが……マルギット様は、私に王の僕の封印を解かせるつもりだったのでございましょう？」

「――な、なにを言っているのよ」

マルギットにとって、セシリアは忘恩の徒なのだ。正しい者に糾弾《きゅうだん》されたからには、額《ひたい》を床にすりつけて謝罪するべきだと思っている。

自分は正しい。

相手が間違っている。

きっとこれまでの人生において、マルギットを裏切った者は多くあったのだろう。

まず、父親が。娘を愛すべき父親。聖王妃の遺児を庇護《ひご》すべき父親。彼がまず裏切った。愛を注がず、女王になる未来を閉ざした。――許せない。

ヒルダやルキロスに対する、殺意としか呼びようのない感情も、裏切りに起因していたのではないだろうか。それは、ルキロスに魔術がかかった瞬間に確定したのかもしれない。彼らはマルギットが思ったとおりの正しさを持っていなかった。――許せない。

マルギットは、セシリアを許しがたいと思っている。

自分に奉仕し、命を捧げるべき道具が、逆らったからだ。

「お傍にいれば、私は竜に踏みつぶされて死んでいたはずです」

「しょうがないじゃない。敵が迫っていたのよ。借り物の軍を失うわけにはいかなかった」

しょうがない。そのような言葉で済ませられる惨事《さんじ》ではなかった。

それで許されるのは、小さな約束事の、気まぐれな反故《ほご》くらいだ。――いや、集合場所を都度変えてくるマルギットに、セシリアは意見していた。あってはならない、と思ったからだ。約束を軽んじる精神は、いずれ大きな禍《わざわい》を呼ぶ、とも思っていた。

（もっと、私が強く意見していれば、心を改めてくださったかも——あんなことには——いいえ、違う。そんなことで、この方が変わるはずがない）

亡骸を焼く煙と、荒れ果てた土地が脳裏に蘇《よみがえ》る。

「五千人、死にました。この国の兵と民が、王族の放った竜によって殺されたのです。森が焼かれ、家が焼かれ、竜の炎の毒によって、手足を失った者も多くいます」

憤《いきどお》りは、とめどなく湧いてきた。決してマルギットには届かないとわかっていても、口にせずにはいられなかった。

「私の治める国の礎《いしずえ》になったのよ。名誉なことだわ」

「レオン様が死んだのも……ですか？」

セシリアの問いに、マルギットは答えなかった。

尻餅をついたままだった魔道士に「探して」と指示をし、その魔道士が戻って「他には誰もおりません」と報告するまでの間、一言も発さなかった。

（マルギット様は、キアラ様を始末しに来たんだわ……！）

セシリアの編んだ練系の結界は、破られた時に警報を発した。

侵入してきた魔道士たちに、殺意はあったのだ。セシリアを殺すつもりがない、と言っていた以上、殺意はキアラに向けられていたに違いない。

チッとマルギットが、貴人らしからぬ舌打ちをしたので、殺し損なった、とでも思ったのだろう。

「明日の即位式に、招待してあげるわ。お前が失ったものを見て、後悔するがいい、栄光をお前と分かちあうことはない」

マルギットはそう言い捨てて、背を向けた。

去っていくマルギットの後ろに、アルヴィンに向けていた短剣を収めた魔道士が従う。

最後の一人は「騾馬《らば》め」とセシリアに一言残していった。

黒いローブが暗闇に消え、気配も消える。

「アルヴィン！　大丈夫？」

セシリアは、鉄格子越しにアルヴィンに声をかける。

まだ、アルヴィンは床に膝をついたままだ。

「う……」

「返事をして、アルヴィン！」

アルヴィンが、ハッと目を覚ます。

辺りを見渡し、すべて終わったあとだと察したらしい。

「……失神してたのか……頭がぐらぐらする」

「たぶん幻惑術だわ。平気？」

「もう大丈夫だ。でも……まったく歯が立たなかった」

ギヨム種は、魔術に弱い。

アルヴィンは、ギヨム種の中でも相当に強い部類だ。膂力《りょりょく》に優れ、剣の腕も人に劣ったためしがない。それでも、魔道士に不意を衝《つ》かれれば、身体の自由を奪われてしまう。

アルヴィンの刃の重さは、セシリアが補うべきだったのだ。

「ごめんなさい。力が及ばなかった。……次は必ず止めてみせる」

アルヴィンは頭を押さえながら、切れた鉄格子の向こうに戻った。

壁越しに、背中あわせで座る。

そうすると、指の先だけが鉄格子の向こうで触れあえた。

「初撃さえ避けられれば、なんとかなる。……援護を頼むよ」

「ええ。次は好きになんてさせない。止めるわ、必ず」

セシリアは目を閉じ、触れあった指先の温もりだけを感じていた。

——慌《あわ》ただしい足音が聞こえてくる。

「お前たち、無事だな!?」

駆けつけたのは、司祭長だった。

易々《やすやす》と大社内への侵入を許したのは、あの魔道士たちが神官たちに破系の魔術をかけ、昏倒《こんとう》させたためだった。魔力への耐性がないギヨム種が相手であれば、白い煉瓦の建物の中であっても、それだけの離れ業が可能であったらしい。

「即位前に、王女がここまでするとは思わなかった。七社家への敬意など、すでに忘れてしまわれたらしい。由々《ゆゆ》しき事態だ」

司祭長は嘆き、かつ、

「呪いを破棄させたのちは、一刻も早く追放する他ない」

とも言っていた。

もはや、この牢でその時を待つだけ――とは言えなくなった。

何事もなく、マルギットが王都を去るとは、到底思えない。この牢の、中も、外も、嵐の予感に震えているかのようだ。

――颶風が吹き荒れるぞ。

ウイルズ王の言葉が、生々しく思い出される。

眠れぬ夜を過ごしながら、セシリアは、これから流れる血の少ないことだけを、ひたすらに祈った。


神暦九九六年八月二十六日。

ウイルズ三世の息女マルギットは、ルトゥエル王国第四十五代国王として、議会の指名を受けた。

黒鳶城の議場での指名を受けたマルギットは、戴冠のために大社へと向かう。

城塔から大社までの道には、赤い絨毯《じゅうたん》が敷かれ、白い花が舞った。

その光景を、セシリアも見ている。

見せるように、とマルギットが魔道士に命じたからだ。アルヴィンと二人、監視の魔道士と神官に囲まれながら、大社前に集まる群衆に交っていた。あまり意味はないと思うが、二人とも腕を縛《いまし》められている。

まず楽団が、行進曲を奏でながら進んでいく。

憧れの王都の楽団だが、さすがに楽しむ気にはなれない。

マルギットが白い馬に乗って現れると、大きな歓声が起こった。

真白いコタルディが、夏の陽射《ひ》しを眩いばかりに弾いている。高く結い上げた髪には青い花が飾られ、その姿を神々しくさえ見せていた。

群衆の歓声は、最高潮に達していた。

聖王妃の娘が、ついに女王として即位するのだ。

マルギットの馬が、目の前を通っていく。――目が、あった。

透き通るような空色の瞳と、それを見上げる鮮やかな緑の瞳が、ほんの一瞬ぶつかる。

ふっとマルギットが皮肉な笑みを浮かべ、すぐに目をそらした。

心の中で、彼女が悪態をついたであろうことは想像に難くない。愚《おろ》か者め。悔やむがいい――そんなところか。

得意の絶頂であっただろう。

人生最高の瞬間であったかもしれない。

――間もなく、その座を追われるというのに。

この華やかな一幕は、すべて虚《うつ》ろだ。

群衆は、美しき女王が自国の民を五千人殺したと知っても、歓声を上げ続けるだろうか。

父親たる国王を殺そうとしたと知っても、花を撒《ま》くだろうか。

衛兵に囲まれたマルギットのあとに、白い馬が続く。テオドルだ。

テオドルは、マルギットの即位式の直後に立太子の儀を受けることが決まっている。これはマルギットも認めており、議会での承認も済んでいた。

端整な、貴公子然としたテオドルの姿は、群衆の熱ある歓迎を受けていた。金糸の刺《し》繍《しゅう》が入った白いローブは、彼によく似あっている。

「まるで、ご婚儀のようではございませんか」

「いや、マルギット様にはご夫君が――」

「そんな素行の悪い王子より、よほどトラヴィア公の方が――」

群衆の中から、囁《ささや》く声が聞こえてきた。

二人の装束は、揃って婚儀を連想させる白だ。テオドルが率先して提案するとは思えない。マルギットの髪に飾った花と、テオドルの胸に挿した花の色も同じだ。

陰で行われたやり取りを想像すれば、同情を禁じ得なかった。

(兄上は、おやつれになった)

群衆に手を振るテオドルの顔には、疲労の色が濃い。

テオドルに続いたのは、連合軍の指揮官たちだ。今日は来賓《らいひん》として出席するようで、礼服を身に纏《まと》っている。

――ガスパルがいた。

（ガスパル様も、ずいぶんとおやつれになっている）

ラグダ王国を出発して以降、ガスパルを襲った出来事は過酷であった。

一時は、第二王子によって指揮権を剝奪《はくだつ》されかけてもいる。本国の状況も安定しておらず、一日も早い帰国が望まれているはずだ。しかしながら、この出兵の成果も出さねばならない。難しい立場である。

ガスパルはセシリアに気づき、目だけで会釈をする。

セシリアも、同じように会釈を返した。

連合軍の指揮官たちは神妙な面持《おもも》ちだ。マルギットの王座が砂でできていることを、彼らも承知している。

彼らの立場も複雑だ。マルギットを支援して出兵した以上、手ぶらでは帰れない。

王の僕の暴走について、彼らにも責任があるとは言えないが、関わりのすべては否定できない。兵士同士の戦闘であればまだしも、兵ばかりか無辜《むこ》の民まで、五千人も死なせているのだ。その責任は不透明だが、今後、国内外の批判は避けられない。

彼らがマルギットを担いだ失態を挽回《ばんかい》するには、征竜騎士団の派遣を約束どおり行うと宣言した、テオドルに従うのが最善だ。

（もうすぐ、終わる。呪いさえ破棄されれば――）

行進が止まり、大社の門をくぐったマルギットが馬から下りる。

手を貸しているのは、テオドルだ。

大社の門の手前は階段になっていて、多少の高さがある。見守る群衆からは二人の姿がよく見えた。おぉ、と声援と拍手が起こったのは、美しい男女の、仲睦《むつ》まじい姿を歓迎してのことだろう。

(醜聞《しゅうぶん》はご法度《はっと》だと、ご自身でおっしゃっていたのに)

他国に不仲な夫を残し、本国で即位しようという若き女王。その手を取るのは、婚約の噂のあった端整な美しさの貴公子。物語めいているだけに、ヒヤリとする。

ダビドがマルギットに毒を盛った——という話も、にわかに怪しく思えてきた。

結局のところ、毒殺未遂がダビドの仕業であったという確証はないままだ。続報もない。あの不名誉な噂が広まっていなければ、この美しい男女に対する好意は大きく変化していただろう。だとすれば、毒の林檎酒の一件も、テオドルが言っていたように疑わしく思えてくる。

(あぁ、もうこんな茶番は見たくない!)

逃げたい。逃げ出したい。耐えがたい。

鐘楼が三つ、ガラン、ゴロン、と順に鳴った。三度の鐘は、祝いの鐘だと書物で読んだ記憶がある。奇数は慶事で、偶数は弔事《ちょうじ》だそうだ。

(いえ、見届けなければ。……狩りをするからには、獲物《えもの》の息の根が止まるのを見届けなくてはいけない。油断をすれば、喉を裂かれるのはこちらだわ)

セシリアは、覚悟を決めて大社に向かった。

横にいるアルヴィンが「見届けよう」と言うのに、うなずきを返す。

門をくぐり、大社の内部に入る。音楽隊の演奏は続いていた。

天空堂には、多くの来賓が着席している。

白と金のモザイクタイルが、高い窓から射す陽光を受けて、輝いていた。

まさに天上を思わせる、美しい空間である。

マルギットは、赤い絨毯の上をゆっくりと歩いていく。

祭壇の上では、司祭長が五色の宝玉の散りばめられた王冠を手に、新王を待っている。

祭壇の階段を上がり、マルギットが司祭長の前に跪《ひざまず》く。

「天の神々に代わり、ルトゥエル王国第四十五代国王として、ウイルズ三世の王女、マルギットを認む。――御代に幸あれ」

宣言と共に、マルギットの頭に上へ王冠が載せられる。

横にいた神官が、王杖《おうじょう》を司祭長に手渡した。

その精緻《せいち》な細工の施された金の杖に、セシリアの目は釘づけになる。

（あれが、グレゴール一世の呪いを受け継ぐ王杖……）

輝く王杖を、司祭長がマルギットに授けた。

マルギットは、王杖の――そして、グレゴール一世の呪いの継承者となったのだ。

王冠を戴《いただ》き、王杖を持った女王は、来賓の席の方を向く。

――不気味な沈黙が、あった。

拍手が――起きない。

すべてを知る者が、拍手を躊躇ったのだろうか。

誰かが――テオドルが叫ぶと、すぐにわっと大きな拍手が起こった。「御代に幸あれ！」唱和も続く。

「御代に幸あれ！」

――呪いの破棄まで、あとわずか。

現状が綱渡りの連続であることを、改めて感じる。

誰か一人でも裏切れば、マルギットとの交渉は困難を極めるだろう。

王冠を戴き、王杖を手にしたマルギットが、赤い絨毯の上を歩いて退場していく。

目があったような気もするが、あわなかったかもしれない。

ガラン、ゴロン、と三度鐘楼の大鐘が鳴った。

あと十日。その、歴史の中でみれば瞬《またた》きほどの時間が、今はとてつもなく長く感じられた。

即位式から、丸二日が経《た》った。

壊れた牢は修復され、二人はじめじめとした地下牢の中で、その二日を過ごした。緊張は続く。

ただ、祈るばかりの時間である。

　夕方近くに地下牢に来たのは、テンターク家のジョンだった。

　ジョンとは王の僕の暴走を知り、空中で背に乗り移った際に別れたきりだ。無事であったことを、お互いに喜びあうところから会話がはじまるものと思っていた。しかし、そうした会話はなく、

「ウイルズ廃王が、身罷《みまか》られた」

　ただ、それだけを告げられた。

「え……？」

　セシリアの顔からも、血の毛が引いた。

　その報告にあわせるように、ガラン、ゴロン、と鐘楼の大鐘が鳴る。

　ガラン、ゴロン……ガラン、ゴロン……鐘は、鳴りやまない。

　八度目で、鐘は止まる。――訃報《ふほう》だ。

「僕は、これからすぐに朝霧城へ戻るよ。君たちも、最大限の警戒を。頼むよ。これ以上、一滴も血を無駄に流したくない。友人を失いたくないんだ。――ルキロス様と、ヒルダ様も朝霧城から姿を消したそうだ。あぁ、ロランド様だけは無事だよ」

　ジョンは、一刻も早く朝霧城へ向かわねばならぬところを、わざわざ地下牢まで報せに来てくれたらしい。用件だけ伝えると、走って地下牢を出ていった。

　セシリアは呆然と立ち尽くしていた。言葉も出ない。

（ウイルズ廃王が亡くなった……ルキロス様も……ヒルダ様も……姿を消した）

地下の湿った空気に、一瞬血の臭いが混じった気がした。

その三名は、マルギットが心からその死を望んでいた人たちだ。

ウイルズ王は危篤状態であったのだから、その死には唐突な印象がない。

しかし、ルキロスとヒルダに関しては別だ。マルギットの意思を感じずにはいられなかった。

朝霧城にいれば彼らの身は安全だと信じていたが、現に大社の神官は魔道士相手にことごとく倒されている。ギヨム種は魔術に弱い。マルギットが二人をさらうために魔道士を派遣していたならば、朝霧城の騎士も倒された可能性がある。

マルギットは、一度そうと決めたことを覆《くつがえ》すのが嫌いなのだ。

敵を殺し尽くすまで、その刃は血に染まり続けるのかもしれない。

――即位式から三日目の朝。

ついに、その時が来た。

「女王陛下が、呪いの破棄を受け入れた。――君たちの、無裁判での処刑と引き換えに」

地下牢まで来たテオドルが、そう告げた。

処刑、という言葉に身がすくむ。セシリアはごくりと生唾《なまつば》を飲んだ。

テオドルは、絶系の結界を張った。さすがの彼でも、やはり白い建物の中では、結界の速度も遅い。

結界の中には、セシリアとアルヴィン、それとテオドルだけになった。

「兄上……」

「大丈夫だ。処刑なんてさせないよ。そのふりだけだ」

「……はい。それで……ウイルズ王は、本当に亡くなられたのでしょうか？　ヒルダ様や、ルキロス様も……行方が知れぬとか」

「あぁ。ヒルダ様とルキロス様は、騎士の協力も得て捜索中だ。先王陛下は……最近は会話もできる程度に回復されていたのだが……即位式のあと、急に体調を崩された。崩御されたのは間違いない。だが、調査もままならない状態だ。城内は混乱していて、議会も機能していないよ。女王陛下が、正当な手続きを経《へ》ずに、裏で人事を行っているせいだ。魔道士を使っているから足取りもたどれず、全容の把《は》握《あく》ができない。玄関と裏口の備えはしていたつもりだが、今は隠し通路から、勝手に出入りされているようなものだ。盗人に家を荒らされているというのに、なにをどれだけ盗まれたのかもわかっていない」

　疲労の色の濃いため息を、テオドルはついた。

　混乱の規模の大きさと、彼の奮闘の凄《すさ》まじさがうかがえる。

「マルギット様が、そこまでなさるとは……」

「王とは、権力を私欲のために使える者ではないはずだ。まして、殺したい者を好きなように殺せる者でもない。こんなやり方は、間違っている！」

　拳を握りしめ、テオドルは「間違っている」と繰り返した。

　警戒もし、備えもした。しかしマルギットは、魔道士を使ってその隙《すき》を狙い、黒鳶城に根を張り巡らせようとしているようだ。

「その流れで、無裁判での処刑になったのですね……」

ウイルズ廃王でさえ、積年の恨みを抱く弟を殺すにあたって、形ばかりの裁判を行っている。そうした形さえ省くのは、マルギットの焦りの反映でもあるように思われた。

「できるね？」

「……はい」

この流れで、断ることはできない。

呪いの破棄は、七社家の悲願だ。セシリアにとっても、譲れぬ願いである。

「すぐに終わる。もう好きにはさせないぞ。女王が呪いを破棄したとわかったら、即刻ご退位いただこう。速やかに秩序を取り戻さねば、国が傾く。段取りは、こうだ。――この牢を君たちが出た段階で、黒鳶城に報せを出す。グレゴール一世の呪いは、呪いの破棄の宣言と、王杖の破壊で絶える。玉座の間に鍛冶匠《かじしょう》を待機させた。処刑の鐘――四度目が鳴った段階で、呪いが破棄される手はずだ。君たちは、処刑場に入ったのちに裏口へ回り、用意しておいた馬車に乗って――」

突然――シャリン！　と鋭い音がした。

テオドルが張った結界が、破られたのだ。

とっさに、テオドルはセシリアを鉄格子ごしに抱きしめる。

「何用だ？」

「――王太子殿下。なにか内密のご相談でしょうか？」

破れた結界の向こうから現れたのは、黒鳶城の魔道士だ。

「愛《いと》しい妹と別れを惜しんでいたのだ。邪魔をするな」

テオドルは、忌々《いまいま》しそうに魔道士をにらむ。

密談などしていない、という体《てい》を装ったらしい。セシリアも、しおらしく涙を拭うふりをして、テオドルの芝居に乗った。

テオドルが「監視がついた」とセシリアの耳に囁いてから、身体を離す。

（そう簡単に話は進まないわけね……やりにくくなったわ）

牢が開けられ、アルヴィンとセシリアは、剣を牢に残したまま外に出された。

魔道士が連れてきた汎種の衛兵が、二人の両の手首を縄で縛る。

そこに、魔道士が練糸の気を、重ねて巻きつけてきた。

（面倒なことになったわ……）

魔術で構築された縛めは、力だけで引きちぎるのは難しい。気を断ち切れるはずの黒鱗《こくりん》鋼《こう》も、今は手元にない。アルヴィンの動きも大幅に制限されるだろう。

「――行こう」

テオドルを先頭に、五人の衛兵と、五人の神官と、一人の魔道士に囲まれた状態で、地下牢の階段を上がる。

屋外に出ると、やや強い風が、まとわりつく湿気を洗い流すように思われた。

陽射しは、白い煉瓦のせいでいっそう強く感じられる。何日も暗い地下牢で暮らしていたせいもあるだろう。肌がチリチリと焼けるようだ。

神官の一人が合図をすると、別の一人の神官が門に向かって走り出した。——黒鳶城に、報せが行くのだろう。

（あとは、処刑を知らせる鐘さえ鳴れば……呪いは破棄される）

白い大社の建物に添って、奥の方へと向かっていく。そちらに処刑場があるのだろう。

（……怖い）

ふいに襲ってきた恐怖に、足の動きが鈍くなった。

処刑場に行き、そのまま裏手から逃れて馬車に乗る。——それだけだ、と思っていた。

だが、魔道士の登場によって、作戦の難易度は上がっている。

足が動かない。思わず、後ろにいるアルヴィンを振り返っていた。

ガラシェ家の人たちは、いつもセシリアを怖い物知らずだと言っていた。度胸がある。肝《きも》が太い。そんな風に、セシリアの多少の無茶を笑って受け入れてくれた。

自分を臆病だと思ったことは一度もない。

けれど、今は足が震えるほどに恐怖を感じている。

「大丈夫。傍にいるよ」

セシリアは、近づいてきたアルヴィンの肩に頬《ほお》を当てた。そうでもしなければ、その場にしゃがみこんでしまいそうだった。

そっと、アルヴィンの唇が、セシリアの額に触れる。

手を縛められているので、抱擁《ほうよう》はできない。しかし精一杯の触れあいが、消えてなくなりかけていた勇気を奮い立たせた。

セシリアは「ありがとう」とアルヴィンの励ましに礼を伝え、前を向く。

（進むしかない。──アルヴィンのためにも）

止めていた足を、一歩踏み出す。

もう一歩。自分を鼓舞《こぶ》しながら進んだその一歩で、処刑場に続くらしい扉が見えた。

大きな扉には、人が嘆き悲しむ様が彫られている。──これから死に行く人を、いっそう恐れさせたいのか。趣味が悪い、とセシリアは思った。

緊張が増す。そして、それは前を歩くテオドルも同じであったようだ。

「大丈夫だ、大丈夫だ……しっかりしろ、テオドル」

ぶつぶつとテオドルが独り言を言っている。

ギギ……と重い音を立てながら、神官が扉を開けた──その時だ。

ガラン、ゴロン、と大社の鐘楼が鳴った。──鳴ったのは、四度。テオドルから聞いた、処刑の終了を示す回数である。

（え？　もう処刑したと合図を送ってしまったの？　まだ処刑場に入ってもいないのに！）

セシリアたちが地下牢を出たとの報告をすべく、神官が黒鳶城に向かったのは、つい先ほどだ。多少足を止めていたとはいえ、移動した距離は大社半周分でしかない。

（いくらなんでも、早すぎる！）

この処刑自体が、偽《いつわ》りなのだ。

騙す相手はあのマルギット。すぐそこには監視の魔道士までいる。

作戦の進行は、もっと慎重になるべきではないのか。偽りだと露見すれば、呪いの破棄は遠のいてしまう。

（やっとここまで来れたのに……あと少しというところで！）

最初、セシリアの目は上の方を向いていた。大鐘の余韻《よいん》が残る鐘楼を見ていたからだ。

それから、処刑場の半円状の空を見た。

扉は、もう開かれていた。

処刑場だ、と聞いていなければ、セシリアはそこを王都で盛んだという芝居の劇場だと思ったかもしれない。半円の大きな台は舞台のようで、並ぶ石の椅子《いす》は客席のようだ。どれもが白い。――いや、赤い。

「あ……！」

目の前に広がった光景に、セシリアは言葉を失っていた。

赤い。

舞台――いや、処刑台の上に、鮮やかな赤が散っていた。

そうして、人がいる。

縛られて跪く人。それを押さえる者。大きな斧《おの》を構えた者。

見間違いようもない。これは、処刑の現場だ。

「セシリア――！」

かすれた声で名を呼ばれ、セシリアは青ざめる。

――ルキロスだ。

縛られ、今にも首置台に首を置かれそうになっている人は、ルキロスであった。

もがく彼は、まだ声を発しており、首は繋がっていた。――生きている。

しかし、処刑台には、血が流れたあとがはっきりとあった。

なにかが、処刑台の下にある籠《かご》の中に、無造作に入れられた。――なにかが。

別の、誰かが、すでに処刑された直後なのだ、と理解するしかない。

「あ、兄上！　止めてください！」

「しょ、処刑などできないはず――どうして……」

動揺のためか、テオドルは固まったまま動かない。

なぜ、裁判所が閉鎖され、議会も停止しているというのに処刑が行われるのか。

自分たちの処刑は、特例中の特例であるはずなのに。

理屈など、セシリアにもわからない。ただ、もう処刑人は斧を構えており、ルキロスが首置台に首を置かれている。

「兄上！　止めてください！」

セシリアは、再びテオドルに頼んだ。

テオドルは動かない。ただ、独り言を言っている。

「いや——いっそ消えてもらえば、謀反《むほん》の芽が——」

「兄上！」

「大丈夫だ。大丈夫……しょせん騾馬の子——」

どくん、と大きく心の臓が鳴った。

騾馬の子、とテオドルはたしかに口にした。

ただの独り言。だが、だからこそ本音が漏《も》れたのではないだろうか。

テオドルは、処刑のことを知らなかったはずだ。ルキロスへの殺意もなかった。だが、きっとこう思ったのだろう。——竜を御せぬのであれば、ルキロス様と自分のなにが違うのか。相手は王の子。いずれ謀反を起こすかもしれない。これを機に消えてもらった方が、都合がいい。従弟を殺すのか？　王の子を？　いや、大丈夫だ。大丈夫。しょせん騾馬の子。見殺しにしたとて構わない——

混成種を騾馬と呼ぶスィレン種は、自らを驢馬《ろば》だとは微塵《みじん》も思っていない。

自らを一切蔑《さげす》まず、ただ、馬と騾馬とを蔑んでいる。泥の入った水は、水ではない、とばかりに。ただ同じ根を持つ木の花の、色が違うだけの差しかないというのに。

ルキロスが騾馬なら、セシリアも騾馬だ。

混成種への蔑みは、そのまま騎士への蔑みである。

（しょせん、この人も黒鳶城の住人なんだわ）

セシリアは、異母兄を頼むに足らずと判断した。

「アルヴィン！　止めて！」

そしてこの場で頼り得る唯一の人を、セシリアは呼んだ。

アルヴィンが、動いた。手首を縛められたままだというのに、石の椅子の上を跳びながら、舞台じみた処刑台へと一直線に向かっていく。

セシリアには、そこまでの力がない。練系の縛めを解かぬことにははじまらない。必死に指先を動かし、印を描く。

忙しない試みの何度目かに、手応《てごた》えがあった。

（解けた！）

それさえ解ければ、あとは簡単だ。腕の縄は、ぶちりと引きちぎった。

黒鳶城の魔道士が「させるか！」と叫び、アルヴィンに向かって練系の気を放つ。

鋭い気が、石の椅子の上を飛ぶ。――シャリン！　と音が立った。

セシリアが、別の練系の気を横からぶつけたのだ。

初撃さえしのげば、速さではこちらが勝る。

いかに魔道士の魔力が強くとも、彼らは戦闘要員ではない。学者なり、調薬師なりが本業だ。人と人との戦いにおいて、セシリアの敵ではなかった。

地を蹴り、距離を詰め、腕をつかんで投げ飛ばす。

倒れた魔道士の上に、セシリアは馬乗りになった。フードの下には、若草色の瞳が――レオンを思い出させた――見える。まだ若い青年だ。

「は、反逆罪だぞ！　わかっているのか！　驟馬めが！」

魔道士は、セシリアをにらみつける。

問答する暇はない。セシリアは答えず、神官たちに向かって叫んだ。

「両手を！　別々に押さえて！　指だけは絶対に動かせぬように！　それで魔術は封じられます！」

神官たちは「はい！」と答え、すぐに魔道士の両手を、それぞれに押さえだした。

（ルキロス様は――）

処刑人は倒れ、斧は折れていた。ルキロスを押さえつけていた二人も、ひっくり返っている。腕を縛められたままのアルヴィンが、なんらかの方法で対処したのだろう。

肝心のルキロスは、倒れてはいるもののまだ首は繋がっていた。

（あぁ、間にあった！）

処刑台に走り、アルヴィンの練系の気を解く。あとの縄は自力でなんとかするだろう。

セシリアはその間に、ルキロスの上半身を縛める縄を、力任せに引きちぎっておいた。

作業の間に、処刑台の下にいる文官と目があった。人間ばなれした騎士の動きに恐れをなしたのか、血まみれの籠をチラチラと見ながら、青ざめ、震えている。

「なぜ、こんな……裁判所は閉鎖されているのではなかったのですか⁉」

「お、王勅《おうちょく》でございます……」

震える声で文官は答え、命令書らしきものをこちらに示す。

「国の非常時に限り、使われる勅だ。議会の議員三人の承認があれば成立する……今は、誰が議員なのかも、把握できていない……」

そう震える声で言ったのは、テオドルだった。

マルギットは、秘密裏に人事を行っていた。なんの経験もない議員をその座に据え、書類にサインさせるくらいのことは、容易《たやす》かったのかもしれない。

（甘かった。……あの方なら、やりかねないとわかっていたはずなのに……！）

大陸からの侵略者に対する最終兵器を、内乱で使ったマルギットだ。国の非常時に使う勅を、身内同士の殺しあいに使うのに躊躇いがあったとも思えない。

「セシリア……」

助け起こしたルキロスが、咳込みながらセシリアを呼んだ。

「ルキロス様……これは、まさか――」

この血は、どなたの血ですか？　先ほどの鐘は――その籠に入っているのは――

問う前に、絶望が襲ってくる。それは、今最もしたくない想像だった。

「母上が――」

ヴェントール社領の騎士たちは、ルキロスはじめ、ヒルダとロランドを守る意思を強く持っていた。堅牢《けんろう》な朝霧城に、屈強な社領騎士団の騎士たち。外からの敵を寄せつけはしなかっただろう。

それでも――この事態は起きている。

――私が諌めるべきだった。

ヒルダの言葉と、彼女が優れた魔道士であったことを思い出す。

「まさか……まさか、ヒルダ様は、覚悟の上でここへ？」

ルキロスは、こくりとうなずいた。

ヒルダの力があれば、朝霧城を脱出するのは容易だっただろう。周りにいるのは、すべてギヨム種だ。白い煉瓦の悪条件でも、魔道士は大社の神官を全員倒し得たのだから。

（なんて馬鹿なことを！　諫言《かんげん》など届くはずがない！　意味なんてないのに！）

ヒルダは、悲願を七社家に託した。――悪竜をこの島から滅してほしい、と。

自らは、残された願いのために身を捨てた。――マルギットを幸せにするために。

ドロテアの願いに、ヒルダは殉《じゅん》じたのだ。

ルキロスには、謝れただろうか。王都まで共に来たのなら、旅をしたような気分になれたろうか。

セシリアは、天を仰いで「あぁ」と嘆く。

その時――声が聞こえた。

いつの間にか閉ざされていた、大きな扉の向こう側からだ。

「放して！……処刑を止めてちょうだい！　今すぐに！」

その声を、セシリアはよく知っている。

姿が見えずとも、すぐにわかった。

(マルギット様……？　どうしてここに……)

セシリアたちの処刑が、呪いの破棄の条件であったはずだ。

牢を出て、大社を半周し、ルキロスの処刑を止めた。体感としては長いが、せいぜい四半刻から半刻程度しか経っていない。処刑の鐘の音が響いてからは、もっと短い。

王杖の破壊が行われ、かつ黒鳶城からマルギットが大社に移動できるほどの時間はなかった――はずだ。

(まさか、マルギット様は呪いの破棄を拒んだ……？　それとも、もう呪いを破棄した？どっちなの？)

呪いは、破棄されたのか、否《いな》か。

問題は、その一点に尽きる。

縛めの解けたセシリアとアルヴィン。まだ生きているルキロス。神官に押さえつけられた魔道士。折れた斧と、倒れた処刑人。

現状はどこからどう見ても、マルギットの意思が反映されていない。

「まだ入れるな！　呪いが破棄されたとわかるまで、扉を閉ざせ！」

アルヴィンが叫ぶ。

たしかに、それが今できる最大の抵抗である。

魔道士を押さえていた二人以外の神官たちが、慌てふためきながら扉に走った。

セシリアも、扉に向かって走る。

マルギットが、呪いの破棄を拒めば、永遠にその機は訪れない。

グレゴール一世の呪いが、自然に消えるまであと何年かかるだろう。百年か、二百年か。その間に、多くの亡竜が生まれてしまう。その中には、養父たちや、ジョン、ティロンも含まれる。――アルヴィンもだ。

セシリアは、練系の魔術で扉の取手を縛り、外からの力に抗《あらが》う。

「お願いよ！　セシリアを殺さないで！　私の――私だけの魔道士なの！」

その叫びは、重い扉のすぐ向こうから聞こえた。

誰の立場でも、理解しがたかったはずだ。――当のセシリアにも。

セシリアの命を助けようと、マルギットは処刑場に駆けつけた――らしい。

グレゴール一世の呪いの破棄、という大きなものを秤《はかり》にかけるだけ、自分に逆らった者を許しがたいと思っていたはずなのに。

「セシリア！　耳を貸すな！」

アルヴィンが叫ぶのに、セシリアは「貸さない！」と応えた。

セシリアは、マルギットという人を多少知っている。孤児院を支援する善性と、王の僕を解放する邪悪さは、彼女の中で矛盾《むじゅん》しないのだ。

マルギットは、こちらの出方次第では、セシリアを助けるだろう。

――許してあげてもいいわ、と。

だが、アルヴィンを許しはしない。ルキロスも殺すだろう。

それを分けるものは、罪の重さではないのだ。

（誰も――誰も、この孤独な女王に説く人はいなかったの？）

王は、人を自由に殺せる者ではない。

罪を裁くのは、情ではなく法だ。

（いなかったわけじゃない。……ただ、届かなかったのよ）

処刑場に流れる血は、ヒルダの命がけの諫言だ。

それでも、届かなかった。

無理もない。彼女にとって王とは、ウイルズ三世だ。恨みゆえに法を変え、数値を改竄《かいざん》し、杜撰《ずさん》な裁判で弟を殺してきた王だ。娘は、父の背を見て育っている。

「――破棄――」

マルギットの声ではない声が、扉の向こうから聞こえた。

「呪いは破棄されたぞ！　王杖は破壊された！」

司祭長の声だ。

やった――と神官の誰かが声を上げた。

「呪いが……終わった」

身体の力が、どっと抜ける。

五百年続いたグレゴール一世の呪いが、ついに終わったのだ。

二度と、亡竜は生まれない。

誇り高い聖騎士は、人の姿も心も、失わずに済むのだ。

あと一歩。すべてが終わるまで、あとわずか。

最初の一歩で、マルギットを即位させた。

次に、グレゴール一世の呪いを破棄させた。

ここまでは上手く運んだ。次の段階に、進まねばならない。

(女王を、退位させる。でも……)

セシリアは、少し離れたところにいる異母兄を見た。

マルギットを退位させたあと、王位に就くのは王太子である彼だ。

(この人で、本当にいいの……?)

テオドルは、ルキロスを騾馬と呼んだ。

混成種を騾馬と呼ぶ者は、ギヨム種を馬とも呼ぶだろう。そんな人が王位に就いて、本当に七社家と足並みを揃《そろ》えられるのだろうか?

(兄上が騎士に対する敬意を失ったら?　また、別の王を立てるの?)

処刑台にいるルキロスが、

「テオドル様。姉上を――女王陛下をこの場に招きましょう。呪いが破棄された以上、この場を見ていただいた方が話も早い」

とかすれた声で提案する。テオドルは、深呼吸を二度してから、

「……扉を開けてくれ」

とその提案を呑んだ。もはや、逃げ隠れする意味もないだろう。

扉を押さえていた神官たちが、揃って手を離す。

セシリアは、練系の気を解く直前に「魔道士がいたら、突進して両手を押さえましょう」と神官たちに囁いた。

目で合図を送りあい、扉を開く。

魔道士が――いる。黒いローブが、五人。魔道士の手は十本。

こちらは四人で八本だ。

（手が足りない。……練系の縄でなんとか――）

セシリアが「左手から押さえて！」と叫びながら飛びかかろうとした途端、その五人が、バタバタと倒れだす。

「え……？」

魔道士の後ろにいた黒髪の神官たちが、後ろから首を叩き、失神させたのだ。

司祭長が「好きにさせてたまるか！」と言い、神官たちが倒れた魔道士を縛り出す。

闇に紛れる魔道士は、白昼の騎士には敵《かな》わなかったらしい。マルギット女王の剣であり、鎧《よろい》であった魔道士は除かれた。

――強い視線を感じる。

思いがけず近いところに、マルギットの空色の瞳があった。

白いコタルディに、結い上げた淡い色の髪。まだどこか幼さを残す、美しい人。

マルギットとて、呪いの重さは理解していただろう。破棄をしたあと、自分の価値が下がることもだ。

もっと、交渉は慎重でもよかった。落とされた首を見てから、と交換条件を出すくらいのことはできただろう。だが、しなかった。——謝罪の機会を、ぎりぎりまで待つために。

そして、マルギットはここに来た。

呪いの破棄を行い、切り札を捨ててまで。

（もっと上手く立ち回る道だってあったでしょうに……）

泣いて謝るセシリアを許し、その後は関係が修復するとでも思ったのだろうか。

マルギットは、子供のような泣き顔をしていた。

しかし、見る間にその顔は、憎悪に染まっていく。

「——これは、どういうことなの。セシリア・ガラシェ」

「ご覧のとおりです、女王陛下」

もはや弁解は無用だろう。

呪いが破棄された以上、マルギットに対して取り繕《つくろ》う者はいなくなった。

「……騙したのね！」

マルギットの叫びに、すぐにルキロスが「騙したのはどちらだ！」とかすれた声で叫び返した。

「姉上。貴女は母上を騙し、殺した！　母上は、裁判の場に立たせるという姉上の言葉を信じたんだ！　それを――」

「王殺しに裁判の必要なんてない。父上だってそうなさったわ。私の捕縛に報奨金までかけたんですもの。王殺しの罪は、死んで償《つぐな》うべきよ。――お前もね、ルキロス」

マルギットは、冷ややかに異母弟を見下ろしていた。

「僕が父上を殺す必要が、どこにある？　僕と母上は、父上に呼ばれて王都まで出向いた。父上の最後の言葉を聞くために、自ら望んでここに来たんだ」

「父上は、お前とあの女と話をした直後に身罷られたのよ」

「少なくとも僕たちが姉上に捕らわれた段階では、ご存命であったよ。会話もできた。崩御されたのは、そのあと――姉上が部屋に入ってからだ」

「黙りなさい！　お前の舌も切り落としてやればよかった！」

なんと恐ろしい言葉か。セシリアは身をすくませる。

神官や、かけつけた衛兵さえ、その言葉の禍々《まがまが》しさに顔色を失っていた。

「姉上の目に、父上に呼ばれてのこのことやってきた僕たちは、さぞ愚かに見えただろうね。でも、違う。僕も、母上も、姉上が待ち構えているとわかった上で、ここに来た」

「愚かだわ」

「愚かなのは貴女だ、姉上」

ルキロスは、きっぱりとそう言いきった。

マルギットの表情が、歪む。

「お前は不義の子じゃない！　あの女が、馬と番《つが》ってできた子よ！」

「違う！　僕は父上の子だ！　父上は、僕を嫡子としてお認めになられたよ。――そして、姉上を葬《ほうむ》れ……とおっしゃった」

「あぁ、もう戯言《ざれごと》は聞きたくない。――殺して！　斧がないなら、剣でも槍でも、使えばいいでしょう⁉」

アルヴィンに倒され、やっと立ち上がった処刑人に、マルギットは鋭く命じた。

しかし、処刑人は折れた斧の柄を持ったまま動かなかった。斧だろうと剣だろうと、彼らに刃を振り下ろさせるのは法の力だ。今の状況では、動けないのも無理はない。

「斧がなければ剣を使えばいい。至言だね、姉上。舌を切っても、母上の言葉は奪えないよ。――昨年の国王毒殺未遂について、父上と母上は連名で再審議の申請を行った。書面はもう裁判所に届いているよ。王の書類だけは裁判所が閉まっていても届くからね。――あぁ、知っている？　裁判所が次に開く九月五日まで、まだこの国の王は父上のままなんだ。姉上も女王じゃない。大社より法に重きを置きたかった、我らの高祖父コーゼル二世陛下の――」

「黙りなさい！　お前たちは姦婦《かんぷ》と、その不貞の子よ。王の意思を代弁なんてできない！」

「だからこそ、父上との面会が必要だったんだ。父上は、サインなさったよ。――王の僕の解放に関する告発文も添えてある。セシリアに濡れ衣《ぎぬ》を着せようとしても、無駄だよ。王の僕が暴走した日、彼女が民を守るために奔走していたという証言も集めたよ。連合軍の関係者もちょうど王都に揃っているから、証言は増えるだろうね」

マルギットは、再び「殺しなさい！」と処刑人に命じた。

処刑人は、やはり動かない。

司祭長や、神官たちばかりか、衛兵までも。

誰も、女王の命令に従わなかった。

「テオドル様――」

青ざめたマルギットが、テオドルを見つめ、一歩近づく。

じり、とテオドルは同じだけ下がる。

「マルギット陛下……」

「我々は手を携《たずさ》えられるはずです、テオドル様。卑《いや》しい騾馬の子などに、王位を狙われてなるものですか！　私たち二人で――グレゴール一世陛下の血を正しく継ぐ私たちで、この国を治めましょう？」

さらにマルギットは進み、テオドルは下がる。

マルギットは、まだ王座を諦めていない。

彼女が諦めぬ限り、愚かしい内乱は終わらないだろう。

「今だ――セシリア。今しかない！」

ルキロスのかすれた声が、耳に飛び込む。

今が、その時だ。

自分たちの稀なる力が、この国に最大の影響を及ぼし得る千載一遇の機。

だが——躊躇いがある。

（それで、いいの？　本当に……次の王は、私たちを騾馬と呼ぶ人でいいの？）

躊躇いながらも、セシリアはマルギットの横を通り抜けて、テオドルの前に立つ。

父親に、よく似た異母兄。嫌悪が、判断を鈍らせるようにからみついてきた。

だが、その粘度の高い感情をセシリアは振り払った。他の選択肢《し》はない。未来を託し得る次代の王は、彼以外にいないのだ。

セシリアは紅玉のネックレスを外し、テオドルに渡した。

「兄上、こちらをお預けします。お持ちになって、劫火《ごうか》の大階段でお待ちください」

「わ、わかった。……預からせてもらうよ」

紅玉は、竜に戻ったアルヴィンの目にもはっきりと見える。持つ者を、それ以外のすべてと区別できる、この世で唯一のものである。

「兄上。……一つだけ、お約束くださいませんか。我々を、二度と騾馬とは呼ばぬと」

テオドルの、怯《おび》えるばかりだった緑の瞳に、驚きが浮かんだ。

わずかに、目が泳ぐ。

しかし、彼は言い訳をしなかった。

「――永劫その言葉を口にしない。心の内にさえ浮かべぬと誓うよ。決して、何者も蔑まない。そして――何者にも蔑ませはしない。すまなかった」

テオドルは、セシリアに対して頭を下げた。

今はその言葉を、信じて進むしかない。

セシリアは、処刑場から走り出た。

マルギットの声が、背を襲う。

「お前の魂胆《こんたん》はわかっているわ！　馬鹿ね！　そんなことしたって無駄よ！　私が何者かを忘れたの⁉」

忘れてなどいない。

彼女は今や、この世で唯一の竜を御す者だ。

しかし、振り返りもしなかったし、足も止めなかった。

すぐにアルヴィンと、その後ろに神官たちが続き「左手が鐘楼に続く階段です！」と二人を先導する。これからなにが行われるか、彼らも理解している。

セシリアとアルヴィンは、鐘楼に向かう細い階段を駆け上がった。階段は途中で三股《また》に分かれたが、どれでも構わないので直進した。

細い階段を抜けると、視界が大きく広がる。

強い風が、吹いていた。

下から見ても大きいが、間近で見る大鐘は、巨大である。中に人が数人入れるほどにも大きい。

その縁から続く、細い階段が見えた。

階段の上には、聖騎士が竜の姿に戻るのに適した空間があるはずだ。

アルヴィンは、身軽に階段の方へと向かった。

「……いいのよね？　これで」

その背に向かって、セシリアは問う。

アルヴィンは足を止め、こちらを振り返った。

「いいんだ。これでいい。これしかないよ。女王ではなく、王太子の方が王に相応《ふさわ》しい、と国中に示すんだ。竜が選んだ王なら、誰もが黙る。それで、すべて終わらせよう」

マルギットは、女王位にしがみつこうとしている。

とどめを――刺さねばならない。

それなのに、セシリアの足は震えていた。

「怖いの。……今日の日のことを一生後悔しそうな気がする」

階段に足をかけていたアルヴィンが、一歩だけ戻る。

セシリアが、少しだけ前に進む。

二人は、高い鐘楼の前で向かいあった。

「嫉妬《しっと》してた」

「え――？」

てっきり、アルヴィンはセシリアを諫めるのだと思った。

マルギットが、いかに危険な存在であるか、と。

目を覚ませ。騙されている。──そんな言葉で。だから、首を傾《かし》げた。

「セシリアに言い寄ってくる候補生たちに、ずっと嫉妬してた」

「……嫉妬って……」

「鍛刃院では、よく嫌な気分になったよ。子供の頃は、俺しか見てなかった君が、他の男も目に映すのが嫌だった。どうしても嫌だった。たまらなく嫌だったんだ！」

こんな時になにを言い出すのか。セシリアは呆れ顔になった。

「そんなの、しょうがないじゃない！　男の候補生はたくさんいたもの！」

「それでも嫌だった。セシリアが鍛刃院に行きたいって言い出した時は、心から応援してたよ。誓約の丘で、味方になるって誓ったから。……でも、すぐに後悔した。鍛刃院では、セシリアが別の人を好きになったらどうしようって、心配ばかりしてたよ。俺より強い人が君の前に現れたら──竜の血を浴びていない、一緒に老いていける人と添いたいと思うようになったら──そんなことばかり考えて、いつも怖かった」

そんな話をしている場合でもないし、そんな話題に相応しい場所でもない。

遮《さえぎ》るもののない鐘楼の上は、風のせいで声が遠い。声は自然と大きくなった。

「アルヴィンだって、しょっちゅういろんな子に声かけられてたじゃない。隠してたけど、知ってるのよ、私！　アルヴィンが純血のギヨム種の子を選ぶんじゃないかって、気が気じゃなかったんだから！」

アルヴィンは、セシリアに気づかせまいとしていたので、気づかないふりをしていただけだ。すべて把握している。相手がどこの家の誰で、成績はどの程度か。

アルヴィンの石榴石の瞳が、自分以外を映すのは、面白くなかった。ただ、面白くないと口に出すのが嫌だったから、言わなかっただけだ。

「心配なんて少しも要らない！　俺はセシリアしか好きにならないから！」

「私だってそうよ！　アルヴィンしか好きじゃない！」

こんなところで、なぜ自分たちは愛の告白をしているのか。セシリアは「これ、今する話？」と首を傾げた。

こんな話は、白鷺城に帰ってから、いくらでもできる。

「でも、まったく無意味だって、今ならわかるよ」

「そうだと思う！　意味ないわ！」

「本当に警戒すべきだったのは、鍛刃院の学生なんかじゃない。——女王だった」

セシリアの眉は、ぎゅっと寄った。

心の臓を、強くつかまれたように胸が痛い。

「ち、違う……そうじゃないの」

マルギットへの感情は、恋や愛ではなかった。

もっと別種の——もっと強烈ななにか。

出会った瞬間、運命が変わる――と思った。

今まで見えなかったものが見えるようになり、今までできなかったことができるようになる。人生の彩りが、大きく変わってしまうような種類の衝撃であった。

「ちょっとした恋だとか、気の迷いではじまる愛なんてどうでもよかったんだ。背が高いとか、賢いとか、強いとか……そんなこともどうでもよかった。――怖いのは崇拝《すうはい》だ。英雄とその崇拝者になる。それが一番怖い」

英雄と崇拝者。

セシリアはもう、なんで今そんな話をするの？　とは思わなかった。

それはまさしく今、セシリアを迷わせているものの正体だ。

「……うん。わかるわ」

「王妃だって、ドロテア様を崇拝して死んだ。タリサ・ヴァルクだって王女との夢に酔って死んだ。……君も危うかったよ。なにも知らされず、グレゴール一世の呪いの破棄と引き換えだと言われていたら、君が王の僕を解放していたかもしれない。――セシリア。女王は、君が崇拝すべき相手じゃない。目を覚ませ」

封印など、自分が解いたわけがない――などと言えなかった。

知っていれば断った。けれど、あの頃のセシリアは、まだ多くを知らずにいたからだ。

マルギットも、セシリアを騙すために手段を択ばなかったろう。

だから、決してないとは言いきれない。

突然、涙が目から溢《あふ》れた。

「わかってるの。もう無理だって。でも――美しかったのよ。マルギット様の横で見えた未来は、キラキラ輝いてて……なにかほんの少し違ったら、それが手に入ったような気がしているの！　今でも！　ええ、そう、今でもよ！」

もし、マルギットが、セシリアや周囲の言葉を少しでも聞いてくれていたら。

小さな過ちを、認め、改めてくれたなら。

嘘をつかないでくれていたら。騎士の世に敬意を持ってくれていたら。

「幻《まぼろし》だ！」

「わかってる！」

「機会を与えれば――君が助言すれば――君が傍で支えれば――女王はよき王になるかもしれないと思ってるんだろう？　違う！　全部、ただの幻だ！　絶対にない！」

「わかってるのよ、私だって！　でも――もしかしたら……」

心はとうに離れたはずなのに、深く抉られた傷が今もうずく。

見放したはずなのに、まだかすかに期待をしている。

それほどにマルギットは、唯一の存在に見えたのだ。

「セシリア。目を覚ませ」

アルヴィンが、近づいてきた。

セシリアの足は、動かない。

「わかってるのよ。でも、兄上にだって頼りないところがあるわ。それに兄上は、あの父親の息子なのよ？　私の母親は、身投げして死んだの。望んで私を産んだんじゃない！」

伝えるつもりのなかった言葉が、口からこぼれていた。

記憶を取り戻した時には流れなかった涙が、頰を濡らしていく。

「……母親のことを、思い出したの？」

「そうよ、思い出したの。新緑院に行った時に！」

ただの私怨だ。

国の未来と、父親への恨み。秤にかけるまでもない。

それでも、湧き上がる憎しみは抑えようがなかった。

「……耐えてくれ。すまない、セシリア。テオドル様以外の王族では、七社家と共には歩けないだろう」

「わかってる！　しょうがないってことくらい！」

「俺たちは、より少ない悪を選ばなくちゃいけない。今、俺たちが女王の前に跪けば、すべてが水泡に帰す。――耐えてくれ。本当にすまない！」

なにも、マルギットを女王の座にとどめたいと思っているわけではない。

ただ、その一歩を踏み出すのが怖い。

アルヴィンが、近づく。

その時――目の端でなにかが動いた。

この高さだ。視界に並ぶものと言えば、黒鳶城の城壁と、尖塔《せんとう》くらいだ。

その尖塔の上で、なにかが動いた。

セシリアはそちらを見て、驚きに目を瞠《みは》る。――竜だ。

ゴオオオオゥ　オゥウオゥ
「あ……竜――義兄上《あに》？」

大きな竜が、東の尖塔の上で咆哮《ほうこう》を上げた。

一目でそれとわかったのは、竜がアルヴィンとよく似た形をしていたからだ。それでいて、ひと回り大きい。

(どうして、義兄上が……？　あ！)

キリアンの足が、尖塔を蹴る。がらり、とその破片が崩れ、落下していった。

「ルキロス様の作戦だ。さっき処刑場でお聞きした。――女王の功を無効にする作戦らしい。ご自身の死を覚悟した上で、処刑の鐘が鳴ったら決行するよう伝えていたそうだ」

女王が即位した途端に、黒鳶城の尖塔が破壊される。

竜を御す王の象徴とも呼ぶべき尖塔が、音を立てて崩れていく。

竜殺しの功を打ち消すのに、これ以上効果のあるものも他にないだろう。

「あぁ……」

セシリアは、もう黒鳶城を夢のように美しいだけの場所だとは思っていない。けれど、その瓦解《がかい》を目の当たりにして、心は大きく揺れた。

まるで、自分自身のどこかが崩れていってしまうかのよう。

その場にへたりこみそうになった時、アルヴィンの手が、セシリアの頬を包む。

「俺だけを見て。俺だけの声を聞いて」

美しい、石榴石の瞳が目の前にある。

見惚《みと》れるほど美しい、その瞳。

「アルヴィン……」

「俺も、君の紅玉だけを見て、君の声だけを聞く。――後悔は、全部俺が引き受ける。俺が、君を守るから」

互いを信じ、互いを守る。

あの誓約の丘の、老木の下で誓ったとおりに。

二人は、いくつかの呼吸の間、見つめあった。

セシリアは、愛する人と共に老いたい。

今は、そのためだけに勇気をふり絞ろう、と心を決める。

セシリアは、こくりとうなずいた。

「私も、貴方を守ってみせる。決して女王に操らせはしないわ。――私だけを見て。私の声だけを聴いて」

アルヴィンもうなずき、階段に向かって走っていく。

しばらくして――

オオオゥ　ゴオゥ
頭上から響く竜の咆哮が、大鐘を揺るがした。
夏の陽射しが竜の身体に遮られ、大きな影ができる。
影は、真下にある処刑場にも落ちていた。人々の動揺が、音になって耳に届く。
セシリアは、大鐘の位置まで降りてきたアルヴィンの背にひらりと飛び乗った。
目指すは、劫火の大階段だ。
そこで、二人は竜御の儀の真似事をする。――マルギットにとどめを刺すために。
バサリ、バサリと翼が大きく動き、ゆっくりと高度を下げていく。
「紅玉、見えてる？」
『見えるよ。はっきりと』
アルヴィンは、テオドルが持っている紅玉を目指している。
セシリアの目にも、テオドルの姿が見えた。
ルキロスに肩を貸して支えながら、竜を見上げている。
――白いコタルディも、目の端に見えた。
「そのまま、紅玉だけを見ていて。後ろは見ないで。女王がいる」
『君もだ。そちらは見ないで』
セシリアは、竜ではない。
だから、マルギットを目に入れぬよう配慮する必要はなかった。

けれど「わかった」と返事をする。マルギットの呪縛から逃れねばならないのは、セシリアも同じだ。

ここから、頼りになるのは互いの、互いに対する集中力だけになる。

——愛の力だ。

ふいに、ジョンの言葉を思い出していた。

（愛……愛だわ、たしかに）

こんな離れ業は、他の誰ともできない。彼と自分だからこそできることだ。やれる。できる。セシリアは、己の心を励ました。

劫火の大階段に、テオドルとルキロスがいる。

周囲には兵士の姿が見えた。彼らは逃げ出すことなく、竜を恐れながらもその場に留まっている。黒鳶城の衛兵の他、マルギットを擁する連合軍の、諸国の旗も見えた。

兵士の輪の向こう側には、王都の人々も集まっていた。竜への恐怖をしのぐ、抑えがたい好奇心がそうさせたのだろうか。

アルヴィンは、静かに劫火の大階段に降り立った。

着地の瞬間、人々が一斉に息を呑んだのが伝わってくる。

『いる。——女王がいる』

「私はここにいるわ。紅玉を見て、アルヴィン。——そこに、私がいると思って」

セシリアは「今よ。お願い」とアルヴィンの背に向かって声をかけた。

アルヴィンは、テオドルに――ネックレスの紅玉に向かって頭を下げる。
――グレゴール一世に頭《こうべ》を垂れる竜のように。
大きなどよめきが起きた。
その様が意味するものを、この国の人はよく知っているのだ。
「どうして……どうしてこちらを見ないの⁉」
マルギットの、声が聞こえる。
声は聞こえている。位置もわかる。けれど、セシリアはそちらを決して見なかった。
大きなどよめきは、すぐに戸惑いに変わる。
ルトゥエル王国の女王は、マルギットだ。
しかし、黒鳶城に現れた竜は暴れ、目の前の竜はテオドルに従った。
戸惑う声は、さざ波のように、静かに広がっていく。
「――どうなさいますか？　マルギット陛下」
テオドルが、問うた。
マルギットに残された道は、二つある。
冷静さを失うか、失わないか。
二つに一つ。
冷静さを失えば、ここですべてを失う。
冷静さを失わなければ、名誉だけが残る。

「……――」

「ルキロス様を捕縛なさっていたのは、女王陛下の誤りでございますね？」

「……ええ、間違っていたわ」

テオドルの言を、マルギットは認めた。

「聞いてのとおりだ！　不当に捕らわれ、不十分な調査を根拠に作られた王勅によって処刑されかけたルキロス殿下は、無罪である！」

事の経緯など、民衆は知らないはずだ。

ただ、内輪もめに飽き飽きしている民衆にとっては、望ましい一幕のようには思われたのだろう。どこかで、パチパチと拍手が上がったのを機に、わぁっと歓声が上がった。

「しかし、ヒルダ様の処刑はすでに執行された。――一言の申し開きも許されずに」

ルキロスの件でひとしきり喜んでいた群衆が、しん、と静かになる。

テオドルは、矢継ぎ早に話を続けはしなかった。

雄弁な沈黙である。

アルヴィンの背の上で、セシリアはテオドルの態度に舌を巻いた。

気の弱いところのある人だ。けれど、今、彼は実に堂々としている。竜の庇護は、人を勇敢にするのかもしれない。それとも、もはやマルギットには、彼を臆病にさせる要素がなかったのだろうか。

「ヒルダ様は、裁判での証言を希望しておられた。それが、なぜ、誰に一言も告げることなく斬首《ざんしゅ》されてしまったのか。――彼の人の舌を奪ったのは、誰なのか！」

竜を倒した英雄。聖王妃の娘。聖女王。そのキラキラと輝く、美しい女性から漂う血《ち》腥《なまぐさ》さに、人々が気づこうとしている。

――ヒルダ様の罪は、幽閉で済んでいたのではないのか？　なぜ処刑を？

――ルキロス様は、どうして処刑されかけた……？

――なぜ、竜は女王陛下の前に傅《かしず》かない？

――竜は、どうして黒鳶城を破壊しているんだ？

竜をはさんだ対峙《たいじ》が長引けば長引くほど、マルギットは追い詰められていく。

遠くで、大きな音がした。――黒鳶城からだ。

この位置からは見えないが、西の尖塔が――と聞こえたので、二本目の尖塔が破壊されたらしい。

（あと少し……もうすぐ終わる）

ふいに――アルヴィンが首をもたげた。

「あ……！」

突然のことで、セシリアは刺《とげ》にしがみついて「待って！」と叫んだ。

（ここまで来て……女王に傅くわけにはいかない！）

セシリアは必死に「そっちじゃない！　紅玉を見て！」と叫んだ。

その時だ。

アルヴィンの炎が、天に向かって吐かれた。

劫火の大階段で、竜が炎を吐いたのだ。――敵を威嚇《いかく》するかのように。

バサリ、と翼が大きく広がる。

「もう――もう、やめて！」

やっと、マルギットが声を発した。

「ヒルダ様の処刑も、過ちだったとお認めになられますね？」

「……認めるわ」

「裁判所は、あと七日で再開されます。ヒルダ様がなされた告発も、その場で明らかになるでしょう。――それまでに、お答えをお出しください」

罪を裁かれるか。

国外に逃げるか。

いずれかを選べ、とテオドルは言ったのだ。

きっとマルギットの顔は、怒りに青ざめているだろう。テオドルと、ルキロスと、そしてセシリアをにらみつけているに違いない。

「……わかったわ。その代わり、私の名誉を守ると誓いなさい。聖女王の名を、汚さないで。この場にいる全員よ。――それが、そちらの要求を呑む条件よ」

実に彼女らしい居丈高な調子で、マルギットは言った。

言いたいことは山のようにあったに違いない。セシリアへの恨み言も、百や二百では足りぬだけあるだろう。

けれど——もう終わりだ。

声と同時に、アルヴィンの広げた翼が大きく動く。

「飛んで！」

『もう限界だ——』

テオドルが「あとは任せてくれ、本当にありがとう！——兄上！　ネックレスを！」

「ありがとう。耐えてくれて、本当にありがとう！——兄上！　ネックレスを！」と叫んでから、ネックレスを放った。

青い空を背に、紅玉が輝く。

輝きの軌跡は、たしかにセシリアの手に収まった。

「セシリア・ガラシェ！」

マルギットが、鋭い声でセシリアを呼ぶ。

『見るな！　とらわれる！』

アルヴィンの声は、たしかに聞こえてきたというのに——セシリアは後ろを振り向いていた。

目が、あう。

空色の瞳と——緑の瞳が。

従姉妹《いとこ》同士に生まれ、奇しき運命を一度は共にした二人の視線が、ひたりと重なる。

マルギットは、不機嫌に眦《まなじり》を吊《つ》り上げて、

「今度こそ、誓いを守りなさい！」
と言った。
白いコタルディの、美しい人。
ここで律儀に返事をするほど、お人よしではないつもりだ。だが、思った。
――そのくらいの約束は、してやってもいいのではないか、と。
彼女は人生をかけた望みのすべてを、間もなく失うのだから。
アルヴィンの身体が、ふっと宙に浮く。
なにかが――地面にぽたりと落ち、弾けた。
（え……？）
血だ。
劫火の大階段に、アルヴィンの赤い血が滴《したた》ったのだ。
マルギットの白いコタルディの裾《すそ》が、血に汚れる。
「ア、アルヴィン！　貴方、怪我を――？」
『舌を噛《か》んでた』
なんでそんな真似を――と聞くより前に答えは出ていた。
マルギットの竜を御す力に抗うためだ。
竜を見上げる多くの目の中に、マルギットのそれも存在していた。
「アルヴィン――ごめんなさい！　私のせいで――」

愛が足りなかったから、こんな目に遭《あ》わせてしまった――というのも、間抜けな科白《せりふ》だと思う。だが、自分ならば彼を守り得る、と信じていただけに、滴る血に猛烈な後悔を覚える。

『違う。万が一を避けた……』

高度が上がり、黒鳶城の崩れた尖塔が見えてきた。

キリアンが崩した二つの尖塔は、もう形を留めていない。

竜の――七社家の積もり積もった怒りが、そこに見える。

黒鳶城は、姿を変えていた。いずれ修復されるだろうか――と考え、しかし戻らぬような気もした。世は、うつろうものだ。

「アルヴィン――」

『もっと話しかけて。……まだ、女王がそこにいる』

アルヴィンを守りたいと願うのがセシリアの愛ならば、セシリアを守るために万全を尽くすのがアルヴィンの愛だった。

いつも、いつでも、彼はセシリアを守ろうとしてくれた。

どんな時でも、変わらずに。誓約の丘でした約束のまま。

血が、また滴る。セシリアはこみ上げる愛おしさに涙をこぼした。

「守ってくれてありがとう。私、本当に――」

『簡単に頼む！』

「愛してる！　貴方のことが大好きよ！」

話題は単純でなければ、と思った。

きっと、すべての話題が、ここに帰結すると思ったからだ。

『………』

「黙らないでよ。なにか話して！」

『いや……』

今は、沈黙が怖い。

セシリアは、慌てて別の話題を探す。

「じゃあ別の話！——あ……そうだ。この紅玉って、なにでできてるの？」

『歯だよ』

「歯⁉」

『生きている竜の骨は、身体から離れると紅玉になる。……連中に知られたら、とんでもないことになるだろう？　だから、伏せてる』

複雑な話はできないという割に、ずいぶん複雑なことをアルヴィンは言った。

愛している、と言われるより、彼にとっては簡単だったのかもしれない。

手首に巻いていたネックレスを、まじまじと見る。

これが、身体の一部だったとは信じられない。とても美しい。深部の濃い赤も、浅いところの澄んだきらめきも。

「そ、それは伏せるべきだわ。知られるわけにはいかない——絶対に」

この美しい宝玉までもが竜の資源と知られては、どれだけの悲劇を招くか知れない。

アルヴィンの身体が、尖塔のあった位置よりも高くなる。

もう、群衆の姿は遠い。

けれどセシリアの緑の瞳には、マルギットの姿がはっきりと見えていた。血で汚れた、白いコタルディが、ヒラヒラと舞っている。

きっと、彼の人の姿を見るのも、これが最後だ。

今日この日のことは、きっとタペストリーに残るだろう。題はさしずめ『聖王妃の追放』。あるいは『聖王妃の勇退』。どちらになるかは、今後の彼女次第だ。

(王都が——遠くなる)

車輪の形をした、美しい街。五百年の栄華を誇る堅牢な都。

黒の都が遠ざかるにつれ、その中の営みは急激に遠くなった。一睡の夢でもあったかのように。

『帰るよ、セシリア』

「——うん。帰ろう」

あの美しい森が、セシリアを待っている。

ガラシェ社領の森が、白い城が、家族が、待っている。

大きな竜雲が、涙で滲《にじ》んだ。

あの美しい王女と共にあった冒険の旅の、なんと残酷だったことだろう。
闘技場で出会い、海を渡り、竜を倒し、墨岩砦で別れた。
そうして、劫火の大階段でとどめを刺した。
悲しいのか、嬉しいのか、自分でもわからない。
ただ美しい森を見つめるセシリアの目からは、とめどなく涙がこぼれた。

跋　鈴百合の祈り

新暦九九八年の初秋。

森は夏の名残《なごり》をとどめつつも、丘の辺りには、もう蜻蛉《とんぼ》が飛んでいる。

ガラシェ社領の白鷺《しらさぎ》城からほど近い丘の上に、セシリアは立っていた。

誓約の老木は、変わらずそこにある。

ふいに、強く風が吹く。

耳の辺りで切り揃《そろ》えた蜂蜜《はちみつ》色の髪が、風に揺れた。

黒いローブの裾《すそ》も、軽やかに舞っていた。

「セシリア！　ごめん、遅くなった！」

呼ばれて、セシリアは振り向いた。

城の方から駆けてきたのは、黒い巻き毛の青年――アルヴィンだ。

黒い詰襟《つめえり》のチュニックと、黒鱗鋼《こくりんこう》の剣を腰に差した聖騎士の姿をしている。

揃《そろ》いの剣を、セシリアも差している。魔道士の姿をしていても、セシリアはこの剣を常に身に着けていた。

「アルヴィン！　久しぶり。元気そうね。そちらは順調？」

「なんとかね。でも、やっぱり北の方は厳しいよ。キーゼフ王国は、今年三度も会議に出ているけど、話がまったく進んでない。宰相《さいしょう》も交代してしまったし」

二人は丘の上に並び、誓約の老木を見上げた。

自然と手が触れ、その手をしっかりと握りあう。

顔をあわせるのは、二カ月ぶりだ。

「北は山間部が多いから、竜の実害も南に比べて少ないものね」

「うん。でも、少しずつ理解者も増えてる。気長にいくよ」

アルヴィンは、新たに組織された騎士団を率いて、島中を飛んで歩いている。

名は、葬竜騎士団。

実像にあった名が、騎士たち自身によってつけられた。

征竜騎士団は、社領の由子《ゆうし》たちと、鍛刃院《たんじんいん》と新緑院《しんりょくいん》の混成種で構成されている。

「次はどこ？」

「ナリエル王国だ。ガスパル王の根回しのお陰《かげ》で、三体目を葬《ほうむ》れることになった」

「頼もしいわね。さすがはガスパル様」

竜による資源の喪失は、諸国において大きな問題だった。

島内すべての竜を葬ろうというルトゥエル王国の働きかけに対し、反発を示す国も多いのが現状だ。

現在、ラグダ王国を中心にして、火蕾《からい》の人工栽培の研究が進んでいる。ラグダ王国は、ガスパルが反対派を押しきり、いち早く国内の亡竜《ぼうりゅう》を葬り去っていた。

島ではじめて竜のいない国となったラグダ王国が、火蕾の栽培に乗り出したことで、周囲の国々へ与えた影響は大きい。

火蕾栽培の中心となっているのが、宮廷魔道士のキアラだ。

彼女は以前から、竜のいなくなった世を恐れ、研究を続けていたそうだ。

まだ大規模な栽培には至っていないが、魔力の介入によって、竜を必要としない火蕾自体はすでに誕生している。

今後、火蕾の流通量が増えれば、吸煙者も比例して増えることが予想される。取り扱う者を限定するよう、各国に法整備の呼びかけをする段階にまで話は進んでいた。

この火蕾栽培が、葬竜騎士団の追い風となっている。

「じゃあ、行こうか」

「うん」

アルヴィンが、歩き出す。

二人は手を繋《つな》いだまま、丘を下りていった。

丘の下には小川がある。

いつも試合をすると、アルヴィンが水を汲《く》んできてくれる場所だ。

そこに鈴百合《すずゆり》の花束が、小石に囲まれて置いてある。

「花、用意してくれてたんだ。ありがとう」

「少し早く着いたから、結界を繕《つくろ》いがてらね。東の方にたくさんあるから」

川の水につけていた鈴百合の花束を、屈んで手に取る。茎の間からこぼれた水滴が、キラキラと輝いた。

鈴百合は、弔《とむら》いの花だ。

真白い可憐《かれん》なこの花束を、これから社殿に捧げる。

社殿入りを見送った家族の務めだ。務めは、生涯続く。

成人前は見送りに参加できないため、セシリアが見送ったのは、まだ養父一人だ。

――ガラシェ司祭は、二年前の秋に社殿に入った。

マルギットが、呪いの破棄を反故《ほご》にしたわけではない。たしかに王杖《おうじょう》は破壊された。ただ一度身に刻まれた呪いは、解除されないというだけだ。

そうと知ったのは、テオドルの即位式の夜だった。

聞いたセシリアは泣いたし、告げたアルヴィンも泣いていた。

それでも、次の世代の聖騎士は、亡竜になることはない。社殿を守り、民と森を守りながら、人生をまっとうできるのだ。

無駄な努力ではなかった。多くの涙を流したあと、セシリアはそう結論を出した。

いずれ、叔父たちや、義兄二人も社殿に去るだろう。

そうして、いずれ――

と答えた。

「セシリア」

落ちた水滴を目で追ったきり、川面《かわも》に見入っていたセシリアは、ハッと顔を上げた。アルヴィンが、顔をのぞきこんでいる。「大丈夫？」と問われて、セシリアは「ええ」と答えた。

「さ、行きましょうか」

「――あの人のことでも考えてた？」

その質問に、セシリアは苦笑しつつ首を横に振った。

「考えてなかったわ。私にしては珍しく」

「それならいいけど。……他に道はなかったよ」

他の道はなかったのか――

いまだ、セシリアは夢に魘《うな》される。

「うん。わかってる」

わかっていてもなお、悩みの淵に沈みそうになる日がある。

なにか、どこか一つ、自分の選択が違っていれば――今もマルギットは、聖女王として
ルトゥエル王国に君臨し得たのではないか、と。

自分は王佐の魔道士として、それを助けるのだ。

ちょうどテオドルとルキロスのように。竜を御す女王と、竜の声を聞く魔道士が治める
国。得られなかった未来が、時折美しい幻《まぼろし》として現れる。

「花、預かるよ。……父上に報告してくる」

セシリアは、手に持っていた花束をアルヴィンに渡した。

白い鈴百合ごしに見る彼の瞳は、いつにも増して鮮やかに見える。

じゃあ、と花束を持ったアルヴィンが祠《ほこら》の中に消えていく。

いずれ——アルヴィンも聖域へと去っていく。

その瞬間を思うと、いつも涙が溢《あふ》れてくる。

セシリアは、近場にある岩に腰かけ、空を見上げた。

一粒、二粒、涙をこぼしたあとは、そっと頬《ほお》を拭《ぬぐ》う。

時間と共に、後悔の瞬間は曖昧《あいまい》になっていった。あの瞬間、この瞬間、とはっきりとした像が頭に浮かばない。

代わりに増えていくのは、アルヴィンの言葉だ。

——あれしかなかった。他になかった。

——幻は美しいものだよ。でも、幻だけ食べては生きていけないんだ。

——他の道を選べば、もっと多くの血が流れていた。

そうした言葉に支えられる度、あの一年に起きた出来事が遠くなっていく。

マルギットへの感情も、色彩を変え、温度を変えていった。

テオドル一世の即位後、マルギットに関する裁判が行われている。

聖女王裁判、と名のついた一連の裁判は、半年近くも続いた。

その頃、マルギットはすでに国外に逃れていたため、ヒルダの告発文に従って裁判は進められた。セシリアも、何度か証言台に立っている。

ラグダ王国の宮廷魔道士・キアラは、その時点ではセシリアを深く恨んでおり、王の僕《しもべ》の解放は、セシリアの意思だとの主張を変えなかった。彼女が証拠として示したのが、レオンの、セシリアに宛《あ》てた手紙であった。結果として遺書になったが、本人は戻る気でいたらしい。そこには、セシリアと王都で暮らす未来について書かれていた。

マルギットは、レオンのセシリアへの恋心を利用したらしい。封印さえ解けば、セシリアと王都で暮らせる、とレオンは信じていたようだ。もちろん、セシリアはレオンと王都で暮らす約束などしてない。

この件では、評判のよくないギヨム種の習慣が、セシリアを助けた。

七社家の養女が、五歳で婚約した相手を捨て、他国の宮廷魔道士と将来の約束をするとは誰も思わなかったのだ。セシリア自身が否定する暇もなかった。

キアラは裁判が進むにつれ、考えを変えていったようだ。ラグダ王国に戻ったのちに、謝罪の手紙をセシリアに送ってきている。私が愚《おろ》かでした。レオンも愚かでした――と。

聖女王裁判は、愛を失い、頑《かたく》なになった少女の心を震えたのだ。

裁判で明らかになったマルギットの暴挙は、人々の心をも変え上がらせた。

この裁判の結果は公《おおやけ》にはされなかった。すでに新たな世ははじまっており、マルギットはルトゥエル王国を去っている。永久追放を条件とする限り、その罪は不問とする――という結論で、一連の事件に幕が引かれた。

（今、どこにいらっしゃるのかしら）

夏の終わりの空は高く、竜雲がぽっかりと浮いている。

聖域に、その人はいない。ここは聖騎士の魂《たましい》が眠る場所だ。

親友の魂は、テンターク社領に眠っている。だから、セシリアは毎年、墓所に手をあわせに行く。

王の僕の暴走で亡くなった人たちと、亡竜への鎮魂は、現場に碑《ひ》を建てて行っている。手足を失った人々への支援や、遺族たちの暮らしを支える取り組みも、慰霊《いれい》の一環だとセシリアは理解していた。

姉の魂は、ヴァルク社領に眠っている。あとになって聞いたが、タリサもやはり新緑院の出身であったそうだ。セシリアとは入れ違いに、ヴァルク家に迎えられたらしい。生母はソーレン公領で存命だったが、別の家庭を築いていたため、娘の死は伏せられた。

セシリアの母親の弔いは、ガラシェ家が行った。だから白鷺城の地下の祈禱《きとう》堂に、その魂はあると信じている。新緑院の記録を調べたところ、母はヴァルク社領の出身で、名は、セシリアといったそうだ。だから、セシリアと黒鳶《くろとび》城で顔をあわせたトラヴィア公は、セシリアが何者であるかの見当はついていたように思う。――その名を記憶してさえいれば、の話だが。

トラヴィア公がどこに眠っているかを、セシリアは知らず、知ろうともしていない。黒鳶城の地下墓所かもしれないが、墓碑の場所も知らないし、探す予定もなかった。父への憎しみは、弔わないことで解決すると決めている。今後も異母兄と関わる上で、自分なりに引いた線であった。

マルギットの魂の在処《ありか》も、セシリアは知らない。

――マルギットは、昨年の秋にこの世を去っている。

夫たるダビド王子は、ラグダ王国へと帰ってきた妻に、膝《ひざ》をついて謝罪したそうだ。毒を盛ったことへの謝罪ではないだろう。そちらは潔白を訴えたに違いない。その上で、自身の不品行と、婚儀以来の非礼を詫《わ》びたと思われる。火蕾用の煙管《きせる》も、目の前で捨てて見せたそうだ。潔白を示す白い薔薇《ばら》の花束を抱えての、一世一代の懺悔《ざんげ》であった、と伝わっている。

この謝罪を、マルギットは受け入れたようだ。

想像に過ぎないが、従弟《いとこ》との結婚を画策していた件は、口を噤《つぐ》んだのではないだろうか。少なくとも謝罪はなかったろう。

――しょうがないじゃない。

彼女ならば、そう言ったような気がする。

ともあれ、彼ら夫妻はカミロ五世に与えられた小城に移り、遅まきながら正しく新婚生活に入った。

彼らの間に、どんな会話があったか。セシリアには知る由《よし》もない。

ただ、マルギットの懐妊《かいにん》の報《しら》せが、翌年の春頃に入った。

報せてくれたのはテオドルで、彼自身は興味を持っていない様子だった。セシリアは、月に一度、テオドルと顔をあわせている。相談もあれば、雑談だけで終わる時もあった。ルキロスも交えて会う場合が多い。その時は、すぐにロランドの話題に移っていた。

ヒルダの遺児のロランドは、彼女が望んだとおりに白鷺城で養育されている。テオドルにとっては異母弟で、ルキロスにとっては異父弟にあたるロランドのことを、二人ともよく気にかけていた。

寝返りをしたと言っては喜び、這《は》ったと言えば喜ぶ。話題はそれきりロランドに移ってしまったので、セシリアの心もあまり動かなかった。

夏の終わりに、訃報《ふほう》が届いた。

早産で、腹の子と共に亡くなったそうだ。

奇しくも、それはマルギットが王都を去った九月一日のことだった。

ダビドは妻の葬儀の夜に、火蓄の過剰摂取で亡くなっている。

マルギットが、夫を愛していたのかどうかなど、セシリアにはわからない。

彼女にとってダビドは、利用し、踏みつけ、騙《だま》した相手だ。獅子《しし》は、羊を夫にはしないものではないか、と思うが。

ダビドにとってはどうだろう。夢破れ、失意に沈む妻は、愛《いと》おしく思えたのだろうか。

仮にマルギットが夫を愛していて、ラグダ王国で共に眠ることを望んだのならば、その魂は彼の国に留まっているだろう。
だとしたら、彼女は西にいる。
森の向こうに目をやり、しかし、セシリアは東に目を動かしていた。
(違うわ。――きっと)
セシリアの知るマルギットならば、西にはいない。東にいる。
王都に。黒鳶城に。地下墓所に。あの、聖王妃ドロテアの墓碑の隣に。
今度こそ気まぐれなどこかではなく、あの場所にいるだろう。
聖女王の墓は、本来そこにこそあるべきだ。
「戻りたい……に決まってますよね、そんなの。当たり前……ですね」
呟《つぶや》いた空が、なにを返してくるわけもない。
そこには、ただ彼の人の瞳の色に似た空があるだけだ。
だから、胸に手を当てて祈った。
生者が死者に対してできるのは、祈ることだけだったから。

――飛竜の政変、という名がついている。
神暦九九五年の祝祭の惨劇《さんげき》から、神暦九九六年のテオドル一世即位までの政治的混乱を指す名称だ。大空を飛ぶ竜と、その背に乗った騎士が勝敗の鍵を握ったことに由来しているのは、言うまでもないだろう。

政変の勝者であるテオドル一世の治世は、二十余年続く。

前半の十年は、栄光に彩られた。

彼は大ガリアテ島から悪竜を一掃するため、力を尽くした。達成には十数年を要したが、この偉業は彼の英名を不動のものにしている。

後半の十年は、老いと死の恐怖に苛《さいな》まれ、延命術に没頭した。ウイルズ三世の命を数年永らえさせた技術に魅せられ、次第に政治の舞台からは遠ざかった。

王を傍《かたわ》らで支えたのは、隻腕《せきわん》の宰相ルキロスであった。彼は、テオドル一世の死後も、その後継者となったテオドル二世はじめ、四代もの王に仕えている。彼の優れた統治能力と、混成種ならではの寿命の長さが、国の安定を支えたのだ。

彼の晩年になると、世から混成種、という言葉が消えている。

そのため、史書もルキロス宰相の偉業と、竜に片腕を奪われたことこそ載せたが、混成種であるという事実は記していない。――世は、変わったのだ。

こうした変化のきっかけは、聖女王裁判で公開されたヒルダの告発文にある。のちにヒルダ報告書、と呼ばれるようになった文書だ。

テオドル一世の即位以降、稀種《きしゅ》の世に大きな変化が二つ起きた。

一つは、純血主義の加速である。

王族周辺は血族婚を繰り返し、急速に数を減らした。スィレン種の国王は、テオドル三世の代で絶えている。

——テオドル一世の治世の十年目に、一人の血統学者が、血統学研究所の窓から投身自殺を遂げた。遺書によれば、彼はスィレン種の歴史を遡《さかのぼ》り、調査の課程である事実を知ったそうだ。『グレゴール一世の母親は、黒檀《こくたん》の髪を持ち、腰に剣を佩《は》いていた』。

グレゴール一世は、鍛冶匠《かじしょう》の国の王族の傍流であり、現在のソーレン公領付近の小領主の嫡子《ちゃくし》として生まれた——ということにされてきたが、これが嫡子ではなく庶子《しょし》で、しかも母親はギヨム種の騎士であった、と明らかになったのである。

グレゴール一世の、魔道士アレクサンドラの血を呼び起こしたのが、古き七人の王の血であったらしい。

そもそも、純血のスィレン種自体が存在していなかった——ということだ。

世は一夜だけ驚きに沸いたが、混成一世が示す力は、今や誰もが知っていた。すでにスィレン種の世に、隠れた混成種は多く存在していたのである。偽装も一部で横行していたため、次第に血統学は廃《すた》れていく。

だからといって、スィレン種が守ってきた文化が絶えたわけではない。

担《にな》い手は、スィレン種から混成種に変わっていった。

世の大きな変化のもう一つは、右記のことも踏まえての、二つの稀種の融合《ゆうごう》である。

変化は急速で、稀種の垣根はどんどん曖昧になっていった。

ルキロスが仕えた最後の王の髪は黒かったが、それがいずれの血に由来しているかは、史書に記されなかった。ただ、騎士王、との称号が残るばかりである。

飛竜の政変は、国の大きな転換点となった。その後、この国を導いた政変の勝者三人を著名な順に挙げれば、英明なる王と名宰相よりも先になるのが、セシリア・ガラシェだろう。彼女の像は、生前から国のあちこちに建てられた。

竜の背に乗り、勇ましく黒鱗鋼の剣を持つ英雄。

神話めいたその姿は、多くのタペストリーにも描かれた。

セシリアは、テオドル一世の偉業たる悪竜掃討を彼女の夫と共に指揮し、ついには十数年かけてそれを達成した。その傍ら、ドロテア妃がはじめた慈善事業を、非公式であった混成種の孤児院も含め、すべて引き継いでいる。ソーレン公領における稀種の格差問題にも、積極的な介入を行った。

飛竜の政変の敗者であるウイルズ三世は、後世に暴君として記憶されている。

祝祭の日の騎士虐殺《ぎゃくさつ》。冤罪《えんざい》を着せて王女殺害を目論《もくろ》み、国外に脱した王女の帰還を阻《はば》むべく王の僕を放った。それらはウイルズ三世の暴挙と記憶され、かつ記録されてしまった。半年もかけて行われた裁判は、闇《やみ》に葬られたのだ。ヒルダの処刑の罪も背負わされている。これらの情報操作は、国政の改革を進めるテオドル一世の指示によって行われた。旧体制を一掃するための手段であったらしい。力を失った女王を悪とするよりも、都合がよかったものと思われる。

マルギットの役割は、暴君であった父親から、英明なる従弟へと王位を中継した存在として記録された。よき国王を王座に導いた者。そして、騎竜の英雄に忠誠を捧げられた者。

彼女の歴史上の評価は、その二点に尽きる。「ご本人が知ったら卒倒しそうだわ」というのは、晩年のセシリアの評である。

セシリアは、マルギット女王の遺品を収めた墓を黒鳶城の地下墓所に建立《こんりゅう》した。ドロテアの墓と、ヒルダの墓の、ちょうど間。あたかも、この三人の女性が、テオドル一世の偉業の礎《いしずえ》となったかのように見せながら。「これで悪さもできないでしょう」と言ったセシリアの言葉は伝わっていない。

年に一度、騎竜の英雄は、三人の偉大なる女性たちの墓参を欠かさなかった。

十日女王のマルギット一世の存在は歴史の上で薄いが、悪名としては残らなかった。慈悲深い、聖王妃の娘にして、聖女王。名君を王座に導いた聖女は、民に愛された女王として、人々に記憶されていったのである。

十日女王と、騎竜の英雄の最後の約束は、果たされたのだ。

――余談ながら。

大ガリアテ島固有の植物であった鈴百合は、春の大陸に観賞用として渡った。高名な詩人が詩にしたため世界中へ広がっていった。花言葉は、永遠の祈り。大陸では『マルギット』との名がついた。マルギット女王に仕えた英雄が、墓にその花を毎年供えていたことに由来しているという。


祠の扉が、静かに動いた。

青みがかった黒い髪が見え、石榴石《ざくろ》の瞳が見える。

（あぁ、よかった。――戻ってきた）

まだ、その時ではないので、当然といえば当然だが。

いずれ戻らぬ日が来ると知っているセシリアには、帰還が嬉《うれ》しくてならない。

「お帰りなさい、アルヴィン」

「お待たせ。父上に報告してきたよ。――少し遅くなったけど。俺としては、思ったより早かった。……本当にいいの？」

「ええ、もちろん。私はなにも諦《あきら》めたりしないもの。諸国の亡竜はすべて葬るし、混成種だって守るわ」

アルヴィンの手が、遠慮がちに伸びてくる。

セシリアは、その手をしっかりと握った。

眩《まばゆ》い夏の陽射しを左の手で遮《さえぎ》りながら、誓約の丘を見上げる。

そこに、人影が見えた。

「セシリア！　やっぱり髪に花は飾りましょうよ！　花嫁ですもの！」

丘の上で手を振っているのは、義姉だ。次兄のキリアンの妻である。

「いいんです！　このままで！」

その義姉に並んだのは、ヴェントール社領で知りあった騎士のロージャだ。

「北の方では、頭にリボンを巻くんですよ。そこに花を挿したら綺《き》麗《れい》だと思います！」

「とにかく、早くいらっしゃいな！　花嫁なんだから、うんと綺麗にしなくっちゃ！」

「そうよ、セシリア。貴女《あなた》が飾らないと、私たちだって飾りづらいじゃない！」

丘の上では、髪にこんもりと花を飾った女性たちが、待っている。

アルヴィンとセシリアは、顔を見あわせて、小さく笑った。

「どうしよう。このままの格好でもいいと思ってたのに」

「したい格好をしたらいいよ。どんな格好でも、セシリアは綺麗だ。綺麗で、可愛《かわい》い」

セシリアは「アルヴィンったら！」と声を上げて笑った。

「酔ってるの？」

「酔ってないよ。本当のことだ。セシリアは綺麗だよ」

「じゃあ、思いきりたくさん飾るわ」

「いいね。――でも、いいの？　本当に」

「今更聞くの？　もう、頭に飾る花の相談まで済んだのに」

丘をゆっくりと上っていく。

誓約の木の下には、台が運ばれていた。

長椅子《いす》も次々と運ばれ、婚儀の準備が進んでいる。

ガラシェ家だけでなく、七社家からも来賓《らいひん》が集まっている。ジョンやティロンの顔も見えた。皆が、明るい笑顔でこちらを見ている。

日傘に守られたテオドルが、白鷺城の方から歩いてきた。後ろに続いているのは、彼が連れてきた王都の楽団だ。

少し離れたところで、ルキロスがロランドを抱いた乳母《うば》と並んでいた。ロランドは、乳母の手を逃れて、勢いよく走りだす。活発な子だ。

アルヴィンの甥《おい》と姪《めい》とが、そのあとを追っていく。

女性たちが、山と積まれた花の前で、新婦に飾るべき花を選んでいた。

屈強な騎士が、大きな花束と香炉《こうろ》を抱えて「ラグダ王国のガスパル陛下からの進物です」と台に積む。「こちらは王国から――」「こちらは――」と次々祝いの品が運ばれてきた。

「俺は君の翼を、奪いたくない。それが、君を守ることだと思うから」

「奪われたりしない。いつだって、好きなところに飛んでいくつもり。今だって、望んでここにいるのよ。――貴方《あなた》が守るこの土地を、私も守りたい。アルヴィンと一緒に。貴方が私の傍から消えてしまっても、ずっと」

婚儀の準備の進む誓約の丘に立ち、二人は向かいあって見つめあう。

「セシリア。……ありがとう」

「だって、迷ってる暇なんてないじゃない。時間は限られてるんだし」

「……永遠の愛を誓うよ。人の姿を失おうと、心を失おうと。天に還ったあとも、永遠に」

「もうちょっと簡単に言って」

セシリアが、笑いながら言うと、アルヴィンも顔をくしゃりとさせて笑う。

その顔が、好きだ。

自分だけに見せる、その笑顔が。
「愛してる」
「私も」
二人は微笑《ほほえ》みあい、そっと唇を触れあわせる。
華やかな音楽が、鳴り出した。
愛を囁《ささや》き、愛を分かちあい、これからも生きていく。
互いを守ると誓った、約束のままに。
彼がいつか聖域へ去ろうとも、なにも変わりはしない。
そうして自身と愛する人が守った土地に、いつか還るのだ。
これほど誇らしいことはない。
誓約の丘の老木は、静かにそこに立っていた。
ガラシェ社領の森は、どこまでも深い。
賑やかな丘には、涼やかな風が吹いていた。

了

※この作品はフィクションです。実在の人物・団体・事件などにはいっさい関係ありません。

集英社オレンジ文庫をお買い上げいただき、ありがとうございます。
ご意見・ご感想をお待ちしております。

● あて先
〒101-8050　東京都千代田区一ツ橋2-5-10
集英社オレンジ文庫編集部 気付
喜咲冬子先生

集英社
オレンジ文庫

竜愛づる騎士の誓約(下)

2022年11月23日　第1刷発行

著　者　喜咲冬子
発行者　今井孝昭
発行所　株式会社集英社
〒101-8050東京都千代田区一ツ橋2-5-10
電話【編集部】03-3230-6352
【読者係】03-3230-6080
【販売部】03-3230-6393（書店専用）
印刷所　大日本印刷株式会社

ISBN 978-4-08-680478-3 C0193